ONDE ESTÁ ELIZABETH?

EMMA HEALEY

ONDE ESTÁ ELIZABETH?

Tradução de
Bruna Beber

1ª edição

EDITORA RECORD
RIO DE JANEIRO • SÃO PAULO
2016

CIP-BRASIL. CATALOGAÇÃO NA PUBLICAÇÃO
SINDICATO NACIONAL DOS EDITORES DE LIVROS, RJ

Healey, Emma, 1985-
H344o   Onde está Elizabeth? / Emma Healey; tradução de Bruna Beber. – 1. ed. – Rio de Janeiro: Record, 2016.

Tradução de: Elizabeth is Missing
ISBN 978-85-01-07320-4

1. Romance britânico. I. Beber, Bruna. II. Título.

16-32142   CDD: 823
                                                          CDU: 821.111-3

Título original:
ELIZABETH IS MISSING

Copyright © Emma Healey, 2014
Proibida a venda em Portugal.

Texto revisado segundo o novo Acordo Ortográfico da Língua Portuguesa.

Todos os direitos reservados. Proibida a reprodução, no todo ou em parte, através de quaisquer meios. Os direitos morais da autora foram assegurados.

Editoração eletrônica: Abreu's System

Direitos exclusivos de publicação em língua portuguesa somente para o Brasil adquiridos pela
EDITORA RECORD LTDA.
Rua Argentina, 171 – Rio de Janeiro, RJ – 20921-380 – Tel.: (21) 2585-2000, que se reserva a propriedade literária desta tradução.

Impresso no Brasil

ISBN 978-85-01-07320-4

EDITORA AFILIADA

Seja um leitor preferencial Record.
Cadastre-se no site www.record.com.br e receba informações sobre nossos lançamentos e nossas promoções.

Atendimento e venda direta ao leitor:
mdireto@record.com.br ou (21) 2585-2002.

Para minhas avós, Vera Healey e Nancy Rowand,
por serem a inspiração para este livro.

Prólogo

— Maud? Eu deixei você tão entediada a ponto de preferir ficar em pé aí fora, no escuro?

Uma mulher me chama da luz cálida de uma sala de jantar abarrotada. Minha respiração segue em sua direção, úmida e fantasmagórica, mas nenhuma palavra a acompanha. A neve no chão, esparsa, porém brilhante, reflete a luz em seu rosto, que se contrai quando ela tenta enxergar. Sei que sua visão não é muito boa, mesmo à luz do dia.

— Entre — pede. — Está muito frio. Prometo que não vou dizer mais nada sobre cerâmicas maiólicas com rãs e caracóis.

— Eu não estava entediada — digo, percebendo tarde demais que ela estava brincando. — Já vou, só estou procurando uma coisa.

Já tenho em mãos o objeto que eu estava procurando, ainda sujo de lama. Algo pequeno, fácil de perder. A tampa quebrada de um pó compacto antigo, a prata fosca, o esmalte azul-marinho já opaco, arranhado e sem brilho. O espelho, mofado, é como uma janela para um mundo desbotado, como uma portinhola guardando o fundo do oceano. Isso faz minhas memórias se debaterem.

— O que você perdeu? — A mulher caminha com dificuldade, trêmula, pelo pátio. — Posso ajudar? Talvez eu não consiga ver o que você está procurando, mas posso tropeçar no objeto se não estiver muito escondido.

Eu sorrio, mas não saio do gramado. As marcas de sapato na neve acumulada se assemelham a um pequeno e recém-descoberto fóssil de dinossauro. Seguro a tampa do pó compacto com força, a sujeira endurecendo minha pele à medida que seca. Perdi esse pequeno objeto há mais ou menos setenta anos. E agora a terra, enlameada e tenra com o derretimento da neve, o cuspiu em forma de relíquia. Cuspiu-o em minhas mãos. Mas de onde terá vindo? Não consigo descobrir. Onde isso estava antes de se tornar um espinho no seio da terra?

Um som remoto, como o uivo de uma raposa, se insinua nos recantos do meu cérebro.

— Elizabeth — pergunto —, você já cultivou abobrinhas?

1

— Você sabia que uma mulher foi assaltada por aqui? — pergunta Carla, fazendo com que seu longo rabo de cavalo negro serpenteasse pelo ombro. — Bem, na verdade, foi em Weymouth, mas poderia ter sido aqui. Então, cuidado nunca é demais. A vítima foi encontrada com metade do rosto esmagado.

Essa última frase é dita com uma voz sussurrante, mas a audição não é um dos meus problemas. Eu queria que Carla não me contasse essas histórias; elas me deixam inquieta mesmo depois que eu as esqueço. Estremeço e olho pela janela. Não sei para que lado fica Weymouth. Um passarinho voa.

— Tem ovos suficientes?

— Muitos, nem precisa sair hoje.

Ela pega a minha ficha, assentindo com a cabeça e me olhando até que eu retribua o gesto. Sinto como se eu estivesse na escola. Estava pensando em alguma coisa agorinha mesmo, uma história, mas perdi o fio da meada. Era uma vez... era assim que começava? Era uma vez uma escura e densa floresta, onde vivia uma velha chamada Maud. Não sei o que viria depois. Algo como esperar pela visita da filha, talvez. É uma pena que eu não viva em uma pequena e bela cabana na floresta escura; eu bem que podia gostar. E minha neta me traria comida em uma cesta.

Em algum lugar da casa, um estrondo faz meus olhos se voltarem rapidamente para a sala de estar; um animal, que deveria estar lá fora, encontra-se agora deitado no braço do sofá. Ele pertence a Carla. Ela nunca o impede de entrar, porque fica preocupada em esquecê-lo, eu acho. Não consigo deixar de olhar fixamente para ele; tenho certeza de que vai fugir, correr para outro canto da casa ou me comer e tomar meu lugar. E Katy vai perguntar porque ele tem olhos tão grandes e dentes tão grandes.

— São muitas latas de pêssego! — grita Carla da cozinha. Carla, a cuidadora. Cuidadores, é assim que são chamados. — Você tem que parar de comprar comida! — continua ela em voz alta. Posso ouvir o som das latas arranhando minha bancada de fórmica. — Tem o suficiente para alimentar um exército.

Suficiente. Nunca se tem o suficiente. A maioria das coisas some e ninguém consegue achar, ainda que tenham sido compradas há pouco tempo. Não sei quem está comendo. Minha filha fala a mesma coisa. "Chega, mamãe", pede ela, fuxicando meus armários sempre que tem a oportunidade. Acho que deve estar alimentando alguém. Metade das coisas desaparece quando ela está aqui, e depois me pergunta por que tenho que sair para comprar mais. De qualquer forma, não tenho muitos prazeres na vida.

— Não tenho muitos prazeres na vida — digo, erguendo meu corpo na poltrona para fazer minha voz chegar até a cozinha.

Embalagens de chocolate amassadas e reluzentes estão presas nas laterais da poltrona; elas se contorcem contra o estofado. Enfio minha mão entre as almofadas e as tiro de lá. Meu marido, Patrick, sempre me falou para parar de comer doces. Eu sempre os comia em casa. Era bom ter sorvete de limão e docinhos de caramelo à disposição, já que não era permitido fazer lanchinhos durante o expediente na bolsa de valores — ninguém quer falar com uma telefonista de boca cheia. Mas ele dizia que estragariam meus dentes. Sempre suspeitei de que Patrick se preocupava demais com a minha aparência. Nosso acordo era optar pelas pastilhas de menta, e eu ainda gosto delas, mas agora não há quem me impeça de comer uma caixa inteira de caramelos se eu quiser. Posso até comê-los pela manhã, antes do café. Já é de manhã. Eu sei, porque o sol está batendo no alimentador de pássaros. Ele bate lá pela manhã e no pinheiro à tarde. Tenho o dia inteiro pela frente antes que a luz chegue até a árvore.

Carla aparece curvada na sala de estar, catando as embalagens de doce em volta dos meus pés.

— Não sabia que você estava aqui, querida — digo.

— Já fiz seu almoço — comenta, retirando as luvas de plástico. — Está na geladeira, deixei um lembrete em cima. São nove e quarenta agora, tente não comer antes do meio-dia, está bem?

Carla fala como se eu devorasse tudo assim que ela vai embora.

— Tem ovos suficientes? — pergunto, sentindo uma súbita fome.

— Muitos — responde, jogando minha ficha em cima da mesa. — Estou indo agora. Helen chegará logo, tudo bem? Tchau.

A porta se fecha, e ouço Carla trancando-a. Deixando-me trancada em casa. Eu a observo da janela; seus pés parecem triturar o cascalho do caminho. Ela usa um casaco com capuz de pele por cima do uniforme. Uma cuidadora em pele de lobo.

Quando eu era bem mais jovem, ficava feliz de ter a casa só para mim, de comer todas as coisas da despensa e usar minhas melhores roupas, ligar o gramofone e deitar no chão. Agora prefiro ter companhia. As luzes estão apagadas e, quando vou até a cozinha para arrumar os armários e ver o que Carla deixou para o almoço, o cômodo tem o aspecto de um palco vazio. Sempre acho que alguém vai chegar, minha mãe com as compras ou meu pai com os braços abarrotados de *fish and chips*, dizendo algo dramático, como nessas peças do Pier Theatre. Ele diria "sua irmã se foi", e então soaria um tambor ou um trompete, e depois mamãe diria "para nunca mais voltar", e nós trocaríamos olhares, para o deleite do público. Tirei o prato da geladeira, imaginando qual seria a minha fala. Havia um recado colado: *Almoço da Maud, comer depois do meio-dia.* Arranco o plástico. Um sanduíche de queijo com tomate.

Quando terminei de comer, voltei para a sala. É muito silencioso aqui; nem o relógio bate muito alto. Mas mostra as horas, e eu observo os ponteiros se movendo lentamente em cima da lareira. Tenho todas as horas do dia para me ocupar, e em algum momento vou ter que ligar a televisão. Está passando um desses programas matinais. Duas pessoas em um sofá se dirigem a uma terceira pessoa, que está sentada em uma poltrona no lado oposto. Elas sorriem e gesticulam e, eventualmente, a pessoa que está na poltrona começa a chorar. Eu não consigo saber do que se trata. Depois tem o programa das pessoas que percorrem várias casas procurando coisas para revender. Aquelas coisas horríveis que são surpreendentemente valiosas.

Há poucos anos eu estaria chocada comigo mesma — assistindo à televisão durante o dia! Mas o que mais tenho para fazer? Leio ocasionalmente, mas as tramas dos romances não fazem mais sentido, e eu nunca consigo lembrar onde parei. Então cozinho um ovo. Posso comer um ovo. E posso assistir à televisão. Depois disso é só espera: espero por Carla, por Helen, por Elizabeth.

Elizabeth é a única amiga que me restou; os outros, ou estão em asilos ou em covas. Ela é fã desses programas de compra e venda de velharias, e tem a esperança de um dia encontrar um tesouro perdido. Ela compra todos esses pratos e vasos horríveis de bazares de caridade, cruzando os dedos para ter sorte. Às vezes compro umas coisas para ela também, na maior parte porcelanas espalhafatosas. É como um jogo — quem consegue achar a cerâmica mais feia da Oxfam? É meio infantil, mas comecei a achar que os momentos que passo com Elizabeth, em que rio com ela, são os únicos em que me sinto eu mesma.

Tenho uma vaga ideia de que deveria lembrar algo sobre Elizabeth. Talvez ela quisesse alguma coisa de mim. Um ovo cozido ou um chocolate. Seu filho a deixa à beira da inanição. Ele sequer gasta dinheiro com novos barbeadores. Elizabeth diz que a pele dele já está esfolada de tanto se barbear, e teme que ele corte a própria garganta. Eu iria gostar disso. Pão-duro. Ela definharia sem a minha ajuda. Tenho um lembrete aqui me dizendo para não sair, mas não vejo por quê. Não tem perigo dar uma escapadinha até o mercado.

Faço uma lista antes de vestir o casaco, pego o chapéu e as chaves, confiro se as coloquei no bolso direito e depois, em frente à porta, confiro-o novamente. Há manchas brancas no chão onde os caracóis se esconderam durante a noite. Essa rua é cheia de surpresas depois de uma tarde chuvosa. Mas o que deixa essas marcas?, penso. Que parte do caracol faz essa mancha ficar branca assim?

— "Sacuda esse medo, meu caracolzinho" — digo, atrevendo-me a agachar o máximo possível para olhar melhor. Não sei de onde é essa frase, mas acho que ela é assim mesmo. Não posso me esquecer de procurar sua origem quando voltar para casa.

O mercado não fica muito longe, mas já chego cansada, e, por alguma razão, continuo errando o caminho todas as vezes — sempre tenho que dar mais uma volta no quarteirão. Sinto como se estivesse no fim da guerra. Muitas vezes me perdi no trajeto para a cidade, as casas caindo aos pedaços, repentinos espaços abertos, estradas bloqueadas com tijolos e pedras e móveis quebrados.

O Carrow's é um lugar pequeno e abarrotado de coisas, o que me irrita. Queria que eles tirassem os corredores e mais corredores de cerveja para abrir espaço para coisas mais úteis. Mas sempre foi assim, desde que eu era criança. Eles só mudaram o logotipo há poucos anos. Agora o nome "Coca-Cola" chama atenção, e o "Carrow's" vem espremido logo abaixo, como algo secundário. Observo-o assim que entro e, em seguida, em pé ao lado de uma prateleira com caixas, leio minha lista de compras em voz alta. Cereais *Ricicles* e *Shreddies*, o que quer que sejam.

— Ovos. Leite. — Ponto de interrogação. — Chocolate. — Viro o papel para enxergar contra a luz. Há um cheiro acolhedor de papelão no mercado, parece que estou na despensa de casa.

— Ovos, leite, chocolate. Ovos, leite, chocolate. — Repito as palavras, mas não consigo saber exatamente como essas coisas são. Poderiam estar em alguma dessas caixas na minha frente? Continuo sussurrando os itens ao passear pelo mercado, mas as palavras começam a perder o sentido e soam como um cântico. Abobrinhas estão na minha lista também, mas não sei se eles vendem isso aqui.

— Posso ajudar, Sra. Horsham?

Reg se debruça no balcão, seu cardigã cinza varrendo as balas de um centavo dos baleiros e deixando felpos no lugar delas. Ele me vê andando em círculos. Chato bisbilhoteiro. Não sei o que ele tanto vigia. Sim, eu fui embora levando alguma coisa sem pagar uma vez. E daí? Era só uma alface fresquinha. Ou foi um pote de geleia de framboesa? Não lembro. De qualquer forma, ele pegou de volta, não pegou? Helen devolveu, e foi isso. E não é como se ele nunca cometesse erros — tenho sido enganada no troco por muitos anos. Ele administra esse lugar há décadas, já está na hora de se aposentar. Mas sua mãe não deixou de trabalhar até completar 90 anos, então ele provavelmente vai aguentar mais um pouco. Fiquei feliz quando aquela velha finalmente desistiu. Ela debochava de mim todas as vezes que eu entrava no mercado, porque, quando eu era mais nova, pedi a ela que recebesse uma carta para mim. Escrevi para um assassino e não queria que a resposta chegasse à minha casa. Além disso, usei o nome de uma estrela de cinema em vez do meu. A resposta nunca chegou, mas a mãe de Reg pensou que eu estava esperando uma carta de amor, e ria disso até bem depois, quando eu já estava casada.

Foi para isso que vim? As prateleiras atulhadas me oprimem enquanto dou voltas em torno delas, e o linóleo azul e branco me encara, sujo e deformado. Minha cesta está vazia, apesar de já fazer algum tempo que estou aqui, acho; Reg me observa. Pego uma coisa: é mais pesada do que eu esperava, e meu braço a deixa cair subitamente. É uma lata de pêssegos em calda. Isso servirá. Ponho mais umas latas na minha cesta, ajeitando as alças na dobra do braço. As finas barras de metal machucam meu quadril no caminho para o caixa.

— Tem certeza de que é isso que procurava? — pergunta Reg. — Você comprou muitas latas de pêssego ontem.

Olho para a cesta. Será que é verdade? Comprei as mesmas coisas ontem? Ele tosse, e percebo um ar de diversão em seus olhos.

— Certeza absoluta — asseguro, minha voz firme. — Se quero comprar pêssegos em calda, vou comprá-los.

Ele levanta as sobrancelhas e começa a passar os produtos pelo caixa. Mantenho a cabeça erguida, observando as latas sendo colocadas no saco plástico, mas minhas bochechas estão quentes. Foi para *isso* que vim? Toco meu bolso e encontro um pedaço de papel azul com a minha letra: *Ovos. Leite? Chocolate.* Pego uma barra de chocolate ao leite e a jogo na cesta; assim pelo menos terei algo da lista. Não posso devolver as latas agora; Reg iria rir da minha cara. Pago pelas compras e saio com elas pela rua, as latas de pêssego tilintando umas contra as outras. É uma caminhada lenta, porque a sacola está pesada, meu ombro e a parte de trás do meu joelho doem. Lembro quando eu passava zunindo pela rua, quase correndo. Mamãe me perguntava o que eu tinha visto: se certos vizinhos estavam fora, o que eu achava do novo jardim de um deles... Nunca prestei atenção nessas coisas; tudo se passava em um flash. Agora tenho muito tempo para olhar tudo, e ninguém para contar o que vi.

Às vezes, quando decido arrumar as coisas e jogar algumas fora, encontro fotos da minha juventude, e é chocante ver tudo em preto e branco. Acho que minha neta acredita que tínhamos de fato a pele cinza, um cabelo opaco, sempre posando em uma paisagem sombreada. Mas me lembro de a cidade ser tão luminosa na minha infância que era difícil até abrir os olhos para vê-la. Ainda me lembro do azul profundo do céu e do verde-escuro dos pinheiros que o cortavam, o vermelho brilhante das casas de tijolos e o tapete laranja de acículas sob nossos pés. Hoje em dia

— embora eu saiba que o céu ainda é ocasionalmente azul, que a maioria das casas ainda está ali e que as árvores ainda derramam suas acículas — as cores desbotaram, como se eu vivesse em uma velha fotografia.

Quando chego em casa um alarme está tocando. Eu o programo às vezes para me lembrar dos meus compromissos. Jogo a bolsa no hall de entrada e desligo o alarme. Não faço ideia do motivo de tê-lo programado para tocar; e não vejo nada que me dê uma pista. Talvez alguém esteja chegando.

— O corretor apareceu? — pergunta Helen, sua voz distante entrecortada pelo som da chave abrindo a porta. — Deveria vir meio-dia. Ele veio?

— Não sei, que horas são agora?

Ela não responde. Posso ouvi-la se aproximando pelo corredor.

— Mamãe! — exclama ela. — De onde saíram essas latas? De quantas malditas latas de pêssegos em calda você precisa?

Digo a ela que não sei. Carla deve tê-las trazido. Digo que fiquei em casa o dia inteiro e em seguida olho para o relógio, me perguntando como o dia passou tão rápido e eu nem percebi. Helen vem para a sala de estar, exalando um ar doce e gélido, e volto a ser criança na minha cama quentinha, o rosto gelado da minha irmã tocando minhas bochechas, o hálito congelante de seus sussurros pairando sobre mim enquanto me conta sobre o Pavilion, a dança e os soldados. A pele de Sukey sempre estava gelada quando ela chegava do baile, mesmo no verão. A de Helen também fica assim, de tanto perder tempo cuidando dos jardins dos outros.

Ela ergue uma sacola plástica.

— Por que Carla deixaria essas latas de pêssego no corredor? — Ela não abaixa o tom de voz, mesmo quando estamos no mesmo cômodo, segurando a sacola bem no alto. — Você tem que parar de fazer compras. Eu já disse que posso trazer tudo o que precisa. Venho aqui todos os dias.

Tenho certeza de que não a vejo com tanta frequência assim, mas não vou discutir. Seu braço relaxa, e vejo a sacola bater contra sua perna.

— Promete? Não vai mais sair para comprar comida?

— Não vejo motivos para prometer isso. Eu já disse, Carla deve ter trazido. E, além do mais, se eu quero comprar pêssegos em calda, eu vou comprá-los. — A frase soa familiar, mas não sei o porquê. — Se eu fosse plantar abobrinhas — digo, erguendo a lista de compras contra a luz —, onde seria o melhor lugar?

Helen suspira ao sair da sala, e acho que devo segui-la. Ela para no corredor: um rugido vem de algum lugar. Não sei o que é, não consigo imaginar de onde vem. Porém, mal posso ouvi-lo quando estou na cozinha. Tudo é muito limpo aqui: minhas louças estão na prateleira, embora eu não saiba quem as colocou lá, e a faca e o garfo que gosto de usar estão lavados. Quando abro a porta do armário, dois pedaços de papel caem no chão. Um é uma receita de molho branco, e o outro tem o nome de Helen escrito com um número logo abaixo. Pego um rolo de fita adesiva, uma fita forte e de longa duração, para colá-los de novo. Talvez eu faça molho branco hoje. Mas depois que tomar uma xícara de chá.

Coloco a chaleira no fogo. Sei em qual tomada ligá-la, pois alguém já pôs ali uma etiqueta escrito CHALEIRA. Pego as xícaras e o leite, e um saquinho de um pote onde leio CHÁ. Há um lembrete em cima da pia: *Café é bom para a memória*. Essa é a minha letra. Pego a xícara e vou me sentar, mas paro na porta. Sinto um estrondo em minha cabeça. Ou talvez esteja vindo do andar de cima. Começo a subir a escada, mas não consigo continuar sem segurar no corrimão, então dou um passo para trás e deixo meu chá na prateleira do corredor. Só um minutinho.

Meu quarto é muito ensolarado; sinto paz aqui, exceto por esse rugido na casa. Fecho a porta e sento na minha penteadeira perto da janela. Algumas bijuterias estão espalhadas entre *doilies* e pratos de porcelana. Não uso mais joias, a não ser minha aliança de casamento, claro. Isso nunca mudou nos últimos cinquenta anos.

A de Patrick parecia ter se enterrado em sua carne, de modo que a articulação inchou sobre ela; ele se recusou a cortar a aliança, e ela não se moveu, por mais que eu a tenha besuntado com manteiga. Ele dizia que o fato de o anel estar grudado nele era prova de uma união forte. Eu dizia que era a prova de que ele não cuidava bem de si mesmo. Patrick falava que eu devia me preocupar mais com o fato de minha aliança estar muito frouxa em meu dedo magro, mas ela se encaixa perfeitamente nele e eu nunca a perdi.

Helen diz que eu perco minhas joias, embora ela e Katy tenham pegado as melhores peças com a desculpa de "mantê-las em segurança". Não me importo. Pelo menos ainda estão na família, e nenhuma delas é tão valiosa assim. A mais cara que eu tinha era um pingente cafona de ouro com o busto da rainha Nefertiti que Patrick comprou no Egito.

Enfio a mão em uma espécie de bracelete de plástico encardido e olho no espelho. Meu reflexo sempre me choca. Nunca pensei que fosse envelhecer, certamente não dessa forma. A pele ao redor dos meus olhos e o dorso do meu nariz enrugaram de forma inesperada. Isso me dá a aparência de um lagarto. Mal consigo me lembrar do meu rosto de antes; tenho apenas alguns lampejos de memória. Uma menina de bochechas rechonchudas deixando de fazer cachos no cabelo pela primeira vez; uma pálida e jovem mulher passeando pelo parque, olhando o rio esverdeado; uma mulher cansada com o cabelo desarrumado, sentada meio de lado junto à janela escura de um trem enquanto tenta se despedir de seus filhos. Estou sempre carrancuda nas minhas memórias, então não é de se espantar que minha testa esteja assim. Minha mãe teve uma pele macia até a morte, como pêssegos com creme, embora ela tenha tido motivos para estar mais enrugada que a maioria das mulheres. Talvez tenha a ver com o fato de não usar maquiagem; falam isso das freiras, não falam?

Eu não uso mais maquiagem; nunca usei batom, nunca gostei. As garotas da bolsa de valores zombavam de mim por causa disso, e às vezes, quando eu era jovem, até tentava usar. Pegava emprestado o batom de alguma amiga ou passava algum que tivesse ganhado de Natal, mas nunca consegui ficar com ele nos lábios por mais de cinco minutos. Tenho um da Helen ou da Katy na gaveta. Tento mais uma vez, fazendo o contorno da boca, passando o batom nos lábios cuidadosamente, bem próxima ao espelho, me certificando de que não vou pintar os dentes. Algumas mulheres mais velhas têm dentaduras manchadas e pálpebras pretas e os rostos vermelhos de blush, as sobrancelhas altas e maldesenhadas. Prefiro morrer a ser uma delas. Comprimo os lábios. Bonitos e brilhantes, mas levemente rachados; estou com muita sede. Está na hora de fazer uma xícara de chá.

Guardo o batom de volta na gaveta e coloco um colar de pérolas antes de me levantar. Falsas, claro. Quando abro a porta, ouço um rugido. Não sei o que é. Vai aumentando à medida que desço as escadas. Paro no último degrau, mas não vejo nada. Olho na sala de estar. O rugido aumenta. Eu me pergunto se é na minha cabeça, se estou ficando com um parafuso solto. O barulho aumenta, vibrante. Em seguida, para.

— Olha, já aspirei a casa toda. — Helen está em pé na porta da sala de jantar, enrolando o fio do aspirador de pó. Sua boca esboça um sorriso. — Está indo a algum lugar? — pergunta.

— Não, acho que não.

— E as pérolas são para quê? Você está toda produzida.

— Estou?

Coloco a mão junto ao pescoço. Estou usando um colar de pérolas e uma coisa no meu pulso. Sinto gosto de batom. Batom, com esse cheiro fétido de cera e uma espessura sufocante. Esfrego a parte de trás da mão na boca, mas isso só espalha o batom e piora tudo, então começo a esfregar o meu rosto, puxando a manga do meu cardigã para servir de flanela, cuspindo e esfregando como se eu fosse, ao mesmo tempo, uma mãe e uma criança imundas. Minutos depois já me sinto limpa novamente, e noto que Helen está me observando.

— Me dá seu cardigã — pede ela. — É melhor eu colocá-lo para lavar.

Ela pergunta se quero beber alguma coisa.

— Ah, por favor — concordo, tirando o cardigã de lã e deixando-o cair sobre a poltrona. — Estou com muita sede.

— Não me espanta — diz Helen, virando-se para sair. — Havia vários copos de chá frio na prateleira do corredor.

Eu digo que não sei como eles foram parar lá, mas acho que ela não me ouve, pois já desapareceu cozinha adentro, e, de todo modo, abaixo a cabeça para procurar minha bolsa. Tenho alguns biscoitos amanteigados em algum lugar. Ou foi ontem? Eu os comi? Tiro um pente da bolsa, junto com minha carteira e alguns lenços de papel amassados. Não acho nenhum biscoito, mas há um lembrete em um dos bolsos: *chega de pêssegos em calda*. Não conto nada para Helen. Em vez disso, coloco-o debaixo do lembrete com a data de hoje. Minha cuidadora deixa um desse tipo todos os dias. É por isso que sei que hoje é quinta-feira. Costumo visitar minha amiga Elizabeth às quintas, mas parece que não temos compromissos essa semana. Ela não ligou. Caso contrário eu teria anotado. Teria anotado as coisas que ela teria dito. A hora de sair para vê-la. Eu anoto tudo.

Há pedaços de papel por toda a casa, empilhados ou pregados em diferentes superfícies. Listas de compras rabiscadas e receitas, números de telefone e anotações, lembretes sobre coisas que já aconteceram. Minha memória de papel. Serve para evitar que eu esqueça as coisas. Mas minha filha diz que perco os lembretes. Anotei isso também. Ainda assim, se Elizabeth *tivesse* ligado, eu teria um lembrete sobre isso. Não é possível que tenha perdido todos. Eu anoto e anoto e anoto as coisas. Eles não podem ter caído todos da mesa ou do balcão ou do espelho. Além disso, encontrei esse pedaço de papel escondido dentro da manga da minha camisa: *Sem notícias de Elizabeth*. Tem uma data antiga em um dos lados. Tenho um pressentimento ruim de que algo aconteceu à minha amiga. Qualquer coisa. Ontem eu ouvi no noticiário, acho. Algo sobre uma idosa. Algo desagradável. E agora Elizabeth está desaparecida. Será que ela foi assaltada e abandonada para morrer? Ou caiu e não conseguiu chegar ao telefone? Penso nela deitada no chão da sala de estar, sem conseguir levantar, esperando algum objeto de valor, um tesouro, surgir do nada.

— Talvez você tenha falado com ela e não lembra, mãe. Você acha que pode ser isso?

Helen me dá uma xícara de chá. Esqueci que ela estava aqui. Ela se inclina para beijar minha cabeça. Sinto seus lábios entre os poucos fios de cabelo que me restam. Helen tem o cheiro de alguma erva. Alecrim, talvez. Suponho que estava plantando alecrim. Acho que alecrim é bom para a memória.

— Porque, afinal, você esqueceu que saímos no sábado, não esqueceu?

Equilibro a xícara no braço da poltrona, mas continuo segurando-a. Não percebo quando minha filha recua. Acho que ela está certa. Não tenho nenhuma lembrança de sábado, mas também não me lembro de não me lembrar de nada. Mal consigo respirar direito diante desse pensamento. Esses brancos são preocupantes. Mais do que preocupantes. Como posso não me lembrar de sábado passado? Sinto uma familiar palpitação no peito, um rubor de constrangimento, medo. Sábado passado. Será que consigo me lembrar de ontem?

— Então talvez você tenha falado com Elizabeth.

Concordo e tomo um golinho do chá, já sem me concentrar na conversa.

— Acho que você tem razão.

Não faço a menor ideia de com o que estou concordando, mas gosto da sensação de cair no vazio, do fim da ansiedade que é tentar se lembrar. Helen sorri. Há um toque de triunfo em seu sorriso?

— É isso. Está na minha hora.

Helen está sempre de partida. Observo pela janela, enquanto ela entra no carro e vai embora. Nunca consigo me lembrar do momento em que ela chega. Talvez eu deva anotar. Mas esses papéis na mesinha ao lado da minha poltrona, esse método para me lembrar das coisas, não são perfeitos. Muitos desses lembretes são velhos, confusos, não são mais relevantes. E mesmo os novos não parecem ter informações corretas. Há um aqui recém-escrito: *nenhuma notícia de Elizabeth*. Passo meus dedos pelas palavras, manchando-as de leve. Isso é verdade? Devo ter anotado. De fato, não consigo me lembrar de ter ouvido falar dela recentemente. Pego o telefone. A tecla número 4 armazena o número de Elizabeth. Faço uma anotação.

2

— Elizabeth sumiu — digo. — Contei a você?
Estou olhando para Helen, mas ela não está olhando para mim.
— Contou sim. O que você vai comer?
Eu me sento, meus olhos se concentrando na parte superior do cardápio. Só Deus sabe onde estamos. Vejo que é um restaurante — garçons usando preto e branco, mesas de mármore —, mas qual? Estou com uma sensação horrível. De que deveria saber onde estamos, de que isso é uma espécie de agrado. Acho que não é meu aniversário, mas talvez alguma outra data importante. Aniversário da morte de Patrick? É bem a cara da Helen se lembrar disso e transformar a ocasião em uma "data especial". Mas vejo pelas árvores nuas lá fora que não foi nessa época do ano. Patrick morreu na primavera.
O cardápio diz "Olive Grill". O couro da capa é pesado; passo o dedo pelas letras, embora o nome não signifique nada para mim, e a lombada desliza pelo tampo da mesa. Coloco-o sobre meu colo e leio em voz alta: "Sopa de abóbora. Salada de tomate e muçarela. Cogumelos ao alho. Presunto de parma e melão..."
— Sim, obrigada, mãe. Eu sei ler sozinha.
Ela não gosta que eu leia as coisas em voz alta, isso faz com que comece a suspirar e revirar os olhos. Às vezes faz gestos pe-

las minhas costas. Já a flagrei pelo espelho fingindo que ia me esganar.

— O que você vai comer? — pergunta de novo, abaixando o cardápio, mas sem desviar os olhos dele.

— Abobrinha recheada com chouriço — leio, sem conseguir me conter. — As abobrinhas estão na moda novamente? Há anos não as vejo em um cardápio.

As pessoas plantavam abobrinhas quando eu era jovem, e havia concursos das melhores da região. Isso não parece acontecer tanto hoje em dia. Conheci Elizabeth por causa das abobrinhas. Na primeira vez que a encontrei ela me contou que o muro de seu jardim tinha seixos cimentados na parte de cima, e eu logo soube exatamente onde ela morava. Era a casa onde, há mais de sessenta anos, haviam desenterrado abobrinhas do jardim durante a noite. E, não sei por que, mas eu quis dar uma espiada naquele lugar, então me convidei para um chá.

— Você não vai gostar de chouriço — contestou Helen. — Que tal uma sopa?

— Eu tomava sopa com Elizabeth — digo, uma sensação engraçada com esse pensamento. — Depois que saíamos da Oxfam. Tomava sopa e comia sanduíches. E fazíamos palavras cruzadas. Não fazemos isso há muito tempo.

E continuo sem ter notícias dela. Nadinha. Não consigo entender. Ela nunca desaparece, alguma coisa deve ter acontecido.

— Mãe? Você tem que fazer seu pedido.

Um garçom está em pé ao lado de nossa mesa. Bloquinho a postos. Eu me pergunto há quanto tempo ele está aqui. O homem se inclina para perguntar sobre nossos pedidos, seu rosto desnecessariamente próximo ao meu. Tento me afastar.

— Helen, você não teve notícias de Elizabeth, teve? — pergunto. — Você me diria se soubesse?

— Sim, mãe. O que você vai comer?

— Quer dizer, não que ela não possa viajar em um feriado, mas...

Fecho o cardápio e procuro um lugar onde possa colocá-lo, mas não há espaço; muitas coisas estão espalhadas pela mesa. Coisas espalhafatosas, como as de Elizabeth. Não sei bem onde elas estão. Provavelmente imóveis em sua mesa, ao lado do picles Branston, do molho de salada e dos saquinhos de Maltesers. Os saquinhos geralmente estão abertos, e os chocolates rolam para o chão como uma armadilha típica de desenho animado. Eu sempre acho que ela vai escorregar em algum deles.

— Se ela tivesse levado um tombo, eu nunca iria saber — digo. — Duvido que o filho dela se preocuparia em me contar.

O garçom se apruma e pega o cardápio de minhas mãos. Helen sorri para ele e faz nossos pedidos; nem sei o que pediu. Ele assente e sai, ainda anotando, desaparecendo atrás das paredes manchadas, pretas. Os pratos das entradas são pretos também; suponho que devem estar na moda. O restaurante é como uma folha manchada de jornal que foi amassada para embrulhar uma maçã: ilegível, exceto nos anúncios.

— Não há jeito de descobrir qualquer coisa por conta própria. O problema é esse — continuo, sentindo um súbito estímulo enquanto, inesperadamente, me agarro ao assunto. — As famílias são informadas, mas os amigos, não. Não na nossa idade.

— Aqui antigamente era aquela churrascaria, Chophouse, lembra, mãe? — interrompe Helen.

O que eu estava dizendo mesmo? Não me lembro. Alguma coisa. Alguma coisa, alguma coisa, alguma coisa...

— Lembra?

Deu branco.

— Você encontrava o papai aqui, não é?

Olho em volta. Há duas senhoras sentadas perto da parede manchada; elas espiam alguma coisa sobre a mesa.

— Elizabeth sumiu — repito.

— Quando era uma churrascaria. Vocês vinham almoçar — insiste Helen.

— O telefone dela chama, chama e nada.

— A churrascaria. Lembra? Ah, deixa pra lá.

Helen suspira de novo. Ultimamente é o que mais tem feito. Ela não vai ouvir, não vai me levar a sério, acha que eu quero viver no passado. Sei o que ela está pensando, que eu perdi a sanidade, que Elizabeth está perfeitamente bem, em casa, e que eu só não me lembro de tê-la visto recentemente. Mas não é verdade, eu esqueço as coisas — eu sei disso —, mas não estou maluca. Não ainda. E cansei de ser tratada como se estivesse. Estou farta dos sorrisinhos simpáticos e tapinhas nas costas que as pessoas dão quando me confundo, e estou extremamente irritada com o fato de todo mundo dar mais atenção à Helen em vez de ouvir o que tenho a dizer. Meu coração acelera, e trinco meus dentes. Sinto uma vontade terrível de chutar a perna de Helen por baixo da mesa. No entanto, acerto o pé da mesa. O saleiro e o pimenteiro se chocam, e uma taça de vinho começa a tombar. Helen a segura.

— Cuidado, mãe — adverte. — Você vai acabar quebrando alguma coisa.

Não respondo; meus dentes ainda estão cerrados. Tenho vontade de gritar, mas quebrar alguma coisa é uma boa ideia. É exatamente isso que quero fazer. Pego minha faca e apunhalo o prato preto das entradas. A porcelana quebra. Helen diz algo, prágueja, imagino, e alguém se apressa em minha direção. Continuo olhando para o prato. Rachou levemente e parece um disco quebrado, um disco de gramofone que se partiu.

Achei alguns deles uma vez no nosso quintal. Estavam na horta, despedaçados e amontoados. Mamãe me pediu que ajudasse o papai quando eu voltasse da escola, e ele me deu sua pá para cavar um buraco para os feijões antes de desaparecer dentro do galpão. Os discos tinham quase todos a cor da terra, e eu nunca os teria achado se não tivesse ouvido um estalo ao cavar, os cacos se agarrando aos dentes do meu ancinho.

Quando me dei conta do que se tratava, eu os desencavei e os coloquei sobre a grama para secar. Não consigo imaginar de onde saíram. Só Douglas, nosso inquilino, tinha um gramofone, e acho que ele teria dito alguma coisa se seus discos tivessem quebrado. De qualquer forma, ele era um bom rapaz e não parecia ser do tipo que despejava as coisas no jardim.

— De onde veio isso? — perguntou mamãe quando saiu para recolher a roupa no varal e me viu ajoelhada sobre os discos.

Tirei a poeira deles e comecei a unir seus pedaços. Não que tivesse a esperança de que funcionariam novamente, mas porque queria ver quais eram. Mamãe esfregou meu rosto, tentando tirar as marcas de poeira deixadas pelos meus dedos cheios de terra quando afastei o cabelo dos olhos, e disse que os vizinhos deviam ter atirado os discos pela cerca.

— Toda semana há um novo inquilino morando aqui do lado. Sabe Deus quem é agora — disse ela. — Não é a primeira vez que encontro essas quinquilharias aqui. — Ela olhou para as lascas de discos. — Tudo lixo. Não prestam para nada. Maud, jogue-os nos buracos dos feijões. Para ajudar na drenagem.

— Tudo bem — falei. — Só quero juntar os pedaços primeiro.

— Para quê? Vai fazer um caminho com eles no gramado?

— Posso?

— Não seja tola.

Ela sorriu e foi pisando delicadamente pelos discos, o cesto de roupa apoiado em seu quadril, até a porta da cozinha. Eu a segui com os olhos, o vermelho de seus cabelos opaco em comparação com os tijolos vermelhos reluzentes de nossa casa.

Não demorei muito para unir todos os pedaços; era um trabalho agradável sob o sol do inverno, ouvindo o arrulho dos pombos. Era como montar um quebra-cabeça, exceto pelo fato de que quando eu terminava sempre faltavam uns pedacinhos. E então eu conseguia ler as etiquetas: *Virginia*, *We Three* e *I'm Nobody's Baby*.

Sentei-me sobre os calcanhares. Eram as músicas favoritas da minha irmã, as que ela sempre pedia para Douglas tocar. E ali estavam elas, destruídas e enterradas entre os restos de ruibarbos e cebolas. Não consigo imaginar quem teria feito isso e por quê. Embaralhei os pedaços de novo, espalhando-os no buraco que cavei para os feijões, e, quando voltei para casa, vi Douglas na janela. Por um momento pensei que ele me olhava, mas em seguida um bando de passarinhos mergulhou na escuridão da sebe e me virei a tempo de notar o vulto de uma mulher correndo.

— Tenho que pegar Katy em menos de uma hora — anuncia Helen, botando o casaco, apesar de eu ainda não ter terminado o sorvete.

Está ótimo e refrescante, mas não consigo chegar a uma conclusão sobre qual é o sabor. Morango, imagino pela cor. Também vou precisar ir ao banheiro antes de sairmos. Eu me pergunto onde é o banheiro feminino. E se já estive nesse restaurante antes. Lembra a adorável churrascaria onde Patrick e eu nos encontrávamos quando estávamos paquerando. Não era caro, não tinha comida exótica ou toalhas brancas, mas tudo era muito bem feito e organizado. Eu ia a pé da Bolsa de Valores na hora do almoço e o esperava em uma mesa perto da janela. Patrick pegava o bonde no cais, onde sua empresa atuava na revitalização do local, e vinha correndo, o cabelo esvoaçando, as bochechas vermelhas. E sorria assim que me via. Ninguém sorri para mim daquele jeito hoje.

— Você precisa usar o banheiro, mãe? — Helen segura meu casaco.

— Não, não, acho que não.

— Certo, então vamos.

Ela não parece muito contente comigo. Obviamente eu fiz alguma coisa. Será que foi algo constrangedor? Eu disse alguma coisa para o garçom? Não quero perguntar. Eu disse uma vez a uma mulher que seus dentes davam a ela a aparência de um cavalo. Eu me lembro de Helen me contar que eu disse isso, mas não me lembro de tê-lo feito.

— Estamos indo para casa? — pergunto.

— Sim, mãe.

O sol se pôs enquanto comíamos, e agora o céu está preto, mas ainda consigo ver as placas na rua pela janela do carro, e já estou lendo algo em voz alta antes de me dar conta: "Dê preferência", "Passagem de nível", "Reduza a velocidade". As mãos de Helen estão grudadas ao volante. Ela não fala comigo. Eu me mexo no banco, subitamente ciente de que minha bexiga está cheia.

— Estamos indo para casa?

Helen suspira. Significa que eu já perguntei isso antes. Assim que entramos na minha rua, me dou conta da urgência em fazer xixi. Não posso esperar mais.

— Me deixa aqui — peço a Helen, tateando a maçaneta da porta.

— Não seja boba, já estamos quase lá.

Abro a porta mesmo assim, e Helen para o carro de imediato.

— Que merda você está fazendo? — pergunta.

Saio do carro e corro pela rua.

— Mãe! — chama Helen, mas não olho para trás.

Corro em direção à minha casa, o corpo curvado para a frente. Cada segundo exige uma contração mais forte dos músculos. A pressão na minha bexiga parece aumentar à medida que me aproximo de casa, e desabotoo meu casaco, tateando os bolsos desesperadamente em busca da minha chave. Na porta, me contorço, girando a chave na fechadura freneticamente. Algo impede que ela gire.

— Ah, não! Essa não! — praguejo bem alto.

Finalmente, sinto a chave girar. Entro pela porta e ela bate sozinha atrás de mim; a bolsa cai ruidosamente no chão. Mas chego tarde demais ao banheiro. Com a mão no cós da calça, começo a fazer xixi. Arranco-a, mas não dá tempo de mais nada, e então me sento no banheiro e faço xixi de calcinha mesmo. Por um momento, tombo um pouco para a frente, as mãos segurando a cabeça, cotovelos nos joelhos, as calças encharcadas grudadas nos tornozelos. Então, devagar e sem jeito, tiro os sapatos, puxo o tecido molhado e grosso pelos pés e jogo-o na banheira.

Não tem uma luz acesa na casa — não consegui parar para acender —, e então me sento no escuro. Começo a chorar.

O truque é ser sistemática, tentar anotar tudo. Elizabeth desapareceu, e eu tenho a obrigação de descobrir o que aconteceu com ela. Mas estou tão desnorteada que não tenho certeza da última vez que nos falamos ou do que já descobri a respeito. Telefonei várias vezes para ela e não fui atendida. Nunca mais a vi. Eu acho. Ela não esteve aqui e eu não estive na casa dela. E o que mais? Acho que devo procurar pistas. E tudo que eu encontrar, vou anotar. Tenho que colocar canetas na minha bolsa agora. O truque é ser sistemática. Já anotei isso também.

Confiro se estou com as minhas chaves três vezes antes de sair. A pálida luz do sol incide, oblíqua, sobre a grama ao meu lado enquanto me arrasto pelo caminho, e o cheiro dos pinheiros me deixa otimista. Acho que não saio há alguns dias. Algo aconteceu, e Helen fez um estardalhaço, mas para mim é tudo um grande branco, o que me deixa tonta.

Estou usando um casaco de camurça grossa sobre um suéter de tricô e um vestido de lã, mas ainda sinto frio. Passei pelo mercado e vi meu reflexo no espelho. Corcunda, pareço a Sra. Tiggy--Winkle, só que sem os espinhos. Ao caminhar, confiro as canetas na bolsa e o papel nos meus bolsos. Faço uma nova checagem a cada poucos passos. O mais importante é anotar tudo. Por um momento, fico confusa sobre o que devo escrever, mas o caminho que estou seguindo faz com que me lembre. Passei pela última casa pré-moldada, pintada pelo dono com um verde e amarelo desagradável. (Elizabeth ria de sua feiura e dizia que, se conseguisse encontrar uma réplica em cerâmica, valeria uma fortuna.) Em seguida, passo pelos fundos de um hotel, onde a rua é escorregadia por causa de um líquido turvo (Elizabeth dizia que era a borra do chá despejado ali depois do café da manhã), e por uma bela acácia, cujos galhos se estendem do caramanchão de um jardim (Elizabeth podava-a todo ano, mas nunca adiantava).

A casa de Elizabeth é toda pintada de branco, com janelas de vidro duplo. A cortina de filó faz com que pareça a casa de uma aposentada, embora, claro, eu não possa tecer qualquer crítica, pois tenho uma igual. Foi construída logo depois da guerra, em uma rua de casas novas, e a mureta do jardim nunca foi alterada. O primeiro proprietário cimentou seixos coloridos na parte de cima do muro, que permanecem ali até hoje. Elizabeth nem sonharia em removê-los agora. Quando eu era mais nova, sempre ficava curiosa com essas casas novas, e me lembro dessa em particular, por causa do muro com seixos.

Toco a campainha. "Ela ecoou pela casa vazia." Essa frase brota sabe-se lá de onde, mas campainhas sempre ecoam pelas casas, não é mesmo? Vazias ou não. Eu espero e enfio a mão até o fundo do vaso do primeiro degrau. Geralmente eles estão cobertos de flores, mas nesse aqui sequer um broto verde rompe a superfície. Elizabeth deve ter se esquecido de plantar esse ano. Tiro minha mão rapidamente. Não faço ideia do que eu estava fazendo ali. Estava só procurando pelas raízes, ou por algo específico?

Encaro a porta, me perguntando há quanto tempo estou aqui esperando. Cinco minutos? Dez? Olho o relógio, mas ele não me dá pistas. O tempo está tão elástico agora. Toco a campainha de novo e anoto cuidadosamente a hora, observando o ponteiro dos segundos. Depois de cinco minutos escrevo *Nada de Elizabeth* e vou embora. Talvez ela esteja de férias, como alguém sugeriu. Ou será que está com o filho dela? Mas eu teria anotado isso, tenho certeza. Tenho alguns lembretes como esse. Servem não apenas para me manter informada, mas para eu ter assunto para conversar com os outros. "Você sabia que Elizabeth foi para o sul da França?", eu poderia dizer a Helen; ou "Elizabeth está com o filho dela", eu diria a Carla. Notícias como essas são úteis.

Então minha memória não está me traindo. Elizabeth sumiu mesmo. E tudo que eu consegui demonstrar até agora — tudo que consegui provar — é que ela não está em casa nesse momento.

No portão me vem um pensamento, e me viro para olhar pela janela da frente. Encosto meu nariz no vidro gelado e coloco minhas mãos em concha em torno dos olhos; assim consigo enxergar através das cortinas de filó. Elas dão um aspecto nebuloso ao cômodo escuro, mas consigo distinguir as cadeiras vazias e as almofadas rechonchudas. Seus livros foram habilmente organizados nas prateleiras, e sua coleção de porcelanas maiólicas — potes, vasos e sopeiras — está em cima da lareira. "Nunca se sabe", Elizabeth sempre diz, depois de rir da minha reação diante da feiura gritante de uma folha seca ou das escamas de um peixe, tão complexas que chega a ser revoltante. "Um deles pode valer uma fortuna." Ela não enxerga muito bem, só consegue ver a vaga aura das cores, mas gosta da sensação do toque. Animais e insetos em relevo. Ela consegue tatear os contornos nos pontos onde se elevam, na superfície da cerâmica, o esmalte quase tão liso quanto a pele de um sapo, quase tão escorregadio quanto uma enguia. Ela vive na esperança de descobrir que uma dessas peças é realmente rara. E a promessa do dinheiro é a única razão pela qual seu filho permite que ela as mantenha. Caso contrário, estariam em uma lata de lixo, sem qualquer hesitação.

Pego uma caneta grossa e um bloco de papel amarelo brilhoso, pronta para registrar minhas escassas descobertas: *Tudo muito limpo. Nada de Elizabeth, nenhuma luz acesa.* Ao sair, tropeço em um canteiro de flores, e meu pé afunda no solo, deixando uma marca perfeita do meu sapato. Que bom que não estou planejando um crime. Ando cuidadosamente junto ao canteiro, ao lado da casa, e olho pela janela da cozinha. Não há cortinas de filó, e mal consigo ver a bancada de madeira e a pia reluzente. *Nenhuma comida fora da geladeira*, escrevo. *Não tem pão, não tem maçã. Não tem louça lavada no escorredor.* Não é muito, mas já é alguma coisa.

Volto para casa pelo parque. Não está chovendo, então posso sentir o ar fresco. A grama está um pouco gelada, e eu gosto de ouvir o barulho que ela faz sob meus pés. Em algum lugar, do outro lado do coreto, há um declive que parece uma cratera de meteoro, cheio de flores e bancos. Foi Helen quem fez. Um de seus primeiros grandes trabalhos. Embora eu não me lembre de todos os detalhes, lembro que eles tiveram que mover toneladas de terra. É um lugar muito ensolarado, e até as flores de clima mais tropical prosperam ali. Ela sempre foi boa em cultivar coisas. E sabia os melhores lugares para plantar abobrinhas; tenho que me lembrar de perguntar a ela assim que a vir.

Passo por esse coreto há setenta e tantos anos. Eu e minha irmã vínhamos por esse caminho para tirar fotos. Sempre tinha música por aqui durante a guerra. Para animar as pessoas. As cadeiras abrigavam homens em uniformes cáqui, mal camuflados na grama brilhante. Sukey diminuía o passo para ouvir a banda e sorrir para os soldados; ela sempre conhecia alguns dos bailes do Pavilion. Eu andava de um lado para o outro entre ela e os portões, querendo chegar logo à cidade, impaciente para ver qualquer filme a que estivéssemos indo assistir. Gostaria de poder caminhar daquele jeito agora, mas não teria fôlego.

Nos primeiros degraus que levam para fora do parque, paro para olhar para trás; o céu escureceu, e uma figura se ajoelha na grama. O som de um garoto chamando alguém de cima do coreto faz com que eu me apresse, trêmula, em direção à rua. No terceiro degrau há uma pedrinha reluzente. Escorrego. Tento segurar no corrimão, mas não consigo. Minhas unhas raspam na parede e minha bolsa oscila, me derrubando. Caio no chão com força, cerrando o maxilar com a dor que sinto no braço. O sangue percorre meu corpo como se não soubesse para onde ir, e percebo que meus olhos estão arregalados, secos, as pálpebras dilatadas.

Lentamente, o choque da queda passa e consigo piscar de novo, mas estou cansada demais para me levantar de uma só vez, então eu viro de lado e, por um minuto, descanso ali mesmo. Consigo ver a parte inferior do gradil enferrujado e, embaixo dele, na parede, o desenho de uma raposa feito com estêncil. Há terra nos vincos das minhas mãos, embora eu não consiga saber de onde ela veio, e as saliências dos degraus machucam minhas costas. Pelo menos eu finalmente caí. Esses degraus sempre foram perigosos. E eu não bati a cabeça, embora tenha batido com força a lateral do corpo, e meu cotovelo estará roxo amanhã. Sinto os efeitos da queda na pele, manchando-me como suco de amora. Ainda me lembro do prazer de admirar meus machucados quando era criança, os hematomas negros e azul-marinho, em formato de nuvem. Sempre encontrava marcas das batidas que eu dava com os quadris nos móveis, ou unhas roxas por causa de alguma topada. Uma vez, minha amiga Audrey escorregou enquanto vagava meio cambaleante pelas trilhas de East Cliff, e eu fiquei com uma marca escura no peito por causa da pressão contra a grade ao segurá-la. E depois vieram as marcas deixadas pela mulher louca que me perseguiu na rua.

Mandaram-me comprar mantimentos, e a encontrei no balcão da mercearia. Ela estava murmurando algo para o dono do estabelecimento quando pedi uma lata de pêssegos em calda e uma porção de gordura para cozinhar, e mantive-me longe dela, olhando para um canto da mercearia, enquanto os itens eram pesados e embalados. Havia um cheiro estranho de anis, e de alguma forma me dei conta de que vinha da mulher louca, embora talvez fossem só os potes de alcaçuz que estavam perto da janela. Paguei e saí com as compras junto ao peito, e, quando esperava o bonde passar, ouvi um grande "plack!", no meu ombro. Meu coração saltou, e deixei escapar um som assustado.

Era ela. Havia me seguido e me acertou com o guarda-chuva. Sempre carregava um guarda-chuva surrado e manchado, parcialmente desenrolado, que mais parecia um pássaro ferido. Ela parava os ônibus se postando na frente deles e acenando com o guarda-chuva, e então levantava o vestido e mostrava a calcinha. Diziam que a filha dela havia sido atropelada e morta por um ônibus, antes da guerra. As pessoas falavam sobre isso aos sussurros, ou faziam piadas pelas costas dela, mas, se você fizesse qualquer pergunta a respeito, era avisado para se calar, não se intrometer, ficar longe, como se ela tivesse uma doença contagiosa.

O ponto final do bonde já estava se aproximando quando "plack!", ela me bateu de novo. Ao descer, atravessei a rua. Ela me seguiu. Corri até em casa, deixando cair a lata de pêssegos, em pânico, e ela continuou a me perseguir, gritando coisas que eu não conseguia entender. Entrei pela porta da cozinha, chamando minha mãe, que correu para enxotar a mulher e recuperar os pêssegos.

— Eu sempre disse a você: não olhe para ela, não fale com ela, mantenha distância — alertou mamãe quando voltou.

Eu falei que não fiz nada disso, mas ainda assim a mulher me perseguiu.

— Bem, eu nunca a vi na mercearia antes. Nós deveríamos procurar a polícia, mas não posso deixar de sentir pena dela. Suponho que ela não goste de ver meninas por lá — comentou mamãe, olhando pela janela, para se certificar de que a mulher já tinha se afastado —, porque a filha dela foi morta por um ônibus.

A culpa é minha por ser uma menina, pensei. Mas depois me perguntei se ela não estava com fome e queria meus mantimentos. Meu ombro ficou machucado durante várias semanas, a mancha negra sobre a pele clara. As mesmas cores do guarda-chuva da mulher louca, como se ela tivesse deixado um pedaço dele em mim, a pena de uma asa quebrada.

3

Liguei para o médico. Carla disse para não ligar, mas estou com o braço dolorido. Acho que isso pode ser sintoma de algo mais preocupante. Ela diz que é assim que os velhos acordam toda manhã. Ela não usa a palavra "velhos", mas sei que é isso que quer dizer. Quando percebe que liguei mesmo assim, Carla telefona para minha filha e pede que ela me repreenda.

— Mãe, pelo amor de Deus, pediram para você deixar o pobre homem em paz — recrimina Helen, sentando-se junto à janela, alerta.

— Mas, Helen, estou doente — insisto. — Acho que estou doente.

— Foi o que você disse da última vez, mas não há nada de errado. Você não é mais jovem, é só isso; o médico não pode fazer nada a respeito. Ah, lá vem ele.

Helen se levanta e vai abrir a porta.

Eles conversam no hall, mas não consigo entender o que estão falando.

— Bem, Sra. Horsham — diz ele, entrando na sala e tirando os fones de ouvido de um Walkman, ou sei lá como é que se chama isso hoje em dia. — Estou bastante ocupado esta manhã. Em que posso ajudá-la?

Meu médico é jovem. Muito jovem e muito bonito, os cabelos escuros caindo na testa. Sorrio para ele, mas ele não retribui meu sorriso.

— Estou bem — falo. — Para que tanto estardalhaço?

Ele respira fundo, um som impaciente, como um animal faminto.

— A senhora telefonou para o consultório, Sra. Horsham. Disse que precisava de uma visita médica com urgência.

Ele olha para Helen, e então se senta, segura meu pulso e o pressiona, olhando para o relógio.

— A senhora consegue se lembrar do que aconteceu? — pergunta. — A senhora tem telefonado com certa frequência ultimamente. E as pessoas não costumam solicitar uma visita médica quando *estão bem*.

Helen assente por trás dele.

— Eu não tenho telefonado com tanta frequência — digo, ainda olhando para Helen.

— Isso não é verdade, sabe? — retruca ele, fazendo anotações. — Para ser mais exato, a senhora nos telefonou vinte vezes nos últimos quinze dias.

— Vinte vezes? — Ele deve estar me confundindo com alguém: deve ter sido linha cruzada, ou talvez a telefonista tenha discado para a pessoa errada.

— Não estou insinuando que a senhora está inventando coisas, não mesmo, mas me pergunto se não há outra coisa acontecendo aqui.

Ele pega uma pequena lanterna. — Talvez não seja algo estritamente médico.

— Desculpe — digo, afastando-me um pouco do feixe de luz, que mais parece uma mosca zumbindo em meu rosto —, mas não acho que tenha sido eu quem ligou todas essas vezes. Tenho boa saúde.

— Eu sei que tem — afirma ele, pondo a mão em minha testa de modo que não consigo me mexer e apontando a lanterna para um dos meus olhos. — E é por isso que é um pouco frustrante ser chamado pela senhora quando tenho pessoas doentes de verdade para cuidar.

Não sei o que pensar, não consigo raciocinar direito com essa lanterna se movendo rapidamente, se movendo sobre a minha pele, mas ele diz que tenho que abrir os olhos.

— Não compreendo — digo. — Não sou como minha amiga Elizabeth. Ela mal consegue sair de casa. Ela não tem boa visão nem consegue ficar em pé direito. Já eu...

— Já a senhora está em ótima forma para a sua idade. Eu sei.

Ele guarda a lanterna, e eu enrugo a testa. Por um minuto não faço a menor ideia de por que ele está aqui.

— Mas eu queria dizer, doutor... Minha amiga Elizabeth. Ela sumiu.

— Ah, mãe, não comece de novo. — Helen se intromete na conversa. — Desculpa, é a obsessão dela no momento. Eu já disse a ela que vou descobrir o que aconteceu.

— Não é uma obsessão — retruco. — Não sei há quanto tempo ela está desaparecida.

— Tenho certeza de que sua amiga vai entrar em contato — tranquiliza o médico. — A senhora tem que ficar calma e deixar que sua família cuide disso. Certo? Relaxar é o segredo. Tenho que ir, preciso ver meus outros pacientes.

Ele pega a bolsa e se vira para Helen:

— Sei que ela tem um exame de sangue essa semana. — Ele me dirige um olhar breve. — Você talvez deva enviá-la para uma avaliação de suas capacidades mentais. Quando achar melhor.

Enquanto conversa com Helen, ele coloca os fones de ouvido, aquelas conchas de arame se posicionando atrás de suas orelhas, e me pergunto o que será que ele está ouvindo. Pouso minhas mãos em concha sobre os ouvidos, esforçando-me para ouvir o som do mar de minha circulação, a música de meu sangue. Mas as mãos não são como conchas; elas não criam o eco necessário, ou o que quer que seja. Helen volta depois que o médico vai embora e se senta no braço da minha poltrona.

— Não precisa tampar os ouvidos, mãe. Ele não estava gritando. Mas agora você promete que não vai telefonar para o consultório novamente? E vai parar com essas besteiras sobre Elizabeth?

Não respondo nada.

— Mãe?

Ela segura meu braço e eu grito.

— O que foi? — pergunta ela, puxando a manga da minha blusa.

Há hematomas em minha pele, espalhando-se pelo ombro, dispersando-se como asas.

— Meu Deus. Por que você não falou com o médico sobre isso? Vou ligar e pedir para ele voltar.

— Não, não faça isso — peço. — Não aguento aquela mosca no meu rosto. Não quero ele aqui de novo.

— Desculpa. — Helen se agacha na minha frente e segura minha mão. — Desculpa não ter acreditado em você. Desculpa não ter pedido para o médico te examinar direito. Como você se machucou, mãe?

— Foi um guarda-chuva — respondo, mas não me lembro.

Ela se senta e acaricia minha mão por alguns minutos, e entrelaço meus dedos nos dela, sentindo a pele em torno de suas unhas cor-de-rosa esfolada de tanto mexer na terra. Isso é o máximo de proximidade que tivemos em um bom tempo.

— Eu segurei a mão da minha mãe quando ela estava morrendo — lembro, embora quisesse guardar esse pensamento só para mim.

— Você não está morrendo.

— Eu sei, mas me lembrei disso. Ela morreu sem saber. Eu não quero morrer desse jeito.

Helen para de acariciar minha mão.

— Sem saber o que, mãe?

— Sem saber sobre Sukey. — Aperto ainda mais seus dedos. — É por isso que quero encontrar Elizabeth.

Helen suspira e solta minha mão.

— É melhor eu ir logo. Quer alguma coisa?

Digo a ela que não preciso de nada, mas em seguida mudo de ideia:
— Queria um suéter novo.

Em uma das últimas vezes que Elizabeth foi fazer compras, antes de sua visão piorar, antes de não sair mais de casa, ela comprou para mim um estojo de seda para os óculos. Isso me vem à mente sempre que abro minha bolsa. A seda pálida capta a luz, e sinto seu frescor todas as vezes que preciso de dinheiro ou pego meu bilhete de ônibus. Guardo meus óculos de reserva dentro dele. Só preciso de óculos para ler, mas, quando se chega a uma certa idade, as pessoas fazem com que você os use o tempo inteiro. É parte do uniforme. De outra forma, como saberiam que você é uma velha inútil? Eles querem que você tenha os adereços certos para identificá-lo entre as pessoas que têm a decência de ter menos de 60 anos. Dentadura, aparelho de ouvido, óculos. Tenho tudo isso.

Helen sempre se certifica de que estou com eles antes de sairmos de casa. Ela parou de verificar se estou com a dentadura, mas sempre presta atenção nos óculos. Acho que ela pensa que vou começar a tropeçar nas coisas se esquecê-los. Então sempre carrego um pendurado em uma corrente em volta do pescoço, pronto para uma eventual leitura. Eles não estão ajudando muito no momento. Preciso mesmo é de um suéter. Com uma bela cor sóbria e de lã fina. Exatamente como os que usávamos. Se eu conseguir guardar essa imagem em minha mente, acho que não esquecerei o que estou procurando. Mas ainda não encontrei o que quero, e estou prestes a perder essa lembrança.

Vasculho a banca de ofertas de meias, empurrando-as para os lados, meus braços perdidos entre os tecidos. Uma imagem de minha mãe espremendo uma pilha de roupas em uma mala surge em minha mente e desaparece.

— Não consigo entender por que é tão difícil achar um suéter normal.

Helen e Katy suspiram, e me pergunto há quanto tempo estamos nessa busca, andando de um lado para o outro. Começo a me arrepender dessa empreitada. É uma pena, eu adorava fazer compras. Mas as lojas estão muito diferentes hoje, tudo emaranhado, uma bagunça. Muitas cores estranhas. Quem vai usar essas coisas laranja tão espalhafatosas? Vão ficar parecendo operários da construção civil. Os jovens usam qualquer coisa.

Olho para Katy. Acho engraçado ter uma neta com piercings, embora eu imagine que ela esteja fazendo sucesso entre os outros adolescentes. Talvez eu usasse piercings também, se fosse jovem. Ela se encosta em uma arara de saias florais, imitando minha postura. Helen fica parada no meio do caminho com piso de linóleo, forçando os outros clientes a se desviarem dela.

— Mãe, nós já te mostramos uma centena de suéteres — diz. — Você não gostou de nenhum. Não sobrou nada.

— Não pode ter sido uma centena. — Fico irritada com os exageros de Helen. — Que tal olharmos do outro lado? Não olhamos aquele canto ainda. — E aponto para o outro lado da seção feminina.

— Vó, nós viemos de lá.

Claro que viemos. Viemos?

Katy se afasta das saias, tirando um suéter creme de uma arara próxima a ela.

— Olha, esse é bonito. É a cor certa para você.

— O tecido é canelado. Isso não é bom.

Eu balanço a cabeça. Não entendo. Tudo o que quero é um suéter com gola normal. Não quero com gola polo, nem gola V. Quente, mas não muito.

Katy dá um sorrisinho irônico para a mãe antes de se virar para mim.

— É, e não pode ser muito comprido, mas também não deve ser muito curto.

— Exatamente. Metade dos suéteres nem cobrem o umbigo. E eu sei que você está zombando de mim, Katy — digo, embora só tenha percebido isso depois de ter começado a falar. — Mas não é querer muito, é? Um suéter normal.

— E uma cor *normal*. Preto ou azul-marinho ou bege ou...

— Obrigada, Katy. Você pode rir, mas não pode esperar que eu use uma dessas cores esquisitas. Bordô ou magenta ou azul-petróleo ou algo do tipo.

Mas não deixo de sorrir; é bom ser provocada. Elizabeth sempre implicava comigo também. Isso faz com que eu me sinta humana. Pelo menos alguém me acha inteligente o bastante para entender uma piada.

Minha neta ri, mas Helen leva as mãos à cabeça, inspecionando mais e mais araras de roupa.

— Mãe, você não percebe que achar um suéter que tenha bom comprimento, espessura, cor, tipo de gola e sabe-Deus-mais-o-quê é uma tarefa impossível?

— Não sei por quê. Quando eu era jovem, conseguia achar o tipo certo de suéter. Hoje em dia tem muita opção.

— O que, na recessão? Duvido.

— É verdade. Ou pelo menos sempre era possível encontrar alguém que fizesse um do jeito que você queria. E Sukey me trazia roupas lindas.

Minha irmã sempre teve muito estilo, especialmente depois do casamento. Ela cortava as roupas e as transformava em peças novas, mas mamãe sempre se perguntava onde ela tinha conseguido dinheiro, sem levar em conta os cupons que recebíamos do governo para comprar roupas durante a guerra, e papai balançava a cabeça com desgosto, falando algo sobre o mercado negro. Ela me deu um belo bolero de veludo uma vez. Usei-o à exaustão, em situações banais, e depois desejei tê-lo guardado para ocasiões especiais. Eu o usava da última vez que a vi.

Ela entrou pela porta da cozinha quando eu estava cortando o pão. Eu já tinha tirado o uniforme da escola e colocado um vestido e meu bolero, mas não podia me igualar à minha irmã em seu terninho azul e seu penteado à la Lana Turner. Ela era sete anos mais velha que eu, e dez vezes mais elegante

— Olá, Maud — disse, beijando minha cabeça. — Onde está a mamãe?

— Vestindo outro cardigã. E papai está preparando *fish and chips*.

Sukey assentiu e se sentou à mesa. Empurrei a chaleira até ficar sob a luz do sol, pensando que isso ajudaria a conservar o calor por mais tempo. Nossa cozinha ficava escura antes mesmo de o sol se pôr, quando os raios atravessavam a cerca viva de amoras no jardim. Jantávamos nesse horário a tempo de aproveitar esses parcos momentos de luz.

— Douglas está? — pergunta Sukey, inclinando-se um pouco em direção à escada à sua frente para espiar o corredor. — Vai dormir aqui hoje?

— Claro. Por que não estaria? — Eu ri. — Ele é nosso inquilino. Paga para dormir aqui.

Desviei os olhos da minha tarefa de arrumar as xícaras. Sukey não esboçava um sorriso sequer; seu rosto estava pálido, e ela não conseguia ficar quieta. Mexeu no anel em seu dedo e ficou horas arrumando o casaco no espaldar da cadeira.

— Pensei que talvez eu pudesse ficar — disse ela por fim, e deve ter percebido que eu a encarava, pois riu em seguida. — Isso é muito estranho? Muito errado? — Ela parecia de fato estar em dúvida.

— Não — respondi. — Você poderia ficar no meu quarto. Sua antiga cama ainda está lá.

Mamãe desceu as escadas em direção à cozinha, cumprimentando Sukey com um beijo.

— Seu pai já vem com o peixe — disse. — Tome uma xícara de chá. Maud, você poderia servi-lo, por favor?

— Obrigada, Polly — agradeceu Sukey, do jeito que sempre fazia quando eu preparava o chá para ela.

— Devo fazer sua cama agora?

— Não se preocupe — disse ela, com a voz baixa. — Vou decidir ainda.

Servi o chá com a sensação de que algo havia me escapado. Papai chegou e nos servimos de *fish and chips*, o ardente cheiro de vinagre subindo com o vapor. Sukey parecia mais calma agora, mas derrubou sua colher de chá quando mamãe lhe perguntou como Frank estava.

— Bem — respondeu. — Ele está partindo esta noite com uma carga para Londres. Estão pegando a van agora; por isso ele não veio. Todos estão voltando para casa.

O marido de Sukey herdou a empresa de mudanças dos pais e passou a guerra auxiliando as pessoas a saírem de seus prédios bombardeados para alojamentos temporários. Agora ele os ajudava a voltar para suas casas.

— Quem sabe você não poderia vir jantar aqui enquanto ele está longe? — convidou papai. — É bom tê-la mais vezes conosco.

— Sim, eu poderia. Aproveitando que Frank está fora. É uma casa muito grande, é uma bobagem comer sozinha, não é?

— Com certeza é — disse Douglas ao entrar na cozinha.

Ele tinha um vasto repertório de frases de filmes americanos, e as usava o máximo que podia. Era irritante, mas tanto mamãe quanto Sukey me diziam que eu não deveria ficar irritada porque ele havia perdido a mãe em um bombardeio.

— Como você está, Sukey? — perguntou ele assim que se sentou à mesa e começou a jantar.

— Bem, obrigada, Doug.

Comemos rápido, para nossas batatas não esfriarem. Papai nos contou sobre uma mudança em sua carga horária desde que outro trabalhador havia retornado do exército, comparando suas rotas postais com as entregas de leite de Douglas, e mamãe se queixou da fila no açougue. Ouvi tudo por alto, prestando atenção em Sukey e, depois, em Douglas. Não conseguia deixar de tentar prever o momento em que ele usaria mais uma gíria americana. No geral, soava estranhamente distorcida em seu sotaque de Hampshire.

— Estava pensando em ir ao cinema na Tub Street, — disse ele ao terminar de comer.

Douglas olhava para Sukey, e a luz débil iluminou as partes de seu rosto onde a barba ainda não havia crescido. Havia uma mancha rosada em forma de C em sua bochecha e outra sob o queixo.

— Vou indo, então — anunciou Sukey, abrindo seu pó compacto e pressionando a esponjinha sobre o nariz. Ela a passou suavemente pela testa, o que me fez lembrar que tinha me prometido algumas aulas de maquiagem. Douglas a observou por um momento antes de sair para pegar seu casaco no hall. Se existisse um tipo de maquiagem para Douglas, eu diria que seria um pó compacto para preencher sua barba.

Quando mamãe se levantou para lavar a louça e papai foi colocar o jornal engordurado em que serviu o *fish and chips* na lixeira lá fora, eu me inclinei para Sukey.

— Você vai ficar aqui essa noite? — perguntei. Eu havia pensado durante o jantar e levantei uma série de justificativas possíveis. — Aconteceu alguma coisa entre você e o Frank?

Ela balançou a cabeça, em negação.

— Já disse, preciso pensar. Na verdade, seria melhor eu ir embora agora. Tchau, mãe, pai. Até logo.

Ela já estava quase na porta quando me lembrei:

— Tenho um presente para você, Sukey.

Ela sorriu de forma honesta e verdadeira pela primeira vez.

— É para o seu cabelo — disse, entregando parte da surpresa.

Eu havia comprado dois pentes no Woolworth no sábado, um para mim e outro para ela. Eles imitavam cascos de tartaruga e tinham desenhos de pássaros grosseiramente moldados, mas, quando os segurei contra a luz, as asas quase pareciam tremular.

— É lindo. Obrigada, querida — agradeceu ela depois de abrir o papel e deslizar o pente em uma mecha de cabelo acima de sua orelha.

Ela me deu um beijo antes de bater a porta, e eu ainda tinha a marca de seu batom na minha testa quando Douglas voltou do filme. Ele riu ao esfregar a marca com o polegar. Lembro de achar aquilo engraçado, pois quando ele caçoou de mim mencionou a cor certa: Vermelho Vitória.

— Posso ajudar?

A jovem atendente da seção de maquiagem parece aborrecida junto ao espelho iluminado, vestida de branco, seu rosto em vários tons de bege. Ao seu redor, só é possível ver pós compactos dourados, abertos como as conchas de uma ostra. O que eu quero tem a parte de baixo da embalagem azul e prateada, mas não vou encontrá-lo aqui.

— Queria um batom — digo à jovem.

Ela assente e aponta hesitante para um mostrador de plástico.

— Vermelho Vitória — peço.

— Como?

— Quero um Vermelho Vitória.

O cheiro doce nesses lugares é irresistível. Sinto como se respirasse um melaço. Helen e Katy estão experimentando vários perfumes a alguns passos de mim, fazendo caretas e espirrando. Elas procuram um presente para Carla, porque ela fez alguma coisa, ou *não* fez alguma coisa, ou porque *eu* fiz alguma coisa.

A jovem olha para as estantes, tirando e repondo vários pequenos tubos de forma rude. O plástico estala.

— Acho que não temos o que procura. Que tal esse?

Ela me mostra um cilindro longo e reluzente. A etiqueta diz "Sedução Escarlate". Parece promissor. Pego-o de sua mão e desenho um raio na minha, a cor se infiltrando nas rugas.

— Sim, é bonito — concordo, devolvendo-o. — Mas eu preferia o Vermelho Vitória. Você tem?

— Desculpe, não temos esse.

Ela sorri e relaxa a postura no balcão. Há um cheiro azedo por trás de todo o perfume, o que me faz pensar que o uniforme da loja é feito de náilon.

— É mesmo? Que chato. Por que isso?

— Está fora de moda. Por que não leva esse aqui?

Quero pedir a opinião de Katy, mas não a vejo. Ou a de Helen. Vou andando pelos balcões luminosos. Nem sinal delas. Entro em outro departamento, com a luz mais fraca, cheio de bolsas de couro reluzentes e bijuterias baratas. As gôndolas têm o dobro da minha altura e suas mercadorias refletem a luz dos spots direto em meus olhos. A música é atordoante, as palavras parecem se atropelar de forma caótica da boca do cantor, e sinto que estou perdendo o equilíbrio.

De alguma forma, fico presa a um mostrador com longos colares de contas. Um se agarra no meu casaco, o outro na corrente dos meus óculos. Minhas mãos não são firmes o suficiente para soltar os fechos, e quanto mais eu puxo, pior fica. Começo a pensar que ficarei presa aqui para sempre. O suor escorre pelas minhas costas. Uma jovem vem em minha direção, não Katy, e um súbito pânico me faz arrancar o botão do meu casaco. Deixo meus óculos, ainda presos às miçangas, tristemente pendurados nos cabides, e volto pela escada rolante, equilibrando-me na beirada de um degrau e segurando no corrimão para me apoiar. Há um risco de batom na minha mão, sufocando minha pele, e a esfrego com a outra mão, contendo um tremor. Sempre odiei como esse troço mancha.

Chego ao departamento de UTENSÍLIOS DE COZINHA E LOUÇAS. A música, ecoando por todo o ambiente, é tão alta que mal consigo pensar. Meus óculos desapareceram, e vasculho a bolsa em busca do estojo de seda clara. Os óculos sobressalentes ficam engraçados no meu rosto, e eu tenho que ficar endireitando-os entre as prateleiras com louças de cerâmica. Não sei o que estou fazendo aqui, e nenhuma resposta me vem à mente. Os vasos de vidro lapidado e a travessa de lasanha não me dão nenhuma pista. Fico de pé lendo as instruções de uma panela wok: "Remova a sujeira mais profunda apenas com uma esponja ou um pano de náilon. Não use esponjas metálicas ou produtos de limpeza abrasivos."

Uma mulher com o cabelo preso no alto da cabeça me lança um olhar estranho ao passar por mim. Há quanto tempo estou aqui? Não consigo ver as horas. Devo estar em pé ao lado desta prateleira há muito tempo. Se ao menos eu pudesse achar algum funcionário da loja... Ouço uma vendedora perguntar se preciso de ajuda, mas não enxergo nada ao redor e não consigo saber de que lado vem sua voz.

— Essa é a última, mas meu gerente pode dar um desconto para você.

Corro em uma direção, mas não encontro ninguém, então dou meia-volta e me apresso na direção oposta. Quando viro um corredor, minha bolsa se agarra a uma prateleira. Um estrondo. Fico petrificada. "Cristal Waterford", leio. Segundos de silêncio. Ninguém aparece. Começo a me afastar.

— Ah! — Uma mulher de uniforme azul-escuro vem atrás de mim. — Você quebrou esse vaso. Olha, está destruído. Você vai ter que pagar por ele. Custa 120 libras.

Fico trêmula. Cento e vinte libras. É uma fortuna. Lágrimas brotam dos meus olhos.

— Vou chamar o gerente. Você pode esperar aqui?

Assinto e pego minha carteira. Tenho duas notas de 5 libras e uma de 20, e também algumas moedas. Não consigo descobrir o quanto dá a soma disso tudo, mas acredito que não chegará nem perto do valor do vaso de cristal.

— O que devo fazer? Pedir o endereço dela? — questiona a mulher, voltando, olhando para alguém escondido em meio às prateleiras. Então pede o meu endereço.

Não lembro. Ela acha que estou mentindo, mas eu não estou. Não lembro o meu endereço.

— É na rua *alguma coisa* — digo. — Ou avenida *alguma coisa*.

A mulher me olha, incrédula.

— Você chegou aqui com alguém? — pergunta. — Com quem? Podemos localizá-los.

Abro a boca, mas não lembro com quem.

— Tudo bem, venha comigo.

Ela segura meu braço e me conduz pela loja. Não sei aonde estamos indo. Passamos por um departamento repleto dessas camas com encostos, confortáveis, e anseio desmoronar em uma delas. Finalmente chegamos a um balcão.

— Você consegue se lembrar de quem está aqui com você? — grita ela, embora eu não seja surda.

Digo que não e sinto um aperto no estômago.

— Você precisa dizer um nome para que eu possa localizar alguém — grita ela mais uma vez.

Não consigo pensar com ela falando assim. Um homem de macacão, empurrando um carrinho com estranhas bonecas mutiladas, para.

— Que diabos, Grace! O que você está fazendo? — esbraveja ele.

— Temos um vaso quebrado na seção de Louças, essa senhora está perdida e eu não sei quem procurar para vir buscá-la — diz ela, baixando um pouco o tom de voz.

Estamos em pé perto de uma bancada de televisões. As telas tremulam, como mil pássaros batendo suas asas, me deixando tonta. Elas me fazem pensar em Sukey passando o pente pelo cabelo, na cerca viva junto à nossa casa e na mulher em meio às folhas, virando-se para sair do campo de visão de Douglas.

— Anuncie o nome dela e diga que ela está aqui — diz o homem, voltando-se para mim. — Qual é o seu nome, querida?

Por um momento, acho que não lembro o meu nome. Mas depois ele me vem à cabeça, e no momento seguinte ouço a mulher pronunciá-lo no alto-falante. Esperamos. Não sei quanto tempo. A mulher sai para falar com alguém, e eu consigo ver as camas ao longe. Certamente ninguém se importaria se eu fosse até lá descansar.

A primeira na qual me sento se chama "Sofá-cama Prima Sudeley, amplo, com estofamento em chenile". É bonita e confortável. Relaxo o corpo e me afundo nela. Sentar ali é tão tranquilizador que fico em vias de adormecer.

Um anúncio alto e repentino me desperta. Algo sobre descontos em tapetes de banheiro. Levanto da cama e fico em pé por um tempo.

— Mãe! Aonde você se meteu? — diz Helen, saindo de um elevador. — Procuramos você por toda parte.

Helen segura meu braço e pegamos o elevador para descer; ela me segura, mas seus olhos não encontram os meus em nenhuma dessas paredes espelhadas. Os óculos marrons acentuam sua expressão fechada. Ela está com raiva de mim. Eu a deixei preocupada, vagando por aí desse jeito, diz ela. Engraçado como as coisas se invertem. Helen sempre queria fugir quando era criança. Eu encontrava sua mochila da escola cheia de mudas de roupa, maçãs mordidas e suas conchas favoritas. Se eu não prestasse atenção nesses indícios, seria obrigada a procurá-la pelo matagal. Quando Patrick voltou do Oriente Médio, encarreguei-o de lidar com isso, sem me importar em desfazer a mochila de Helen ou sair à procura dela. Ela sabia disso, e sabia que eu ignorava seu frequente ato de rebeldia. Paguei caro por isso quando ela era adolescente. É estranho pensar que ela acabou ficando por aqui, enquanto meu filho Tom, que odiava passar uma noite longe de casa, construiu sua vida em outro país.

Encontramos Katy assim que a porta do elevador se abre; um segurança a observa pintar cada unha com um esmalte de uma cor diferente no expositor de amostras. Ele olha para mim assim que passo e parece querer dizer algo. Sinto como se devesse me lembrar de alguma coisa, mas não sei o quê.

— Acho que posso ter quebrado algo — digo, enquanto passamos pela porta em direção à rua.

— Não, mãe, você só machucou o braço, lembra?

4

— Fui à casa de Elizabeth, sabia? — digo a Carla, segurando meus lembretes.

Ela não olha para mim. Jogo os pedaços de papel em uma mesinha e por pouco não derrubo meu chá matinal.

— E então? Ela não estava em casa?

— Não, e não havia sinal dela.

Carla vira uma página da minha ficha; ela está usando um perfume floral hoje, e a cada movimento que faz o cheiro se espalha ainda mais ao seu redor.

— Tinha mais alguém lá? — pergunta ela, quando termina de fazer suas anotações.

Seus olhos se arregalam, e posso imaginar que lá vem uma história medonha.

— Ouvi uns casos de jovens viciados em crack que invadem casas de idosos — conta ela. — Eles trancaram um senhor de Boscombe em um quarto e chamaram todos os amigos viciados para destruírem a casa e... — ela faz uma pausa, levantando uma das mãos — ... fazerem orgias.

Olho para os meus lembretes.

— Mas a casa estava muito limpa — digo.

Carla deixa o caderno de lado.

— Teve também o caso de uma senhora que foi amarrada em um porão. Os ladrões levaram tudo que ela tinha e em seguida a torturaram, deixando a pobrezinha lá trancada. E ninguém soube dela por vários dias.

Observo o rosto de Carla enquanto ela fala. Suas sobrancelhas se movem para cima e para baixo, e a ponta de seu nariz se enrubesce. Eu me pergunto por que ela se preocupa tanto com pessoas idosas trancadas em quartos. Nenhum desses cenários parece muito real, mas eu os anoto de qualquer forma.

— Será que eu tenho que voltar lá? — pergunto.

— Não — diz ela, mudando o tom de voz. — Você não deve sair daqui. Anote isso.

Depois que Carla vai embora, eu me sento um pouco, olhando para o nada, e então vasculho minhas anotações, faço algumas mudanças, coloco o nome de Katy no topo da lista de matérias que ela está estudando na escola. Há uma carta do meu filho e uma foto dele com a esposa e meus netos. Há uma legenda na parte de trás: "Tom, Britta, Anna e Fred no Mecklenburg Lake District." Não é a letra do Tom. Anna e Frederick se parecem com a mãe: a pele uniformemente bronzeada, os cabelos em um tom mel escuro. Todos estão sorrindo. Junto deles, meu filho tem um ar confuso, a pele manchada, um sorriso mais atrevido, mais sábio. O lugar parece muito agradável, mas não acho que um dia o verei com meus próprios olhos. Já faz alguns anos que Tom parou de me convidar para ir até Berlim e ficar com eles. A carta diz que Anna já entrou no ginásio. "Ensino médio" está entre parênteses ao lado; faço essa anotação junto às matérias da escola de Katy e a leio para mim mesma antes de achar uma outra nota: *Elizabeth trancada em um quarto — viciados em crack lá dentro. Amarrada e torturada no porão.* Eu acho estranho. Devo estar ficando maluca. Viciados em crack? A polícia teria sido informada. Mas, penso eu, por que não voltar lá para saber notícias de Elizabeth?

Visto o agasalho, passo pela acácia e bato na porta de Elizabeth, só para me certificar. Quando ninguém atende, pego a caneta: *Nada mesmo de Elizabeth.* Vou embora e sinto minha cabeça vazia, meu estômago se contrai e os músculos do meu pescoço ficam rígidos. Não sei o que estou fazendo aqui e amasso os pedaços de papel que estão na minha mão. Muitos deles caem no chão: *Viciados em crack*, leio. *Viciados em crack. Elizabeth trancada no quarto. Amarrada no porão.* Eu realmente escrevi isso? Parece ridículo. Elizabeth nem tem um porão. Vasculho a caixa de correio, mas não sei o que estou procurando. Nem sei direito o que é crack; como eu saberia se o encontrasse? O cheiro de comida sendo feita. Um cheiro salgado, de carne, semelhante a bacon frito. Por um momento parece estar vindo da casa, e me pergunto se alguém pode estar lá dentro, cozinhando.

— O que está fazendo aí?

Uma mulher vestindo um desses casacos de chuva sai da porta lateral. Ela apoia a mão na cerca que nos separa, seu casaco resmunga alto como uma criança sem educação. A outra mão segura a coleira de um cão saltitante. Ele escala a madeira da cerca e fareja. O cheiro de bacon deve deixá-lo agitado.

— Estou procurando Elizabeth — digo.

— Ah, sim, você é amiga dela, não? Não se preocupe, você nunca vai se lembrar de mim. — Ela dá uma risadinha, e meu rosto fica vermelho de vergonha. — Veio visitá-la, né? Acho que você vai ter uma surpresa.

— Por quê? O que aconteceu? Elizabeth está bem?

— Nunca mais a vi, para ser sincera, mas pelo visto ela está se mudando. O filho dela tem tirado caixas e caixas de coisas aí de dentro.

Ela puxa o cachorro para trás da cerca e dá uma risada forçada.

Olho para ela.

— Peter está tirando as coisas da casa?

— Já não era sem tempo, você não acha? Olha o estado desse lugar. Cheio de lixo. — Ela aponta para a casa e depois passa a mão pelo cabelo loiro curto; seu casaco resmunga alguma coisa, mas não entendo o que ele diz. — Eu tive que alertá-lo várias vezes sobre isso. Já estava virando um perigo para a saúde.

Faço um esforço para não revirar os olhos. Que exagero. Elizabeth é um pouco desorganizada, só isso. A coleção, as porcelanas, a esperança de ganhar uma fortuna. Mas pessoas organizadas gostam de repreender pessoas desorganizadas. Peggy, da Oxfam, era assim: ficava murmurando para si mesma se você deixasse as etiquetas de preço bagunçadas.

— Finalmente ele está tomando uma atitude, fico feliz com isso. Jogou um monte de coisas fora, mais do que eu poderia imaginar.

— O que ele tem jogado fora? — pergunto. — Elizabeth precisa das coisas dela.

— Não tenho como saber, tenho?

Ela deixa o cachorro conduzi-la em direção à rua.

Continuo do meu lado da cerca. Do lado de Elizabeth.

— Mas você não viu Elizabeth? — pergunto, aumentando o tom de voz. — Quando Peter estava jogando as coisas fora, você não a viu?

O cachorro puxa a coleira e fareja na direção da casa de trás. Eu me viro também, e, sim, é de onde vem o cheiro de bacon. Não da casa de Elizabeth.

A mulher abre a porta de seu carro e empurra o cachorro para dentro dele.

— Não, não vi Elizabeth. Mas também nunca a vejo, exceto quando Peter sai com ela. Devo confessar que nunca confiei muito nele, mas agora parece que está cuidando dela direito. Um bom menino, não é?

Ignoro. Não acho que Peter seja bom de modo algum.

— Mas ela não está em casa, e eu não tenho tido notícias dela.

— Deve estar com Peter, então.

Mordo o lábio. Isso não soa bem.

— Tenho um número de telefone aqui, se você quiser... — diz a mulher, esforçando-se para acalmar o cachorro. — Se você está preocupada, tenho certeza de que ele não vai se importar de atendê-la.

— Ah, por favor.

Ela bate a porta do carro, deixando o cachorro ganindo lá dentro, e entra em casa para pegar o número. Eu e o cachorro nos encaramos pela janela do carro; o pelo desgrenhado em cima dos olhos lhe dá um aspecto desconfiado, como se estivesse pensando: "O que estou fazendo aqui e você aí?" Tenho vontade de libertá-lo e levá-lo para casa. Será que posso fazer isso antes de a mulher voltar? Não, ela já está vindo com um pedaço de papel.

— Mande lembranças a Peter — diz ela enquanto me passa o número pela cerca. — Se você não esquecer.

Sinto meu rosto ficar vermelho novamente e, quando ela sai com o carro, fico em pé do lado de fora da casa, tentando pensar em algo mais para procurar, algo que prove que não sou uma velha idiota. Os pedaços de papel tremulam em minha mão. Percebo que sinto falta do cachorro. Se ao menos eu pudesse ter um cão farejador... nós poderíamos seguir o rastro de Elizabeth. Nesse meio-tempo, talvez eu deva deixar um lembrete debaixo da porta. Só para dizer que estive aqui. Só para dizer que estou atrás dela, caso ela volte. Foi o que papai fez com Sukey.

Ninguém mais a viu desde a noite do *fish and chips*, e antes de quinze dias já sabíamos que havia algo errado.

Sukey ia para casa fazer uma refeição conosco pelo menos uma vez na semana, e, às vezes, Frank também vinha, trazendo mais comida ou coisas que ele sabia que mamãe teria dificuldades de obter, como sabão ou fósforos. Ele sempre ajudava a todos e sempre trazia mais comida, incluindo itens destinados ao exército — pequenos potes de manteiga, queijo ou geleia. Mamãe usava essas coisas primeiro, para que papai não visse os potinhos. Ela não queria infringir a lei, mas também não podia rejeitar comida. Não quando era tudo tão escasso. "E seu pai pode ficar com a consciência limpa" dizia mamãe, "porque não é ele que tem que ficar na fila duas horas e depois preparar três refeições por dia com uma fatia de presunto e meio tomate." Eu nunca disse nada a respeito. Nem Douglas, embora ele semicerrasse os olhos ao ver mamãe falando em voz alta enquanto guardava as coisas.

Ao voltar do trabalho, papai parou na casa de Sukey, mas não havia ninguém em casa, e o mesmo aconteceu na semana seguinte. Mamãe também esteve por lá, procurando Sukey por várias manhãs nas lojas da cidade, mas nunca a encontrou. Não fazia nenhum sentido para nós. Em uma hora estava tudo bem; na seguinte, ela havia desaparecido. Frank também: nunca estava em casa, e mamãe dizia que ele devia estar em Londres. Papai foi a vários hospitais, pensando que talvez tivesse acontecido um acidente, mas nem Frank nem Sukey foram encontrados. Eu ficava olhando para o pente que comprei, pensando no par que dei para minha irmã. Devia haver algum jeito de encontrá-la, e, quando papai decidiu ir à casa dela novamente, pedi para ir junto.

Fiquei surpresa quando ele disse que eu podia ir — papai sempre fazia essas coisas sozinho — e comecei a me arrepender do meu pedido assim que iniciamos nossa caminhada silenciosa pelas dez ruas que nos separavam da casa de Sukey. Fazia um lindo dia de céu azul, um cheiro de queimado pairava sobre nós e seguia pelas ruas sinuosas. Um homem apareceu no topo da colina correndo atrás de seu chapéu, que rolava lá de cima em nossa direção, mas quando o peguei e o entreguei a ele, o homem me olhou de uma maneira muito estranha antes de jogar o chapéu para o alto e começar a correr atrás dele novamente. Papai disse que devia ser doido, e eu não devia encará-lo. Foi o único momento em que ele falou.

No caminho, passamos pela antiga casa de Douglas. Metade dela havia sido destruída por uma bomba dois anos antes, mas as paredes internas estavam quase todas intactas, e era possível ver o quarto do primeiro andar em meio aos destroços. Um relógio ainda estava pendurado acima da lareira, próximo à estátua de um cavalo de metal, e, como que para provar que aquilo tudo não traria má sorte, o espelho estava intacto. Grande parte do papel de parede havia se soltado, mas alguns pedaços ainda estavam lá, as flores verdes e brancas sobre o fundo rosa pareciam injustamente expostas à luz do dia, à chuva e aos passantes. Eu já tinha vindo ver essa casa muitas vezes desde que Douglas foi morar conosco, e já tinha olhado para ela tentando imaginar nosso inquilino vivendo ali com a mãe.

Quando chegamos à casa de Sukey, paramos na soleira da porta, e papai se aproximou das janelas dos quartos da frente. Mas não havia ninguém, e o som de um cachorro latindo enlouquecidamente em algum lugar distante deu ao local um ar desértico. A sala de jantar estava abarrotada como sempre, com os móveis de outras pessoas, estantes, luminárias e vasos de plantas vazios empilhados contra o vidro da janela, olhando para fora da casa como se quisessem desesperadamente fugir de algum destino terrível. A maior parte da casa de Frank era usada como depósito. Era provável que houvesse muito dinheiro ali, e sua mãe tinha feito algumas reformas em determinados cômodos quando começou a gerir os negócios, removendo paredes e bloqueando portas, com objetivo de abrir mais espaço para guardar as coisas dos outros. Frank uma vez me contou que teve que dormir em um puxadinho no quintal até a morte de seus pais, pois sua mãe nunca abriria mão de espaço para que ele tivesse um quarto.

As janelas do porão tinham sido cimentadas, só havia umas poucas grades para o ar entrar. Tentei olhar lá dentro, mas obviamente estava muito escuro para ver alguma coisa, então contornei a casa até o jardim dos fundos, onde Frank guardava suas vans. O latido do cão era mais alto ali, e o som se propagava conforme o curso do vento, o que dava a impressão de que o animal estava circundando a casa. Apenas uma van estava estacionada sob as pedras polidas do pavimento, e parecia que não saía dali havia tempos. Com a poeira, Mudanças Gerrard se tornara Muda rrard. Umedeci o dedo com a língua, e já estava tirando o manto de sujeira do G quando ouvi um barulho, um fraco grunhido, e olhei para as janelas dos antigos estábulos.

Por alguns segundos pensei ter visto dedos, as pontas pressionadas contra o vidro, a pele achatada e branca rangendo ao se arrastar até a parte de baixo da vidraça. Chegando mais perto, vi as franjas cor de pêssego de um lustre batendo no parapeito da janela, e, ciente de que os estábulos também estavam cheios de móveis, achei que o barulho podia ser de ratos. Mesmo assim, comecei a subir a escada que levava até lá, decidida a ter uma visão melhor. A porta estava trancada, ou havia algo prendendo-a. Parei junto à janelinha, esforçando-me para enxergar qualquer coisa dentro daquela escuridão empoeirada.

E então consegui ver. Um rosto olhando para mim do fundo do cômodo. Aos gritos, dei um murro no vidro, antes de descobrir do que se tratava. Meu próprio reflexo no espelho de uma penteadeira que estava ao lado de uma cama com dossel. Papai veio correndo com o barulho, mas se afastou quando viu que estava tudo bem. E eu fiquei feliz por ele não ter subido. Através dos vidros empoeirados, eu também tinha conseguido distinguir uma caixa de comida com um carimbo de Exército Britânico.

Virei para descer as escadas, e no silêncio que se seguiu à minha própria voz ouvi novamente o rouco latido do cachorro e tentei localizá-lo através da cerca perto do jardim. Papai estava olhando para o chão com as mãos nos bolsos quando voltei para a casa, e ele nem se deu ao trabalho de comentar a ausência de Frank ou de Sukey. Claro, ele já tinha vindo e batido na porta antes, já havia procurado e vasculhado e voltado sozinho para casa. Depois de algum tempo, pegou um lápis e escreveu um lembrete na parte de trás de um envelope; ele sempre carregava um maço amarrado em um elástico. Não consegui ler o que estava escrito antes que ele o jogasse dentro da caixa de correios.

— Alô? — É uma voz masculina, grossa e abafada. Estou sentada no sofá da minha sala de visitas. O telefone parou de tocar, e estou com ele junto à minha orelha.

— Alô. Quem é? — pergunto.

— Peter Markham. Quem *é você*? — As palavras estão mais claras agora; há uma aspereza na voz.

Peter Markham: conheço esse nome.

— É o filho de Elizabeth? — pergunto.

— O nome da minha mãe é Elizabeth. O que você quer?

— Ah, *eu* liguei para *você*? — digo.

— Claro que me ligou. — Ele sussurra algo. "Maldita" alguma coisa. — O que você quer?

— Talvez Elizabeth tenha me pedido que ligasse para você — sugiro.

— Que você me ligasse? Por quê? — questiona ele. — Você fala de onde?

— Não sei por quê. Deve ser importante.

Afasto o fone do ouvido e paro para pensar, pressionando o bocal até o plástico estalar. Quando vi Elizabeth pela última vez? E por que ela me pediu que ligasse? Não lembro. Coloco o fone no braço da minha poltrona e folheio os pedaços de papel no meu colo, embaralhando-os: o telefone de Peter Markham, uma lista de compras e uma receita de torta de groselha. O distante zumbido de um carro lembra uma mosca presa em um copo, uma memória emergindo do meu cérebro. Pego o fone e seguro o lembrete seguinte sob a luz da lâmpada: *Onde está Elizabeth?* Sinto um aperto no estômago.

— Ela sumiu — digo em um tom de voz alto.

Ouço o som de Peter respirando fundo junto ao bocal.

— Quem está falando? — pergunta ele, em tom sério.

— Meu nome é Maud. Sou uma... amiga de Elizabeth — respondo. — Eu tinha o seu número e eu estava um pouco preocupada com a sua mãe.

— Mas no meio da noite?! Que merda!

Olho para o relógio acima da lareira; três da manhã. Não é dia.

— Desculpe — digo. — Não me entendo muito bem com horários. Ah, querido, desculpe. Vou te deixar em paz. Desde que Elizabeth esteja bem...

A voz começa a soar abafada novamente, grogue.

— Eu já falei com a sua filha. Sim, mamãe está bem. Vou desligar agora, está bem?

Ouço um clique e um longo bipe. Ele desligou. Pego rapidamente minha caneta. *Elizabeth está bem, diz seu filho*, anoto. *Falou palavrão ao telefone*, acrescento, embora não tenha certeza de que isso seja importante.

Coloco o fone cuidadosamente no gancho e percebo que estou pensando na Sra. Winners. Não pensava nela havia anos. Foi a primeira pessoa da nossa rua a ter um telefone. Era maciço e bonito, com base de madeira polida. Ela tinha muito orgulho dele; sempre ficava em pé na janela quando estava "telefonando", para que todo mundo visse, e acenava quando alguém passava e apontava para o fone. Qualquer coisa era motivo para fazê-la convidar pessoas para usar o telefone, e eu ficava espantada com o que ela descobria fazendo isso. Não só notícias de sua família — sempre havia as histórias de sua prima de Torquay e de sua irmã de Doncaster —, mas notícias sobre a cidade, a guerra. Parecia possível descobrir tudo com um telefone, e eu me perguntava com quem ela falava e como conseguia se lembrar de tantas informações. Ela deu muitos telefonemas quando Sukey desapareceu, sempre dizendo para mamãe não desanimar, e às vezes eu chegava em casa da escola e a encontrava na cozinha com mamãe, tomando chá e renovando suas esperanças. Eu sentava e ouvia, e também reabastecia o bule quando minha mãe pedia.

Deixo meus lembretes de lado e faço um bule de chá. Não costumo fazer isso com frequência; chá é uma coisa muito complicada. Mas dessa vez lembro de esquentar a água no bule e colocar três colheres de chá. É só para mim. Carrego o bule para a sala de visitas e o deposito sobre a mesa de centro, envolvendo-o com minhas mãos cobertas com as mangas da blusa para aquecê-las. O vapor sobe pelo bico e envolve meu queixo. A sensação é única, muito familiar, mas não sei o que isso significa. Tento não me mexer, na esperança de que algo surja em minha mente, como um lampejo, mas tudo que consigo pensar é em papai colocando alguma coisa na lata de lixo do lado de fora da casa.

Trouxe para a sala de estar a capinha do bule de chá que Elizabeth me deu, mas não tenho o costume de usá-la. Acho um pouco feia, e pedaços de lã estão começando a se soltar e a cair no chá. Parece que estou bebendo chá de pano. A capinha do bule de Elizabeth é parecida com essa, mas de alguma maneira ela conseguiu impedir que a lã descamasse. "Já bebi muita lã na vida", ela me contou. "Provavelmente está se expandindo em meus órgãos." Faço um bule de chá para ela todas as vezes que estou em sua casa, e se em algum momento me esqueço de como prepará-lo, ela me lembra. Diz que é um luxo, uma vez que se sente fraca demais para pegar o bule sozinha. Seus cuidadores às vezes preparam um bule de chá, mas nunca ficam por tempo suficiente para que Elizabeth tome mais de uma xícara, e ela não consegue enchê-lo de novo depois que eles vão embora. E, claro, Peter não ajuda em nada. Ele só chega, joga as compras e sai.

Elizabeth me conta que ele raramente fala com ela e passa a maior parte do tempo em outro cômodo. Na cozinha ou na estufa. É cruel, pois ela fica plantada em casa o dia inteiro, ansiosa por companhia. Ela disse algo recentemente. Algo sobre as mentiras dele. Algumas coisas estavam sumindo, e ele mentiu. Queria me lembrar dos detalhes. Pego meus lembretes novamente: *Elizabeth está bem, diz seu filho.* De todo modo, isso não me tranquiliza. Pego a capinha e a coloco no bule, encaixando-a perfeitamente no bule, sem enrugá-la. Não me importo com a descamação de lã. Já são quase quatro da manhã, e eu não estou bebendo o chá, de qualquer forma.

Ninguém comia nem bebia nas semanas seguintes ao desaparecimento de Sukey. E ninguém falava também. Mamãe e papai raramente conversavam na minha frente, mas eu ouvia trechos das conversas deles quando achavam que eu estava fora do alcance de suas vozes. A palavra "polícia" era muito mencionada.

Num domingo, estávamos sentados à mesa da cozinha sem comermos e sem olharmos uns para os outros. Quando começou a escurecer, papai se levantou.

— Vamos — disse ele. — Vamos perguntar aos vizinhos.

Ele colocou o paletó nas costas e segurou a porta da cozinha para mim. Lembro-me de olhar para mamãe, ainda sentada à mesa; ela sequer se virou para olhar para nós ao sairmos. Mamãe já havia falado com a vizinha de Sukey, uma mulher que comprava verduras no mesmo lugar que ela, mas a conversa tinha se resumido a um comentário sobre como existiam verduras diferentes hoje em dia.

— Nunca se sabe, alguém pode saber alguma coisa — falou papai à medida que caminhávamos em direção à casa de Sukey.

A lavanderia estava aberta, e havia algo de inebriante e voluptuoso no aroma do sabão. Mas não era real, e de alguma forma fez Sukey parecer mais distante. Começamos pela casa ao lado do jardim de Frank. Papai bateu na porta, e ela se abriu rapidamente, como se o homem já estivesse com a mão na maçaneta. Uma cabeça apareceu na fresta.

— Pois não?

A cabeça estava desgrenhada e um odor desagradável vinha do corredor escuro, estragando o cheiro da lavanderia.

Papai pigarreou.

— Você poderia... Gostaria de perguntar... — Fez uma pausa, respirou.

O musgo crescia nos tijolos próximos à porta, e eu cravei minhas unhas em sua umidade macia.

— Estou à procura de Susan Palmer, quero dizer — papai balançou a cabeça —, Susan Gerrard. Ela mora no 23. Você a viu?

— Nunca a vi. — O homem balançou seu cabelo imundo. — Ela desapareceu?

Papai assentiu.

— O que ela é sua?

— É minha filha — respondeu.

— Ah, sim. Bom, Frank mora no 23, e se ela estiver com ele, estará bem. Eu acho.

— Ele também não está em casa.

— Então é isso. Podem ter fugido para algum lugar.

Um sorriso apareceu por baixo do cabelo; seus dentes da frente eram separados, e a língua preencheu o espaço entre eles.

Papai pigarreou novamente.

— Ela teria nos contado. Quero dizer, eles são casados. Ela teria contado se tivesse ido embora com ele.

— Ah, eles são casados? — Ele pareceu desapontado. — Nem podia imaginar, sinto muito.

Tentamos a casa seguinte. Enquanto papai batia na porta, eu me inclinei na direção da corda que fazia as vezes de grade e olhei para o lixo acumulado abaixo do nível da rua. O morador não tinha visto Sukey também, mas conhecia Frank.

— Muitas mulheres estão deixando suas casas hoje em dia — disse ele. — Vejo nos jornais. Não parecem gostar quando seus maridos voltam para casa, e elas fogem para Londres ou para algum outro lugar pavoroso. Frank é um bom marido, ela devia estar feliz com ele. Ele fez a mudança da minha irmã de Coventry, não pediu um centavo em troca. Disse que tinha outro trabalho e que poderia fazer essa gentileza. Minha irmã não abandonaria o marido, ainda que ela tivesse um, isso eu *posso* garantir.

Papai continuou caminhando pela rua. Eu fiquei observando-o chegar até o fim dela. O céu estava cinza, e o vermelho dos tijolos era entediante, mas não estava frio.

— Ninguém viu nada — concluiu papai, aproximando-se de mim. — Ou ninguém está falando nada, caso tenha visto. Lei do silêncio, essas coisas. Afinal a guerra ainda está aí. Vamos para casa?

Pensei na estampa do vestido que Sukey havia começado a fazer para mim. Podia visualizá-lo estendido no chão do meu quarto. Não conseguia parar de pensar que a qualquer momento ela entraria e pegaria a tesoura. O tecido não foi tocado desde que ela cortou as mangas, e eu não suportava a ideia de olhar novamente para ele.

— Deixe-me bater dessa vez — falei, parando em frente a uma porta pintada com várias camadas de tinta.

A pintura havia escorrido, formando gotas como se fosse chuva. Passei o dedo nas elevações enquanto esperava que me atendessem.

— Estou procurando minha irmã, Sukey — disse abruptamente quando a porta foi aberta. — Ela morava por aqui. Eu não sei o que aconteceu. Ela não disse que estava se mudando, e eu não consigo encontrá-la agora. Não há ninguém na casa dela. Você a viu? Ela tem um pente como esse.

Eu já estava quase chorando, sentindo-me envergonhada e infantil. Queria não ter batido na porta. A mulher, que usava uma touca, olhou rapidamente ao longo da rua.

— Vocês já bateram em quantas portas? — perguntou.

— Não sei, talvez dez. Ninguém a viu. — Respirei, apesar das lágrimas.

A mulher olhou mais uma vez em direção à casa de Sukey.

— Sua irmã mora em qual número?

-— Vinte e três.

Ela assentiu.

— Não, é óbvio que ninguém falou nada. Olha, eu não sei aonde eles foram; para ser sincera, eu nem tinha certeza se haviam de fato partido. Mas me parece que eles estão com problemas, isso eu sei. É um entra e sai naquela casa... E uma noite ela saiu correndo, gritando. — Ela faz uma pausa, e eu suspiro. — Mas o dia seguinte foi tranquilo, eu a vi na rua, muito calma. Então...

— Quando foi isso? — perguntou papai, aproximando-se por trás de mim.

A mulher olhou para ele por cima dos meus ombros.

— Umas cinco semanas atrás? Não tenho certeza. Eu o vi carregando uma mala na ocasião. Achei que tinha visto a moça também, mas, como eu disse, não tenho certeza. E antes que você me pergunte, não, eu não sei aonde estavam indo.

Papai ficou em silêncio depois que a porta fechou, e então se virou para mim.

— Certo, você faz as perguntas a partir de agora, já que conseguiu que aquela mulher contasse as coisas — determinou.

Ele me empurrou para a casa da esquina.

— Pois não?

Um homem atendeu a porta, a camisa aberta. Seus vincos estavam bem-marcados e exalavam o cheiro quente do algodão recém-passado.

— Estou procurando minha irmã — comecei. — Ela mora naquela casa. — Apontei, meu braço tremendo. — Mas ela não está lá. Pensei que poderia ter deixado um... endereço, ou algo assim?

O homem cruzou a soleira da porta e se inclinou para olhar para a casa de Frank e Sukey, como se precisasse lembrar que havia uma casa ali de fato.

— Irmã? Ah. Morena? Não, não, não sei dizer aonde ela foi. Houve uma briga, eu acho, algo do tipo. Você está sentindo a falta dela? Tenho certeza de que ela vai voltar. Mas agora, pensando bem, já faz umas semanas desde que vi Frank pela última vez.

— Você o conhece?

— Bebemos um pouco uma noite dessas. Ele me ajudou com duas mudanças.

Duas pessoas que Frank tinha ajudado. Tentei a casa em frente à de Sukey. A porta da frente era de vidro fosco com uma cortina de filó por trás. Uma mulher vestindo um roupão que parecia bem pesado nos atendeu. Perguntei se ela tinha visto Sukey.

— Não lembro — respondeu ela, mexendo na gola de renda abaixo do queixo. Sua voz era afetada e um pouco esganiçada, e isso me irritou. — Não sou como esses fofoqueiros que tomam conta da vida dos outros.

— Mas me contaram que ela correu pela rua, gritando — afirmei.

— Ah, contaram? É mesmo?

A mulher olhou desconfiada para cada casa ao longo da rua, como se estivesse tentando descobrir quem havia entregado o jogo. Em seguida, balançou a cabeça categoricamente.

— Nunca ouvi nada a respeito. Nadinha. As pessoas não saem gritando pela rua aqui.

— Engraçado. Nós... ouvimos relatos que diziam o contrário...

Olhei para seu rosto, as linhas implacáveis, e suspirei.

— Relatos, é? Tenho certeza de que não. E aposto que não sabem de nada. Como eu disse, nunca ouvi nada, mas sei que sua irmã estava aprontando alguma coisa. Eu sei. Desculpe se isso é doloroso para você, mas ela tinha amantes.

— Amantes?

— É. Pelo menos um. Bem jovem. Estava sempre por aqui. Alguém me falou um absurdo sobre ele ser inquilino dos pais dela, mas eu conhecia...

— Douglas?

— É, algo assim.

— Ah, sim. Ele *é* nosso inquilino.

— Ainda é? Ele é? Bem, então pode ser.

Pensei que ela fosse falar mais, mas apenas assentiu com a cabeça até que eu desse meia-volta.

Eu me dirigi à casa ao lado e fui atendida por um casal. Eles conheciam minha irmã de vista. Haviam convidado Frank e Sukey para visitá-los, mas eles nunca retribuíram o convite. Pareciam não se importar muito com essas coisas, inclusive.

— Frank ofereceu trabalho para o meu Don quando ele voltou do exército — disse a esposa. — Muito bonito da parte dele, nos ajudou bastante.

— Alguém me disse que viu Frank saindo com uma mala — afirmei.

— Sim, bem, desde que Don conseguiu um emprego no Muckley's nós nos afastamos um pouco. Não que não sejamos gratos pelo trabalho que ele arranjou para Don...

Eu agradeci a eles e fui embora com papai, pensando que já havia contado com a ajuda de três pessoas.

— Ei, mocinha?

Uma mulher jovem saiu da casa da senhora que me atendeu primeiro, a do roupão, uma capa de chuva envolvendo seu corpo magro. Parei e esperei por ela.

— Eu ouvi os gritos — disse. — Desculpe pela minha tia, ela tem pavor do que a sociedade pode considerar inaceitável. Mas, olha, não é o que você está pensando. Talvez não fosse Frank quem sua irmã temia.

— Então quem?

— Não sei, mas vi Frank chegando em casa depois dos gritos, então pode não ser ele.

Olhei para ela e senti um arrepio. Alguma outra pessoa teria estado na casa aquela noite?

— E os vi com malas, também.

— Os dois?

— Frank eu tenho certeza. Há poucas semanas, acho. Só sei que Sukey não gostou muito do que estava acontecendo e...

— O que você quer dizer? — perguntei.

— Olha, menina, sua família obviamente é do tipo que respeita a lei. — Ela deu uma olhada rápida para papai ao dizer isso. Ele havia pegado uma luva perdida e a pendurava em um gradil no final da rua. — Mas Frank não. Sukey não gostava dessas "negociatas" dele. — Ela enfatizou a palavra erguendo as sobrancelhas. — Nunca se sabe. Talvez eles tenham ido embora para recomeçar a vida.

— Mas ela não entra em contato com a gente há semanas. Sukey não faria isso, teria pelo menos dito para onde estava indo. Meu pai acha que ela foi sequestrada ou morta ou algo do tipo. Ele não diz isso, mas é o que ele acha.

— É estranho. Ela é uma garota de família, não é? Fala muito de vocês. — Ela me deu um sorriso triste. — Não sei mais o que dizer. Já verificaram nos hospitais?

— Ela partiu no mesmo dia em que a ouviu gritar?

A mulher franziu o cenho, e suas mãos retorceram a capa de chuva.

— Não sei. Não posso afirmar que sim. O tempo é muito confuso às vezes, não é?

— E você tem certeza de que não os vê desde então?

— Isso sim. Dois homens estavam rondando por aqui semana passada, mas nenhum deles era Frank. Talvez a polícia, ciente de como ele era.

Assenti, olhando para a casa. Senti que algo começava a fazer sentido. A mulher deu de ombros e se foi, e eu fiquei me perguntando quando Sukey poderia ter lhe falado de mim.

— E então? — perguntou papai quando me aproximei dele.

Dei de ombros.

— Ela de fato saiu gritando pela rua. Aquela mulher disse para verificarmos nos hospitais.

Ele concordou, embora eu soubesse que ele já havia feito isso, e começamos a andar.

— Você acha que ela foi sequestrada ou algo assim, não acha?

— O que me preocupa é o "algo assim", meu amor. Ela nunca deveria ter se casado com aquele homem. Eu sabia que ele era o pior tipo.

Eu não soube o que dizer, então caminhamos em silêncio por algum tempo. Tentei me lembrar de mais alguma informação útil.

— Essa mulher com que falei por último disse que Frank tinha suas "negociatas".

Tentei reproduzir as ênfases dadas por ela, e o rosto de papai se contraiu. Pensei que ele ia chorar e fiquei abismada com o poder das palavras, mas assim que chegamos ao fim da rua vi que ele estava rindo.

— Oh, Maud, o que tudo isso quer dizer? — perguntou ele, franzindo o cenho.

— Não sei — respondi, permitindo-me sorrir também. — Achei que o senhor saberia.

— Você disse algo sobre o filho de Elizabeth — comenta Helen.

Estamos na sala de jantar de sua casa, e ela se abaixa para pegar os descansos de mesa. Helen receberá visitas, mas não sei quem nem por quê. Katy está encostada no batente da porta com um sorriso bobo no rosto. Seus dedos passeiam por um desses telefones minúsculos.

— Disse?

— Sim. Peter, o nome dele. — A voz de Helen parece abafada, sua cabeça está dentro do armário.

— Acho que falei com ele — digo, procurando nos meus lembretes.

— É, eu falei com ele também, e não é que Elizabeth não sumiu?

Continuo folheando os lembretes.

— Foi o que você disse, mamãe. — Helen tira a cabeça de dentro do armário para olhar para mim.

— Eu disse que *ele* falou que ela estava bem.

— Ótima notícia, não é? — Ela se levanta e põe uma pilha de descansos de panela sobre a mesa.

Ainda estou tentando me entender com meus lembretes.

— Não sei — digo. — Ele me insultou.

Helen bate a porta do armário, e os pratos chacoalham. O barulho me irrita. Ela põe a mão sobre um deles para silenciá-los e se vira para forrar a mesa. Helen é um pouco desajeitada com essas coisas e ainda não parece saber fazê-las direito.

— Você podia ajudar, sabia? — diz para Katy.

Minha neta assente e tira um pé da porta, mas não faz nada além disso e não desvia os olhos do telefone.

— Ele estava muito irritado — continuo. — Helen, se um amigo meu ligasse para você dizendo que estava preocupado comigo, o que você diria?

— Diria: "Você realmente deveria se preocupar, pois ela está muito caduca."

— Helen!

— Tudo bem, tudo bem. — Ela deixa cair a ponta da toalha. — Eu diria: "Obrigada, mas não há nada com o que se preocupar. Os homens de jaleco branco já estão chegando."

Suspiro.

— Está bem. Eu não diria essa última parte — confessa ela.

Helen levanta a toalha novamente e a puxa um pouco mais para o seu lado.

— Mas você não ficaria irritada? — insisto.

— Não.

Ela caminha para o outro lado, ajeitando as extremidades da toalha, e bufa para Katy.

— Viu só, Helen? Eu não confio nele.

— Ah, mãe.

— Certamente ele tem peso na consciência.

— Você ligou para ele no meio da noite. Ele estava mal-humorado, e não me admiro que tenha ficado estressado. Isso não significa que ele mentiu ou que matou a própria mãe.

— Eu sei. Mas acho que ele está escondendo alguma coisa.

— Tudo bem, Katy, vá fazer nada em outro lugar.

Helen abre uma gaveta e remexe seu conteúdo.

— Mãe, arruma isso aqui, por favor? — pede.

Ela me entrega uma pilha de garfos e facas. Eu os coloco no centro da mesa e sigo-a em direção à cozinha. Há um cheiro de alecrim e menta no ambiente, e eu queria que fosse cordeiro, mas, conhecendo minha filha, deve ser algo com tofu ou tufu, não sei ao certo.

— Mãe! — exclama ela, virando-se e dando de cara comigo. — Fique aqui e ponha a mesa, por favor?

— Desculpe.

Volto para a sala de jantar e fico em pé por um tempo. Não faço a menor ideia do que deveria fazer, mas ouço alguém em outro cômodo.

— Katy, eu já falei com ela mil vezes — diz uma voz. — Não posso levá-la até lá. Peter foi muito ríspido. Eu só espero que ela esqueça isso.

Ouço uma resposta murmurante e em seguida:

— Ah, muito engraçado.

Vou em direção ao barulho. Helen está na cozinha.

— Já voltou? — pergunta ela. — Pedi que você me ajudasse. Tem um pedaço de papel?

Ela estende a mão, e eu lhe entrego uma folha azul. Ela pega uma caneta na gaveta, escreve "Pôr a mesa" e me devolve a folha.

— Me dá os outros lembretes, vou guardá-los em um local seguro.

De volta à sala de jantar, começo a arrumar a mesa, os encostos milimetricamente espaçados, colheres acima dos pratos. Pego um garfo e uma faca e fico pensando durante um tempo. Não sei de que lado colocar cada um. Garfo à direita? Ou à esquerda? Coloco onde acho que deveriam estar, mas no próximo prato mudo de ideia. Pego outro garfo e outra faca. Olhando para as minhas mãos, tento simular o ato de cortar o alimento. Os talheres estão na posição certa ou eu deveria mudá-los de lugar? Tento mudá-los de lugar. Tudo parece igual.

Quando Helen chega, estou examinando minhas mãos, olhando para as rugas nas articulações, a pele que parece feita de papel, as manchas marrons.

— Já acabou, mãe? — pergunta ela. — O que você está fazendo?

Não ergo o olhar. Que coisa inútil, saber onde colocar os talheres. Porém, sinto como se tivesse me saído mal em um teste importante. Um pedacinho de mim se foi.

— Está muito bonito — elogia Helen, sua voz animada.

Ela anda em volta da mesa e eu a observo pelo canto dos olhos. Vejo quando ela olha para mim. Vejo que ela hesita, mas em seguida muda os lugares dos garfos e das facas. Não diz nada. Não aponta meu erro.

— Não quero botar a mesa de novo — digo.

5

Está escuro lá fora, mas há um leve vislumbre de luz acinzentada em algum ponto do céu; logo irá amanhecer, e eu tenho que terminar o que estou fazendo. Uma garoa gruda em meus cabelos, braços e coxas. A chuva fraca me faz tremer um pouco, mas, felizmente, não afeta o solo, mantém-se na superfície. Tenho que me abaixar para cavar. Respiro fundo, e isso deixa minha boca com o gosto seco da terra revirada. Meus joelhos se movem, aninhando-se no solo encharcado, e o tecido da minha calça aos poucos vai ficando úmido. A terra endureceu em minhas mãos e entra nas minhas unhas até começar a doer. A outra metade do pó compacto está escondida em algum lugar, em algum lugar. Diante de mim há um buraco, um buraco que cavei no meio do tapete verde do jardim. E subitamente não sei o que estou fazendo aqui, o que procuro. Por um momento, tenho medo de me mover, sem saber o que devo fazer em seguida. Poderia ser qualquer coisa: eu poderia arrancar flores ou cortar árvores, encher minha boca com folhas ou me enterrar, para que Helen me desenterre depois.

O pânico começa a invadir meu estômago, e meus ombros estão trêmulos. O frio penetrou meus ossos, e eu sinto dor. Lentamente, retiro toda a sujeira que posso de minhas mãos, esfregando-as no tapete verde, o tapete do jardim, não na grama, e me levanto. Quero continuar cavando, preciso encontrar alguma coisa nesse solo. Mas o que pode haver em meu próprio jardim? No mínimo algo que eu mesma plantei. Plantei alguma coisa aqui? E esqueci?

De pé, eu me desequilibro por um instante, o cinzento jardim sem sombras cintilando ao meu redor, e uma faísca dourada surge inesperadamente nas árvores distantes. A aurora desponta. Meus pés empurram um monte de terra para dentro de um buraco, e piso com força para aplanar o solo. Amanhece, e estou no jardim. Que gostoso. Que adorável. Respirar ar puro e assistir ao nascer do sol. Ainda estou tremendo quando volto para a casa, mas sem necessidade. Saí para ver a aurora, respirar ar puro e me movimentar um pouco. Não há nada com que me preocupar. E agora eu vou fazer algo que não faço há eras.

Vou tomar um banho de banheira.

Abro as torneiras e despejo um pouco de um líquido viscoso e com cheiro de flores, algo que Helen deve ter comprado especialmente para mim. Desço as calças até os joelhos, a pele acinzentada depois de seu encontro com a terra úmida, e tiro minha camisola de seda. Eu nunca durmo assim; devo tê-la colocado por algum motivo especial, e gostaria de saber qual. Que coisa idiota de se vestir. Puxo o tecido pelos punhos, ouvindo o efervescer das bolhas na banheira.

Não, penso eu, talvez tenha sido só um agrado. Uma bela camisola de seda para uma manhã radiante. E por que não? Jogo a peça no chão e entro cuidadosamente na banheira. Gosto de ficar na água. Pessoas idosas não devem tomar banho de banheira; estamos destinadas a tomar banho de chuveiro, sentadas em banquinhos. Mas não dá para pensar quando você tem que se equilibrar em um banco de plástico com água jorrando em sua cabeça. E eu preciso pensar.

Minhas mãos tremem ao tentar alcançar o sabonete, o escorregadio sabonete, mas não sei por que; aqui está muito agradável, e não vou mais me sentir tão aflita assim que essa sujeira descer pelo ralo. Minha boca tem um gosto rançoso, encardido, que me faz lembrar da época em que fiquei de cama quando era mais nova, e então esfrego o sabão nos lábios. É maravilhoso estar limpa novamente depois do trabalho árduo. Gostaria de poder lembrar em que estive trabalhando.

Quando já estou limpa e seca, reviro o guarda-roupa à procura de uma das velhas camisas de Patrick. Helen queria levar todas para usar enquanto trabalha nos jardins, mas fiquei com uma parte. Algumas são ótimas, foram feitas sob medida no Kuwait, e o material é macio e de qualidade. É bom poder colocar uma agora, uma lembrança, um conforto. Quase me convenço de que elas ainda guardam o cheiro dele, embora tenham sido lavadas várias vezes desde sua morte. Essa camisa é branca com listras em cinza-claro, o toque frio do algodão. É muito grande para mim, mas essa é a melhor parte. Prendo-a dentro da calça e coloco meu cardigã por cima antes de descer. Carla chegou e está fazendo um bule de chá.

— Obrigada, Polly — digo, mas ela não parece ouvir.

— A banheira está imunda — comenta ela quando entro na cozinha. — E a terra do gramado está toda revirada. O que você andou aprontando?

Estremeço com a pergunta. Por que consigo lembrar do jardim, da terra e da manhã, mas não do motivo de ter estado lá? Puxo as mangas do cardigã até as pontas dos dedos, lembrando-me do pálido céu dourado, do cinza brilhante das folhas, sem cor até serem iluminadas pelo sol. Vejo tudo perfeitamente, mas não sei quando aconteceu. Terá sido em uma das noites em que esperei Sukey voltar para casa? Em algum lugar do passado, talvez. Eu nunca acordo a tempo de ver o amanhecer.

— Embora seja mais provável que se trate de um filho — diz Carla.

Perdi alguma parte da conversa e não sei do que ela está falando.

— Sorte a sua de ter uma filha. Dizem que os filhos roubam das mães quando elas ficam mais velhas. Vi na televisão ontem.
— Mas eu tenho um filho — digo.
— Milhões de libras roubadas todo ano.
— Eu não tenho milhões de libras.
— E todo tipo de antiguidades, georgianas, vitorianas.
— Também não tenho antiguidades.

Ah, que coisa idiota. Que tipo de conversa é essa em que as pessoas ficam dizendo o que elas têm ou deixam de ter? Paro de ouvir, paro de responder, mas uma imagem cintila no ar, de estantes e lustres e vasos de plantas empilhados próximos à janela. De mobiliário em madeira sólida e delicados enfeites de prata, de vasos e pratos em vidro escuro que nos dão a impressão de que vermes se contorcem dentro deles. O tipo de coisa que Elizabeth sempre procura. Elas não eram tão requisitadas, não quando eu era jovem; as pessoas passavam esses objetos adiante. Não havia nenhuma dessas lojas escuras e caras ou esses programas de TV irritantes. O único lugar onde eu vi antiguidades foi na casa do Frank.

Ele tinha centenas delas amontoadas em casa, e estavam sempre mudando de lugar, de modo que, quando você se acostumava a desviar de uma cômoda, ela desaparecia, e em seu lugar entrava um conjunto de mesinhas estrategicamente posicionadas para alguém tropeçar nelas. No geral, a casa parecia uma brincadeira sem graça. Uma emboscada. Sukey não gostava muito, algumas coisas lhe davam medo, embora ela só tenha admitido isso uma vez.

Um dia tropecei em uma estante giratória e dei uma joelhada em um relógio pedestal de aspecto carrancudo a caminho da sala de estar. Sukey estava encolhida em um sofá de encosto alto, costurando um delicado tecido azul, os fios de seu cabelo contra o estofado parecendo trepadeiras em uma parede. Mamãe me enviou para junto dela com trapos e remendos de lã, convencida de que minha irmã não estava dando conta do serviço, mas Sukey nunca parecia precisar muito de ajuda, então me sentei perto da lareira, e o fogo aqueceu parte do meu rosto até que ele ficasse bem quente.

Os homens que trabalhavam com Frank nas mudanças estavam descarregando uma van no jardim e entraram pela sala de visitas rumo ao porão, carregando caixas, mesas pequenas e pesadas cadeiras de mesa de jantar. Sukey acenou para eles assim que voltaram de mãos vazias, tentando limpar os pulmões do ar úmido do porão.

— Uma senhora que vivia nessa rua morreu — contou ela. — Então Frank comprou mais porcaria, vai ser bom para nós. Talvez seja útil para fazer lenha, eu suponho.

Ela disse a última frase aos berros, e um carregador suado e de aparência franzina parou no meio do caminho para o porão com uma mesa de pés largos.

— Se é isso que você vai fazer, eu vou quebrar essa mesa agora mesmo; me poupa de uma longa viagem para aquele inferno — disse ele, colocando a mesa no chão e curvando-se sobre ela. Sukey sorriu para a sua costura, levantando ligeiramente um ombro para não atrapalhar a perfeita linha que fazia. O homem pegou a mesa novamente, dando uma risadinha. Ela olhou para mim quando ele saiu.

— Ah, Mopps — disse ela. — Olha essa lareira. Veja o que Frank pegou nessa última casa. Que coisa macabra, isso sim.

Sukey se queixou muitas vezes das "porcarias" que Frank trazia para casa. Quadros de barcos pintados em tons de marrom e pratos feios repletos de insetos. Dessa vez foi uma redoma de vidro do tamanho de um balde cheia de pássaros empalhados. Levantei-me, pressionando o lado do meu rosto que ardia com a quentura da lareira e passei os olhos pelos objetos. Os pássaros eram de um colorido vivo, verdes, amarelos e azuis. Alguns tinham as asas abertas; outros bicavam as flores; outros ainda me encaravam. Seus olhos de vidro pareciam não caber nas órbitas, e suas penas estavam esmaecidas, o que me fez crer que haviam sido tingidas. Eu não conseguia desviar o olhar.

— Horrendos, não? Por alguma razão, Frank se apegou a eles, e agora ficarão aqui. E, Mopps, não importa quantas vezes eu repita para mim mesma "Eles estão mortos e empalhados, Sukey, controle-se", eu não consigo deixar de pensar que eles vão voar para cima de mim. — Ela deu um puxão na costura. — Bobagem, né?

Olhei para ela e concordei, o que a fez rir.

— Posso até ouvir, Mopps. O vidro se quebrando e esses pássaros irritantes escapando, batendo suas asas e vindo bicar meus olhos.

— Caramba, sua mulher é cheia das ideias — disse um dos homens, entrando no cômodo com Frank. Eles carregavam um velho sofá. — Sabe-se lá que ideias ela tem a seu respeito.

— Essa é a minha sorte, Alf — disse Frank. — Ela botou na cabeça que sou um bom partido. E eu não reclamo disso.

Eles levaram o sofá para o porão, e Sukey esperou que eles desaparecessem na escada antes de se virar para mim.

— Pega meu xale para cobrir esses pássaros? — pediu ela. — Posso fazer todo tipo de piada, mas não suporto olhar para eles por muito tempo.

Ela parecia bastante desesperada, e saiu à procura do xale, que pensava ter deixado na cadeira da cozinha, ou no cabideiro do corredor, ou, possivelmente, no armário do quarto, ou, sem dúvida, no porta-toalhas do banheiro. Entrei na cozinha, esforçando-me ao máximo para não tropeçar, me arranhar ou bater o cotovelo em alguma coisa, e tive que segurar a porta para dois homens que traziam um móvel gigante do jardim. Estava coberto com um pano, mas pelo tamanho achei que era uma penteadeira, com um espelho em cima. As bordas do tecido ondularam com os movimentos, e tive a impressão de que o móvel estava flutuando nas mãos dos carregadores. Um deles, um homem com o rosto cheio de rugas, me pediu que abrisse a porta. Corri para fazê-lo, mas, esquecendo que ela abria para fora, puxei-a em vez de empurrá-la, e a porta bateu no umbral. Os pratos da cômoda mais próxima tilintaram de forma assustadora. Os homens riram.

— Você não tem a delicadeza da sua irmã, tem? — perguntou o homem das rugas.

O móvel flutuou pela sala de estar, e eu subi as escadas, parando na metade do caminho para respirar fundo e ouvir a casa. Ela rangia, quase humana, como se fizesse um esforço para suportar o peso dos objetos de outras pessoas. Tudo isso aliado ao som de dois relógios no andar de baixo e um carregador praguejando enquanto andava pela casa ou deixava cair alguma mobília. Achei que fosse o homem das rugas, e olhei pela janela.

Não havia ninguém no jardim, mas eu ainda ouvia um murmúrio tímido vindo lá de fora, semelhante ao som que um melro faz quando está à procura de alimento nos arbustos. Um curto e raivoso crepitar das folhas, logo seguido de outro. Eu não conseguia ver muita coisa, mas as plantas junto à rua se eriçaram, e por algum motivo isso me fez estremecer. Não ventava naquele dia e tudo se encontrava estático, mas eu já tinha visto os pássaros agitando as sebes antes, arrumando as plumas de suas asas. Por que deveria me assustar agora?

Continuei subindo as escadas, quase caindo sobre um porta-guarda-chuvas em formato de pé de elefante e me espremendo entre um exército de antigos gramofones, suas trompas semelhantes a flores de abobrinha. Nenhum deles funcionava, mas Frank ficava com eles porque, se você tirasse as peças do compartimento interno, podia guardar muitas coisas ali. Sukey nos contou isso uma vez durante o jantar, e papai sugeriu que talvez essas coisas não fossem legais, supondo o conteúdo dos gramofones com base nos presentes que Frank havia nos dado: presunto, náilon, marmeladas, frutas secas, manteiga, ovos. A lista deixou mamãe muito alegre, embora tivesse disfarçado para papai não perceber.

O xale de Sukey estava no porta-toalhas e, ao tirá-lo de lá, vi meu reflexo no espelho do banheiro. Fiquei surpresa por me encontrar aqui, por me ver assim. Meu rosto não era a fortaleza que pensei que fosse; pareceu tão desprotegido, tão fácil de ler, tão aberto a interpretações erradas. Meus olhos estavam rodeados de círculos escuros, mesmo sem ter perdido uma hora de sono sequer, e meus lábios estavam vermelhos como se eu tivesse mordido-os freneticamente. Meu nariz estava oleoso. Sukey havia prometido me ensinar a usar pó compacto muitos meses antes, e eu a lembrei disso assim que voltei para a sala de estar.

— Sei não, Mopps — afirmou ela. — Talvez você seja jovem demais. Talvez eu não devesse ter prometido isso. Papai vai ter um ataque.

Eu já ia protestar quando bati o tornozelo em uma mesa baixa e grunhi, levantando o pé. O homem das rugas chegou e riu.

— Desajeitada, hein?

Agitada e irritada, arremessei o xale em Sukey, achando que ela conseguiria agarrá-lo, mas suas mãos não saíram da costura e ele caiu em sua cabeça, cobrindo-a como um manto. Ela gritou ao se ferir com a agulha.

— É para cobrir os pássaros — disse ela, tirando o pano da cabeça e os cabelos do rosto. — Não a mim.

— Desculpa — falei, pisando em cima de um suporte de ferro para plantas, querendo sair da casa.

— Mopps? — chamou Sukey. — Mopps!

Segui para o jardim; o chão limpo e o ar fresco já faziam com que eu me sentisse melhor. Fui para a lateral da casa e parei, esticando meus braços e pernas no espaço vazio. Ouvi aquele murmúrio na sebe, aquele canto de melro, e novamente senti o inexplicável tremor de medo. Sukey abriu a janela, e eu me virei assim que ela se debruçou no batente.

— Ah, saia daqui. Suma! Por que você está sempre aqui? Não aguento mais!

Pensei por um momento que ela se referia a mim, e teria mandado-a ir à merda antes de ver que ela olhava para a sebe. Quando segui seu olhar, vi uma mulher de pé, seu corpo delgado contra o outro lado da cerca, um braço dentro da folhagem. O outro estava dobrado, a mão pressionando algo contra sua boca. Ou melhor, colocando algo dentro da sua boca, pensei ao vê-la mastigar. Em meio às plantas, havia pequenos pilriteiros, e a mulher estava colocando um punhado de folhas na boca. Ela olhou para Sukey, nem um pouco incomodada, e Sukey retribuiu seu olhar, horrorizada. Eu sabia quem ela era, claro. Todo mundo conhecia a mulher louca.

— Precisamos do Doug — disse Sukey.

— Doug? Você quer dizer Frank — corrigi, e o chamei.

Quando ele saiu da casa gritando, ameaçando e levantando o punho, eu entrei e fui para perto de Sukey. Ela riu de susto, dizendo que a mulher devia ser tipo uma chefe de cozinha.

— Eu não a culpo — disse ela. — Pilriteiro é delicioso, não é, Mopps? Lembra que nós o chamávamos de pão com queijo?

Assenti, mas não gostei do tom frágil de sua voz.

— Nós preferíamos isso aos sanduíches da mamãe, lembra? Melhor do que patê de carne. Melhor do que cenoura cozida. — Ela fez uma pausa, como em um filme, uma das mãos no quadril. Em seguida, ela se inclinou sobre a lareira. — Mas, Mopps, deve haver muitos pilriteiros no parque. Então por que aqui? Por que ela tem que vir aqui?

Sukey se olhou no espelho acima da lareira, os olhos cuidadosamente evitando a redoma de vidro dos pássaros, e levantou uma das mãos até cobrir a boca, me fazendo lembrar, por um momento, da mulher louca.

Carla sugeriu que eu tentasse a igreja. Ela é católica e acha que isso pode me trazer algum conforto. Eu me rendi e aceitei sua carona para uma cerimônia esta manhã, a caminho da casa de outra velhinha. Insisti para que fosse uma igreja anglicana, embora eu não acredite em nenhum deus específico e não saiba o que esperar. Mamãe parou de ir à Sagrada Comunhão depois que Sukey desapareceu, e eu nunca retomei o hábito. Patrick não acreditava em nada também, e Helen é quase uma ateia resoluta. Mas muitos velhos vão à igreja. Elizabeth vai.

A igreja que ela frequenta é uma antiga construção de pedras ornamentada com vitrais de imagens de mártires de rosto tão sereno que chega a ser cômico. Todas as pessoas da congregação vestem-se de forma elegante. Ou pelo menos fazem algum esforço, enrolando lenços de seda no pescoço ou passando coisas brilhantes nos cabelos. Fico um pouco apagada e tímida por alguns minutos. Mas em seguida me lembro de que sou velha e ninguém está olhando para mim.

Pego meu livro de cânticos e sento. "Cânticos Antigos e Modernos", leio. Um casal se vira para olhar para mim. Não deve ter mais que uma dúzia de pessoas aqui. O cheiro de madeira e lustra-móveis me lembra da escola. É muito reconfortante, com todo o bronze reluzente e os arranjos florais. Começo a entender por que os velhos vão à igreja.

Há flores na extremidade de cada banco, e eu estendo uma das mãos para tocar levemente as pétalas do arranjo mais próximo. Uma das flores se afasta, e a encerro em meu punho. A ação é familiar, e eu a repito, abrindo a mão antes de esmagar a flor novamente. Mas não sei o que isso significa, e de todo modo, não é o tipo certo de flor. Deveria ser uma flor de abobrinha amarela, e essas são brancas, como se tivessem sido deixadas ali depois de uma cerimônia de casamento. Talvez alguém tenha se casado ontem. Os jovens ainda fazem isso nas igrejas, me disseram. Aperto meus punhos enquanto o vigário limpa a garganta e as pessoas nos outros bancos levantam suas mãos em oração. As pétalas das flores são macias e amassáveis. Gosto delas assim, deformadas e reais em vez de rígidas em seus arranjos. Esses buquês de flores nos bancos são muito parecidos com os arranjos preservados em redomas de vidro da era vitoriana: frios, ressecados e que me causavam uma ligeira aflição.

Nós levantamos e cantamos, sentamos e rezamos. Eu tinha esquecido o quão extenuantes essas cerimônias podem ser. O vigário fica perplexo quando me vê, do púlpito, movendo a boca durante sua fala, seu discurso. Finalmente é hora do chá. Há uma urna de metal gigantesca em cima de um carrinho nos fundos da igreja e muitas xícaras verdes. Um exagero para o número de pessoas.

Uma mulher vestindo um colete acolchoado da mesma cor das xícaras vem na minha direção com uma lata de biscoitos.

— Nunca a vimos antes — comenta ela.

— Não — confirmo.

Em seguida me dá um branco. Não sei onde estou. Ou por qual motivo. Perco ligeiramente o equilíbrio, e prendo a respiração por alguns instantes. Pego dois biscoitos da lata e os equilibro no pires.

— Você é daqui? Ou está nos visitando? — pergunta ela.

— Não sei — respondo, sentindo-me boba e assustada. — Quer dizer, onde estamos exatamente?

Ela sorri. É um sorriso amável, mas cheio de vergonha.

— Aqui é St. Andrews.

O nome não me diz nada. Não quero fazer mais perguntas.

— Talvez você frequente a capela? — sugere. — Tem uma a poucas ruas daqui.

Balanço a cabeça. Não esqueci minha religião. Sei que não sou wesleyana, batista ou algo do tipo. Nem me considero uma cristã de fato.

— Desculpe — digo. — Sou um pouco esquecida.

A mulher olha para mim como se essa descrição não a satisfizesse, mas ela assente e dá um gole no chá antes de me apresentar ao vigário. Por sorte, tenho repetido meu nome para mim mesma.

— Como vai? — pergunta o vigário, apertando minha mão.

Suas mãos são incrivelmente lisas, como se tivessem sido desgastadas pelos muitos cumprimentos que já recebeu.

— Espero que tenha gostado da missa.

Eu não sabia que esse era o tipo de coisa de que se deveria gostar, então o assunto me pega de surpresa.

— Ah — digo.

Ele e a mulher do colete acolchoado começam a se afastar, espantados com a minha falta de articulação, e eu olho para o chá e os biscoitos, sem saber o que fazer com eles. Observo a forma como um homem pega os cubos de açúcar do seu pires, os coloca no chá e mexe. E, com um suspiro de alívio, faço o mesmo com os meus biscoitos, mexendo e remexendo a papa. Quando olho ao redor, todas as pessoas do pequeno grupo estão me observando, exceto a mulher do colete acolchoado, cujos olhos estão fixos no teto.

Ela cutuca o homem ao seu lado, e ele tosse.

— Não, ela não estava bem — diz ele. — Foi Rod que descobriu. Ele sempre ia buscá-la. Não é, Rod?

Um homem baixo e careca confirma.

— É. Então, naturalmente, o filho dela me telefonou. Eu disse a ele que íamos rezar por ela...

— Claro, claro.

— Na verdade, eu fui até a casa deles muitas vezes sem necessidade antes de receber a ligação. Muito desagradável. Ficar em pé lá fora esperando, sem ser atendido.

— Elizabeth — digo de repente, sem querer.

A mulher do colete acolchoado finalmente olha para mim.

— Elizabeth — repito. — Ela sumiu.

— É verdade. Ela tem andado sumida da nossa congregação. Não se preocupe.

Ela se vira para os outros.

Mordo o lábio, sentindo-me humilhada, mas tenho que agarrar essa oportunidade antes que eu me esqueça dela.

— Não — digo. — Tenho procurado por ela. Ela não está em casa.

— Não está em casa? — pergunta a mulher, meticulosa a cada sílaba. Ela é muito irritante. Reprimo a vontade de gritar.

— Não, não, ela é minha amiga. Está desaparecida

O careca franze a testa e passa a mão na cabeça. Os longos e esparsos fios de cabelo parecem ter sido implantados em seu couro cabeludo.

— Ela não está desaparecida...

— Onde ela está? — pergunto. — Estive na casa dela.

— Bem, querida — diz a mulher, olhando para o grupo. — Talvez tenha sido a casa errada.

Sua voz é calma, como se não quisesse que alguém ouvisse a sugestão, mas suas palavras são bem claras, e todos estão muito próximos. O vigário tosse e mexe os pés, e o outro homem passa a mão pela cabeça novamente. O tom de voz dela é definitivo, e eu percebo o rumo que a conversa está tomando. Daqui a pouco alguém vai falar do tempo. Sinto calor. Como ousam me desmentir, essas pessoas que deveriam se preocupar com Elizabeth? Como ousam?

— Não fui à casa errada — retruco com tranquilidade e firmeza; a afirmação faz com que eu me sinta uma criancinha. — Não sou burra. Elizabeth está desaparecida. — Respiro fundo, trêmula. — Por que vocês não se importam? Por que ninguém faz nada? — Acho que estou gritando, mas não consigo evitar. — Qualquer coisa pode ter acontecido a ela. Qualquer coisa. Por que ninguém faz nada para encontrá-la?

A frustração torna a respiração mais difícil. Aperto a xícara em minhas mãos e, em seguida, jogo-a no chão. Ela se choca contra o piso de pedra da igreja, e o som reverbera à medida que o chá pastoso e cheio de resíduos encharca a argamassa entre os azulejos. A mulher do colete acolchoado deixa de lado sua xícara e recolhe os cacos da minha.

— Talvez seja melhor eu levá-la para casa — diz ela.

Ela me afasta do vigário e me coloca gentilmente dentro de seu carro. É muito paciente quando lhe indico o caminho errado para chegar a minha casa e temos que pegar a via de mão única pela segunda vez. Enquanto ela dirige, escrevo um lembrete para mim mesma: *Nada de Elizabeth na igreja*. A mulher me vê fazendo essa anotação e se aproxima para afagar minha mão.

— Eu não me preocuparia se fosse você, querida — aconselhou ela ao me ajudar a sair do carro. — Deus cuida do seu rebanho. Você deveria cuidar de si.

Ela se oferece para me buscar para irmos à igreja no próximo domingo, mas eu digo a ela que não estou com muita vontade. Ela acena, compreensiva, e há alívio em seu sorriso.

6

A delegacia ainda fica no seu prédio original. A fachada, com uma pedra com a inscrição "1887" acima da porta, e um grande lustre de vidro são, de alguma forma, familiares, mas o piso interno me dá a impressão de estar molhado, o que me deixa insegura de andar aqui. Fico de pé na soleira por um tempo, imaginando como bêbados e arruaceiros conseguem se virar nesta superfície escorregadia. Apoio minhas mãos nas paredes ao entrar no prédio, e assim permaneço enquanto caminho.

Depois de poucos passos, percebo que estou me apoiando num quadro de avisos. Paro e leio as palavras de um cartaz: "Assaltantes estão soltos por aí cometendo seus crimes 24 horas por dia." Pergunto-me como eles conseguem ficar acordados durante tanto tempo. Pensar nisso me deixa cansada. Há uma coisa de madeira para sentar, um grande assento próximo a mim, mas não posso parar, tenho que continuar. Devo terminar o que vim fazer aqui. Por um momento não sei o que é. Minha mente está vazia. Meu braço começa a tremer, e meu coração bate acelerado. Respiro profundamente e ponho a mão no bolso do meu cardigã, procurando uma anotação. Devo ter anotado, o que quer que seja. Deve haver um lembrete em algum lugar.

Pego vários pedaços coloridos de papel, e as bordas se enroscam no espaço entre meu polegar e o indicador. Não quero ter que tirar a outra mão da parede para pegá-los. Talvez eu não deva confiar em meu equilíbrio. Acho um lembrete rosa com a data de hoje — se é a data de hoje, não tenho certeza. E um lembrete amarelo com o número de telefone da minha filha, para emergências. Há também uma receita de sopa de legumes, embora pareça estar faltando a maior parte, pois a lista de ingredientes para em *cebolas*. Mas não acho nada que me diga por que estou aqui.

— Olá, Sra. Horsham — cumprimenta uma voz.

Ergo o olhar. Há uma mesa do outro lado do cômodo com uma placa que diz "recepção". Leio em voz alta. Um homem está atrás da mesa, mas só consigo ver seu reflexo através de uma divisória de vidro. Ponho os lembretes de volta no bolso e passo por um banco de madeira desgastado. É ali que eles colocam as pessoas recém-detidas? Esse lugar é cheio de bêbados e prostitutas e ladrõezinhos que agem à noite? Não é possível. Agora, no meio do dia, tudo está calmo, e ouço o eco dos meus passos ao caminhar em direção à mesa.

Quando chego mais perto, consigo distinguir as dragonas escuras, como pequenas asas, na camisa branca do homem. Ele sorri da tela de seu computador, e me vejo sorrindo de volta, do jeito que eu fazia com Frank, os músculos ao redor dos lábios obedecem aos dele. Não faço ideia de como ele sabe meu nome.

— O mesmo de sempre? — pergunta ele, sua voz soando metálica nos alto-falantes.

— De sempre? — questiono.

— Elizabeth, né? — Ele faz um gesto com a cabeça, como se me encorajasse a dizer a fala em uma peça.

— Elizabeth, sim — respondo, assustada.

É evidente, é por isso que vim. Por ela.

— Você conhece Elizabeth? — pergunto, sentindo um ímpeto de alívio. Talvez alguém esteja investigando o sumiço afinal das contas. Alguém está procurando por ela. Alguém que sabe de seu desaparecimento. Um peso sai das minhas costas. Há quanto tempo estou me esforçando para ser ouvida?

— Ah, sim, sei sobre Elizabeth — diz ele.

Lágrimas de alívio enchem meus olhos, e eu sorrio.

— Desaparecida, né?

Assinto.

— Provavelmente foi aquele mal-intencionado do filho dela, não acha?

Movo meus ombros em desamparada concordância.

— E ninguém acha que ela está desaparecida. Não é?

— Exatamente isso, policial — respondo, apoiando-me no balcão.

— Pensei que fosse assim. — Ele arreganha os dentes por dois segundos. Sinto-me afundar. — Essa deve ser... deixe-me ver... — ele clica algumas vezes no computador — a quarta vez que a senhora vem aqui.

Quarta vez?

— Alguém já está procurando Elizabeth desde então?

Sei, assim que as palavras saem da minha boca, que isso é impossível.

Ele ri.

— Sim. Botei todos os homens na rua. Cães farejadores, equipe forense, brigada móvel. — Ele faz uma pausa e gesticula no ar. — Estão todos por aí, procurando sua amiga Elizabeth.

Eu me enfureço com suas palavras. Minhas axilas formigam. Posso ver o que ele pensa de mim agora, e me sinto mal. Minhas lágrimas transbordam, finalmente, e me viro para que ele não as veja.

— Esqueça os traficantes, os estupradores e os assassinos, já avisei à equipe — diz o policial. — Talvez aquele filho mal-intencionado da velha Lizzie...

Não ouço mais nada, porque me apresso em sair do prédio e chegar à rua. O ar frio bate em minhas faces úmidas. Fico em pé no ponto de ônibus e levo a manga do meu cardigã à boca. Essa era a última esperança. Se o policial não me leva a sério, que chances me restam de ver Elizabeth novamente?

Eu não me lembro de ter ido à polícia na época do desaparecimento da minha irmã. Papai foi sozinho registrar a ocorrência, e foi até lá novamente após falarmos com os vizinhos dela. Ele e mamãe compareceram à delegacia muitas vezes depois disso, para saber o que estava sendo feito, o que poderia ter sido descoberto, mas nunca me levaram junto. Lembro que um policial foi à nossa casa para nos interrogar sobre Sukey. Ele estava lá em casa quando voltei da escola.

— Eu disse que ia aparecer — falou, sentado à mesa da cozinha, e à sua frente um prato cheio de fatias de bolo. Ele tinha cabelos castanhos brilhantes e manchas escuras debaixo dos olhos. E não estava de uniforme. — Essas gritarias parecem ser totalmente desvinculadas do resto, aconteceram há muitas semanas, de acordo com os vizinhos. Eu fiz uma investigação. E é o que eles disseram na delegacia: as pessoas estão sendo dadas como desaparecidas o tempo todo. Os homens não conseguem se acostumar com a nova vida, e as mulheres, a ter seus maridos em casa novamente, então eles vão embora. E muitas pessoas abandonadas recorrem a nós.

— Mas Frank sempre esteve em casa — disse mamãe, colocando a chaleira em cima da mesa e sentando na cadeira próxima a mim.

— Ah é? Mas não tiveram uma briga?

O policial nos olhou por cima do bolo, uma migalha caindo do canto da boca.

— Ele dirige uma empresa de mudanças, a Gerrard's — explicou papai, olhando para a migalha caída na mesa. — O governo considera um serviço essencial no esforço de guerra. E Frank também desapareceu.

O policial concordou com um gesto de cabeça.

— Ah, sim, sim, certo, Gerrard's. Eu conheço. Ele ajudou minha tia a tirar suas coisas depois que a casa dela foi destruída. A bomba que caiu na escola, você se lembra dessa história? Ele nos fez um grande favor. Mesmo assim — ele limpou a garganta, e pedaços de groselha ficaram presos entre seus dedos —, sei que ele fugiu porque seria interrogado.

— Seria? — perguntou papai.

O policial fez um gesto, os dedos ainda cheios de groselha.

— Fraude de cupons de racionamento — explicou ele, colocando a fruta desidratada na boca. — Um negócio sério. Está dando às pessoas além do que elas podem ter. E isso, por sua vez, encoraja outros a comprarem coisas no mercado negro.

Mamãe corta mais pedaços de bolo e enche sua xícara de chá.

— Mercado negro, é? Imagino que Frank entenda muito bem disso. Então você não o encontrou? — perguntou papai.

— Não. E isso nos faz ver as coisas por outro ângulo. O fato de ele ser procurado. — O policial dá um gole no chá. — Suponho que eles decidiram fugir? Você disse algo sobre ele carregar uma mala.

Papai se levantou da mesa e botou as mãos nos bolsos, olhando fixamente para o chão.

— Eu não consigo acreditar que Sukey fugiria com um criminoso — disse ele.

Mantive meus olhos baixos e brinquei com a alça de minha xícara, lembrando-me das golas de pele de Sukey e de sua bolsa nova de pele de cobra, das caixas de comida do Exército Britânico nos estábulos e de tudo que comíamos quando ela e Frank vinham jantar.

— Bem, não, dificilmente valeria a pena fugir — concordou o policial, pegando outro pedaço de bolo. — Não temos nada muito concreto, para ser honesto. Mas se não foi isso, então...

— Então Frank fez algo a ela que a obrigou a ir junto — sugeriu papai.

— Frank jamais faria isso! — exclamou mamãe, exaltada, levantando-se e jogando sua colher de chá na pia.

Papai levantou a cabeça para olhá-la e avistou Douglas no corredor; ele o havia chamado.

— Esse é o sargento Needham, Douglas. Ele veio por causa de Sukey. Sargento, esse é o nosso inquilino.

Douglas entrou na cozinha e apoiou-se desajeitadamente nas prateleiras perto da porta. Ele acenou para o sargento e balançou a cabeça quando mamãe lhe ofereceu chá.

— Ouvi você falando do Frank? — perguntou ele, olhando para todos os lados e puxando a bainha de seu suéter.

— Sim — respondeu o sargento. — A Sra. Palmer não acha que ele esteja envolvido no sumiço de sua filha.

— Não acha? — perguntou Douglas, encarando mamãe, que ainda olhava para a pia. — Eu acho. Frank é ciumento. Tem um temperamento difícil.

— Ciumento? — indagou o sargento. — Por quê? Algo a ver com você?

— Não — respondeu Douglas, pronunciando a pequena palavra com calma e cuidado. — Mas Sukey me contou que ele é ciumento. — Douglas manteve os olhos fixos no sargento. Seu rosto tinha uma aparência retesada, como uma máscara, e passou pela minha cabeça a ideia louca de que, quando ele falava, o fazia sem mover os lábios. — Ela me disse que Frank sempre tira as conclusões erradas.

Papai tirou as mãos dos bolsos e as esfregou no rosto, e mamãe se virou de costas para a pia, as mãos apoiadas na borda atrás de si. Eu me perguntei por que Sukey contaria qualquer coisa a Douglas e não a mim. E me perguntei se aquilo era verdade.

— Por que Sukey diria isso? — perguntei sem querer. E na mesma hora papai me mandou subir.

— Isso não é assunto para você — afirmou ele.

Saí da mesa, mas fiquei no topo da escada do hall. A cozinha parecia iluminada e aconchegante, a luz do fogão competindo com a luz da lâmpada. Quase pude acreditar que se tratava de um chá em uma família normal, com as xícaras e a chaleira fumegando. Exceto, claro, por haver um policial sentado no lugar da mamãe, acabando com o bolo e anotando coisas em um caderninho.

— Sim, *quando* ela contou isso a você? — perguntou para Douglas, virando a página do caderno.

— Várias vezes. Ela falou isso muitas vezes, sargento. No verão...

Eu só conseguia ver uma parte dele, do peito para baixo, mas seu braço se moveu e eu pressupus que ele estava dando de ombros.

— Quando? Quando ela veio jantar? — perguntou mamãe, suas pernas ainda visíveis, encostadas no armário debaixo da pia. — Nunca ouvi nada.

A mandíbula rosada de Douglas se projetou logo abaixo do batente da porta quando ele se curvou para a frente. Pensei que ele fosse dizer alguma coisa, mas o sargento engoliu o resto do chá e arrastou a cadeira para trás.

— Preciso ir — anunciou ele. Empurrou a xícara, anotou algo no caderno e se levantou. — Obrigado pelo chá, Sra. Palmer. Vou avisar caso haja alguma novidade. Mas não se preocupe. As pessoas estão o tempo todo se mudando hoje em dia. Não conseguem criar raízes. É mais provável que tenham ido tentar a vida em outra cidade por um tempo e voltarão assim que perceberem que todos os lugares são iguais. De todo modo, a lei encontrará Frank antes do que imaginamos.

Ele ficou de pé sob a luz por alguns segundos encarando Douglas, antes de seguir papai até a porta. Eu desci rapidamente para a sala de estar e ouvi mamãe dizer algo para Douglas sobre não ter sobrado bolo.

— Era a última fruta desidratada que Frank trouxe para mim — lamentou ela, e imaginei a expressão de Douglas diante da menção ao meu cunhado. — Como foi o filme? — perguntou, mudando o assunto antes que desembocasse no casamento de Sukey. A resposta foi murmurada, muito baixa para ser ouvida.

— O quê? — indagou mamãe. — Achei que esse fosse engraçado. Você não prestou atenção?

Enquanto isso, papai agradecia a vinda do sargento Needham.

— Sem problemas. Vou avisar se Gerrard aparecer, ou a mala que ele estava carregando.

Eles pararam na porta para olhar o fim do corredor, dando ao sargento tempo de espanar os farelos das calças.

— Esse rapaz me lembra alguém — ouvi-o dizer ao sair. — Só não sei quem.

Joguei todos os lembretes sobre Elizabeth na lixeira. Parece um tubo de confete. Eu me sinto mal por abandoná-la assim, mas o que eu posso fazer? Como já me disseram, não há "o que fazer", e ninguém pode ajudar. Já estive na delegacia quatro vezes. Sei porque anotei. Quatro vezes, e eles não vão fazer nada. Pensam que sou uma velha caduca. E talvez tenham razão. Procuro uma folha grande de papel e uma caneta vermelha e faço um aviso para colar na parede da minha sala de visitas: *Elizabeth não está desaparecida.* Mesmo que eu não acredite nisso agora, posso acreditar nas próximas horas. Talvez antes. Não quero voltar à minha busca. É inútil. Ninguém vai acreditar em mim, e eu vou enlouquecer se continuar. De todo modo, há tantas coisas de que não consigo me lembrar... Talvez eu tenha entendido tudo errado, talvez Elizabeth esteja em casa e eu tenha feito muito barulho por nada.

Carla vê o aviso assim que chega e acena com aprovação.

— Muito bem — diz ela. — Assim você se concentra em ficar bem e em segurança. Melhor prevenir do que remediar, né? — Ela faz o mesmo alvoroço de sempre ao me contar sobre roubos e assaltos à mão armada. Tento prestar atenção, mas não vejo como essas coisas podem ter a ver comigo. — Os idosos não são bons em segurança — continua. — Não verificam se as portas estão trancadas e se as janelas estão fechadas. É porque cresceram em outra época. Aposto que você conhecia todo mundo, não?

— Não seja ridícula — respondo. — Já havia de tudo na cidade quando eu era menina.

Vagabundos bêbados em bares, soldados americanos e canadenses esperando para voltar para casa, refugiados de Londres ou Birmingham sem ter para onde voltar, e doentes esperando que o ar do litoral os cure. Carla subiu para o meu quarto antes que eu terminasse a frase, e eu fui para a cozinha. Meu sanduíche não estava pronto ainda, então pus o pão na torradeira e peguei a manteiga.

— Quantas torradas você come? — pergunta Carla, reaparecendo de repente. — Você deve comer um pacote de pão de forma inteiro por dia.

— Bem, não sobrou bolo por causa do sargento — respondo.

— Se acabou o bolo é porque você o comeu — diz ela, abrindo a torneira e fazendo uma montanha de espuma com o detergente.

Não gosto de seu tom. Saio de perto dela e verifico se a porta da frente está fechada antes de me sentar. Carla entra na sala para me dar meus comprimidos; não sei para que servem.

— E, além disso, claro, há esses minicofres para guardar chaves reserva — lembra ela, em pé ao lado da mesa do café, escrevendo na minha ficha. — Você tem que botar um aqui para que nós, cuidadores, possamos entrar e sair, mas isso seria pior, né? Alguém conta para outra pessoa o código, e o criminoso não precisa nem quebrar o minicofre para entrar. — Ela põe as mãos na cabeça e, em seguida, estica-as para o alto.

— Eles não devem ser tão perigosos assim — comento. — Ou não seriam tão usados. Até Elizabeth tem um. — Minha mente acelera, querendo me dizer algo. Elizabeth tem um desses minicofres para a chave reserva. Eles facilitam a entrada nas casas. Anoto isso em um papel e ponho o nome dela ao lado. — Elizabeth tem um desses minicofres — continuo. — Se alguém entrou...

— Não começa com isso de novo. Achei que você tinha desistido. — Ela aponta para o aviso na parede.

— Ah, sim.

Largo a caneta. Sinto-me desiludida, como se tivesse perdido algo valioso.

— Ok. Tchau. — Carla caminha até a porta. Ouço o som dela tentando abrir a porta. Ela bate como se a porta estivesse emperrada. — Ei, está trancada — grita. — Cadê a chave?

Levanto e mostro a ela o pequeno jarro onde guardo a chave, na prateleira em cima do aquecedor.

— Você pediu que eu verificasse as portas — digo, mostrando a Carla o lembrete que escrevi sobre isso.

Ela me encara.

— Mas você não precisa fazer isso enquanto estou aqui.

Quando ela sai e me tranca em casa novamente, vou ver meu sanduíche; há uma torrada no aparador. Deixo meus lembretes de lado para pegar a manteiga, mas não a encontro na geladeira. Há um grande aviso em cima do fogão me dizendo para não cozinhar nada, mas imagino um ovo com a torrada. Certamente ovo cozido é permitido. Isso dificilmente pode ser considerado cozinhar.

Ligo o gás e encho uma caçarola de água. Enquanto espero o ovo ficar pronto, pego meus lembretes para ler: *Minicofres para chaves reserva facilitam a entrada nas casas.* O nome de Elizabeth está ao lado. Leio várias vezes. Há algo de significativo nisso, só não sei o quê. Também escrevi: *Assim seria pior.* Isso é verdade. E, de todo modo, você não pode sair por aí com medo de todo mundo. Você tem que deixar algumas pessoas entrarem na sua casa.

Foi Sukey quem sugeriu Douglas como inquilino. Ela estava trabalhando na cantina do Navy, Army and Air Force Institutes, instalado em um hotel no topo de um penhasco, e Douglas entregava leite até ficar velho demais para entrar para o exército. A cantina ficava na rota de suas entregas, e Sukey gostava dele. Eles costumavam conversar muito assim que ela abria a cantina pela manhã. Sobre filmes, na maioria das vezes, disse ela.

Eu o encontrei em um dia em que Sukey me levou junto para o trabalho. Foi a semana seguinte em que nossa escola foi atingida por um bombardeio noturno. Ainda não haviam providenciado vagas para nós nas escolas para meninos, e mamãe não me queria à toa em casa o dia todo. Tivemos que acordar cedo, e eu ainda estava meio sonolenta quando chegamos. Sukey me sentou na cozinha enquanto sopesava o chá e o café em sacolas brancas de pano e andava de um lado a outro para verificar o compartimento de água quente. Ela estava engraçada de macacão azul e boné, mas parecia não se importar. Havia um agradável cheiro de comida no ar, e ela me deu feijão com torradas e uma salsicha para comer.

— Eu não devia fazer isso — disse ela enquanto me entregava o prato. — É só para os ianques.

Apenas os soldados americanos eram servidos aqui, e eu fiquei procurando um sotaque enquanto comia. Já estava quase terminando quando ouvi um.

— Certeza — dizia. — Vai ficar tudo bem.

Olhei ao redor e avistei Sukey chegando com um rapaz. Ele carregava um caixote com garrafas de leite e as colocou sobre o balcão à minha frente. Fiquei surpresa ao ver um vendedor de leite americano e fiquei olhando para ele.

— Esse é o Doug, Mopps — apresentou Sukey, com a mão no ombro do rapaz. — Diga olá.

— Olá, Doug — cumprimentei, ainda olhando para ele enquanto Sukey pegava duas garrafas de leite e voltava para a cozinha.

— Olá... Mopps — disse ele, franzindo a testa ao pronunciar meu nome. Seus olhos seguiram Sukey.

Eu ri.

— Não é meu nome verdadeiro, bobo — falei.

Ele pareceu um pouco irritado.

— Por que ela te chama assim então?

Seu sotaque não era muito americanizado, e me perguntei se Sukey sabia que ele poderia estar fingindo.

Botei o último pedaço de salsicha na boca.

— É um apelido — respondi, mastigando.

— Meio bobo, não? — Ele franziu a testa.

Dei de ombros e coloquei o garfo ao lado do prato.

— Aposto que Doug não é seu nome verdadeiro.

— Claro que é — assegurou ele, seus olhos voltando-se para Sukey assim que ela pousou outro saco de chá na balança.

— Não é uma abreviação para Douglas?

Ele comprimiu os lábios e olhou para as garrafas de leite, tirando-as do caixote rapidamente.

— Não é?

— É.

— Então Doug é um apelido?

Ele parou o que estava fazendo e me encarou.

— Você venceu — cedeu ele, envergonhado, fitando Sukey novamente.

Eu o deixei encabulado e fiquei com pena.

— Doug é um bom nome — disse, tentando consertar as coisas. — Eu gosto.

Isso o fez sorrir, e eu fiquei com mais pena ainda. Ele era bonito, um rosto oval e afável, cabelos castanhos e sobrancelhas muito retas. Era alto, mas curvava a cabeça para a frente ao falar e olhava de esguelha, então as pessoas nem sempre notavam sua altura.

— Espero que esteja sendo boazinha com Doug — disse Sukey, chegando para botar as garrafas vazias em cima da mesa.

Fiz que sim, tentando pensar em algo para dizer.

— Ei, vimos a mulher louca lá fora — disse, porque era verdade, embora tenha sido muito rápido.

— Pare, Maud — advertiu Sukey. — Não a chame assim. Você não sabe quem ela é. Imagina se mamãe fizesse algo estranho e alguém a chamasse de louca. E você não prestou atenção no que eu disse. Doug vai ser nosso novo inquilino. — Ela jogou o cabelo para o lado da mesma forma que ela faz com o meu, e ele corou novamente.

— Quer comer alguma coisa? — perguntou ela a Doug.

— Não, é melhor eu ir — respondeu ele, e rapidamente encheu o caixote com as garrafas vazias do dia anterior e as levou, acenando de forma desajeitada quando Sukey disse "tchauzinho".

— Mamãe já fez algo estranho? — perguntei a Sukey assim que ele saiu.

— Claro que não, tolinha — respondeu ela, pegando as garrafas cheias de leite. — Você precisa ser menos precipitada em seus julgamentos, é só isso. Você gostou do Doug? Mamãe está procurando alguém para alugar o quarto desde que a Srta. Lacey foi morar com a sobrinha. Seja legal. A mãe dele acabou de morrer. Uma bomba caiu na casa deles.

Eu me senti muito pior com a brincadeira dos apelidos e prometi ser legal com ele. Mas me lembrei do jeito como Sukey jogou seu cabelo e ofereceu comida a Doug, cuidando dele do jeito que ela cuida de mim, e me perguntei se já olhei para ela do jeito que Douglas olhou.

Um cheiro esquisito vem de algum lugar. Olho ao redor da sala de estar, pego uma almofada e sento perto da janela. Não vejo nada. Não consigo saber de onde vem o cheiro. Estive vasculhando o cesto de papel em busca dos meus lembretes, perguntando-me como eles foram parar ali. Também resgatei uma tampa azul e prateada de pó compacto; já é a segunda vez que a desenterro de algum lugar. Estou reunindo forças para descobrir o que está causando esse cheiro horrível quando Helen chega.

— Mãe! Você deixou o gás ligado! — grita ela. — Eu já disse para você não usar o fogão. Você podia ter explodido a porcaria da casa inteira! Argh, dá para sentir até daqui.

Ela fica em pé na minha frente e se inclina sobre mim para abrir a janela, abanando o ar com as cortinas. Olho para a parte de baixo de seu queixo. Parece muito suave. Vulnerável.

— Desculpa pelos apelidos — digo.

Seu queixo se volta para baixo e ela me olha.

— O quê?

— Nada, não sei — digo.

Eu me pergunto se ela vai me trazer um chá daqui a pouco. Mas pode ser que não tenhamos leite, pois eu deixei o entregador aborrecido. Ah, tudo está tão confuso. Uma brisa entra pela janela e me provoca um arrepio, fazendo-me estremecer.

— Não sentiu o cheiro? — pergunta Helen.

— Achei que estivesse sentindo cheiro de alguma coisa, sim — respondo, colocando uma manta nos joelhos para aquecê-los. — Salsicha e feijão. O que você disse que era?

— Gás.

— Ah. Algum vazamento?

A manta no meu colo não vai dar certo. Tento ajeitá-la, prendê-la embaixo das minhas pernas, mas ela continua se movendo. Quando ergo os olhos, Helen está balançando as cortinas. Esse movimento me faz piscar.

— Não, mãe — responde ela. — Você deixou o fogão ligado. E é por isso que você não deve cozinhar.

— Mas geralmente não cozinho, Helen. Tem um aviso na cozinha...

— Eu sei que tem. Eu que escrevi. — Ela larga as cortinas e passa a mão pelos cabelos.

— Mas posso fazer um ovo cozido.

— Não! Não pode. Mãe, é isso que estou dizendo. — Ela fecha as mãos em punho, puxando o cabelo. Não entendo por que está tão aborrecida. — Entende? Você não deve cozinhar nada. *Nada*.

— Está certo. Não vou cozinhar — digo, observando-a andar pela sala. — Vou comer um pedaço de queijo em vez disso.

— Promete? — pergunta ela. — Você vai anotar?

Assinto e pego uma caneta na bolsa. Há um monte de papéis coloridos na mesa próxima a mim, e faço uma anotação ao final de uma lista que começa com: *pó compacto, abobrinhas*.

— Vou escrever no quadro de avisos também — diz Helen. — Vou ajudá-la.

Ela estende a mão e eu a seguro para me levantar. De alguma maneira as cortinas ficaram emboladas nas minhas calças, e Helen tem que desembolar tudo. Ela caminha logo atrás de mim rumo à cozinha, seus dedos sobre os meus na barra de apoio. Quando chegamos lá, percebo que deixei a caneta na sala de estar. Helen vai buscar.

— Inclusive ovos — diz ela, voltando. — Anote "inclusive ovos" no lembrete.

Eu faço o que ela diz e em seguida largo a caneta.

— O que isso quer dizer? — eu me pergunto. — "Inclusive ovos"? O que isso significa?

7

Aquela velha música de Eric Coates ecoa em minha cabeça. "Calling All Workers". Ela dá voltas e voltas em minha mente, tornando-se cada vez mais uma obsessão. Mais vivaz, mais alta, mais militarista. Imagino um sorriso histérico em meu rosto, meus braços se movendo como se fossem puxados por cordas. Eu sempre me sentia assim, inquieta, quando era mais nova. Todo mundo dizendo que você tem que seguir em frente, ajudar, contribuir para o esforço de guerra, mas sem mencionar nada específico a se fazer. Ligo a TV, mas não consigo me concentrar nela, então vou dar um jeito na casa, arrumar, limpar, organizar, tirar a poeira. Ajeito as almofadas no sofá e arrumo os livros em seus devidos lugares. Espirro lustra-móveis na mesa de centro e pego um pano para espalhá-lo pela superfície. Carla aparece quando estou transformando o primeiro borrifo do spray em brilho.

— Você não para — diz ela, tirando o casaco. — Está fazendo faxina? Eu devia escrever isso na sua ficha. — Ela faz um gesto de assentimento com a cabeça, passando as páginas com a caneta em punho, mas em seguida se vira e emite um som. — Mas como assim? Você vai queimar tudo? Por que amontoou os livros dentro da lareira?

— Do que você está falando? — pergunto, largando o pano.
— Os livros estão em seus devidos lugares. Eles se encaixam perfeitamente nesse buraquinho próximo à TV. Fica bem bonito.

— E, hã, o que você está usando para limpar a mesa?

— Um pano — digo, franzindo a testa. Ela só está fazendo perguntas idiotas hoje.

— Não, isso não é um pano.

Carla tem um pedaço de pano nas mãos e está prestes a desdobrá-lo. Quando ela o levanta consigo ver do que se trata. Uma saia. Uma das de Sukey. Uma saia de jérsei marrom-escura, coberta agora de lustra-móveis e migalhas. Devo ter tirado isso do guarda-roupa do meu antigo quarto. Há muitas coisas de Sukey por lá. Coisas que cortei, ajustei e usei, e coisas que guardei pelo simples fato de não conseguir jogá-las fora. E agora estraguei uma delas.

Carla dá um risinho forçado.

— Um modo original de usar uma saia — diz ela. Então seu olhar encontra o meu, mas ela logo vira a cabeça para o outro lado. — Vou colocá-la na máquina de lavar. Não se preocupe. Vai ficar como nova.

Quando Carla vai embora, descubro que não tenho paciência para ficar ali sentada. Tenho a sensação perturbadora de que deveria estar em outro lugar. Visto o casaco e saio. Não sei aonde estou indo, mas não importa; eu deveria estar em outro lugar, e mais cedo ou mais tarde vou chegar lá.

Um ônibus passa assim que chego ao começo da rua. Espero que não sirva para mim. E se servir, é tarde demais. Apoio as mãos na mureta de um jardim e me viro para olhar para a rua. O musgo é úmido sob meus dedos, e percebo que estou raspando-o com as unhas, me divertindo com a sensação das raízes se partindo. Alguns pedaços de papéis coloridos e brilhantes pontilham a calçada. Devem ser meus lembretes, minha memória de papel. Meus bolsos estão lotados deles. A princípio nem me preocupo em catá-los, mas me curvo na direção do que está mais próximo, pensando que algo fundamental pode se perder se eu não o resgatar. Meus joelhos estalam com o movimento. O mais próximo é uma folha azul: *Oxfam, 14h, hoje*. Ainda ajudo lá.

Duas da tarde, hoje. Será que é *hoje* mesmo? Pressinto que não, mas não queria decepcioná-los. Essas imagens horríveis de crianças magras com barrigas inchadas e moscas rodeando sua boca me assombrariam se eu não fosse até lá. E se for terça-feira, Elizabeth estará lá também. Caminho até o ponto de ônibus, catando os papéis mais próximos ao passar por eles. Tenho certeza de que não havia tantas pessoas passando fome quando eu era mais jovem. Acho metade de uma barra de chocolate no bolso do casaco, e a devoro ao embarcar no ônibus.

A loja da Oxfam fica na galeria. Antes era uma joalheria luxuosa, e foi aqui que minha irmã comprou sua aliança de casamento. Meu antigo cabeleireiro também era aqui, embora tenha fechado há muito tempo. As janelas estão empoeiradas, e os antiquados secadores de cabelo, que foram abandonados ali, resistem, desintegrando-se aos poucos, como campânulas cobertas pelo mato em um campo arenoso. A loja ao lado vende todo tipo de artigos para banho. Sais, óleos, suportes de vidro para sabonete e conchas tingidas de cores variadas. Recebemos muitas doações desse tipo na Oxfam. Eu amava conchas quando era mais nova. Tive até uma coleção, e algumas delas ainda estão guardadas em casa, em uma caixa feita de caixas de fósforos coladas. Eu catava-as na beira da praia, e meus pais gritavam para não chegar muito perto do arame farpado. Gostava de segurá-las perto das orelhas e ouvir o barulho das ondas.

Tenho muitas cor-de-rosa e algumas com pintinhas cinza. Nunca fui muito além disso ao identificá-las. Tio Trevor me deu um livro sobre conchas quando descobriu que eu as colecionava, mas eu não tinha interesse em saber os nomes e, enquanto o folheava, os desenhos das horrendas lesmas que haviam vivido na minha linda coleção me deixavam com nojo. Não gostava de pensar que aquelas coisas pegajosas e feias tinham qualquer relação com as conchas perfeitas e peroladas. A palavra "molusco" me irritava e às vezes me fazia jogar o livro longe.

Sinto um forte cheiro de mofo quando entro na Oxfam. Nunca conseguimos nos livrar dele, apesar de lavar a vapor todas as roupas doadas. O ar é rançoso e azedo; é a única coisa que não gosto daqui. Isso e Peggy, que me olha por cima do balcão quando entro, seu cabelo pálido e engomado refletindo a luz. Ela tem apenas 68 anos, e por isso está bem melhor do que eu.

— Maud? — pergunta. — O que você...?

— Estou atrasada? — digo, empurrando uma pilha de roupas para poder passar.

— Não, Maud. Nós não precisamos de você... Quero dizer... — Ela apoia as mãos no balcão e aumenta o tom de voz, persuasiva. O mesmo tom que minha filha usa quando está tentando me convencer de que jogar metade das minhas coisas fora ou não cozinhar é para o meu "próprio bem". — Decidimos que você não precisava vir trabalhar, não lembra?

Abaixo a cabeça e finjo olhar para o pequeno cesto no balcão da recepção. Sinto um súbito ódio por Peggy ao tocar nos marcadores de página de couro sujo e nas argolas de plástico para guardanapos. Eu lembro. Ela e Mavis decidiram que eu não ia mais trabalhar aqui. Bem, eu sempre estive em desvantagem. Todas haviam trabalhado em lojas quando eram jovens. Peggy na Beales, Mavis era gerente da Carlton Shoes, e o pai de Elizabeth era dono de uma padaria, onde ela teve que trabalhar quando criança. Mas meu pai me arranjou o emprego na bolsa de valores logo que saí da escola, então eu nunca havia sido outra coisa além de telefonista. Achei o caixa da Oxfam tão complexo quanto ele de fato era, e então comecei a confundir as moedas e a dar o troco errado. Quando um cliente ficava me perturbando era ainda pior. Um dia fiquei paralisada diante de uma moeda de um *pound*, incapaz de reconhecê-la. O homem no balcão ficou suspirando.

— Você não pode ser tão ruim assim em matemática — reclamou ele.

Não sei o quanto dei para ele no fim das contas, mas Peggy ficou muito irritada.

Suas unhas pintadas tamborilam no balcão, esperando minha resposta. Continuo inspecionando o cesto, e meu dedo toca a parte de trás de um pequeno porta-retratos.

— Que engraçado — digo, puxando-o para mim. — Elizabeth tem um igual. Tem uma foto nossa nele, logo depois de nos conhecermos. Curioso, né? — Passo o polegar pelo canto do objeto. O porta-retratos é de porcelana com flores delicadamente espalhadas por sua moldura. A cabeça de um querubim magro se insinua na parte superior, olhando para baixo, para onde a foto deveria entrar. — Nunca pensei que houvesse dois iguais no mundo — continuo. — Ela o comprou aqui poucos meses depois de começar a trabalhar.

— Deus, é mesmo, ela sempre comprava essas porcelanas. Você tem uma boa memória para algumas coisas, Maud.

— Acho que é o porta-retratos de Elizabeth, mas ela nunca se desfaria dele. — Olho para Peggy. — Tinha uma foto nele?

— É possível, mas nós dificilmente tentaríamos vendê-lo com uma foto dentro. De qualquer forma, duvido muito que seja o de Elizabeth.

A porta se abre, e Peggy sorri brevemente para alguém que entra na loja.

— Você pode nos dar 2 *pounds* por isso, se quiser. Comprar as coisas é o melhor jeito de nos ajudar.

Sei o que ela quer dizer com isso, mas ainda não estou disposta a ir embora.

— Você quer uma xícara de chá? — pergunto, deixando cuidadosamente o porta-retratos na cesta. — Acho que me lembro de onde está a chaleira, e você está presa aqui... — Vou em direção à sala dos fundos. O rosto de Peggy se desanuvia.

— Bem... Bem, seria bom. Gostaria de um café.

Encho a chaleira e a ligo. Se tem uma coisa que lembro sobre Peggy é que ela não suporta jogar fotos fora. Sempre pensei que isso a fazia se sentir mais humana. Debaixo da mesa entulhada de roupas doadas, há uma gaveta onde ela guarda fotos antigas.

A madeira range quando a puxo, e dou uma olhadela em direção à porta antes de me sentar para garimpar as fotos, aliviada com o fato de a chaleira fazer tanto barulho.

Muitas são fotos de animais, algumas de famílias reunidas, e algumas em papel-cartão, de muitos anos atrás — um homem de uniforme prestes a ir para a Primeira Guerra Mundial, e uma mulher usando mangas estilo perna de carneiro ao lado de uma aspidistra. Separo essas, e continuo procurando entre as fotos antes de achar uma imagem colorida de duas mulheres normais usando blusas florais. Elizabeth e eu. Estamos em pé na galeria, os belos arabescos nos portões de ferro pintado atrás de nós. O cabelo de Elizabeth tem uma mecha cinza e está preso bem firme, o meu está esvoaçante. Nós sorrimos para a câmera, mostrando as rugas que denunciavam que já passávamos da meia-idade, e Elizabeth segura alguma coisa. É um jarro em formato de sapo que ela comprou em seu primeiro dia de Oxfam. "É uma réplica", disse ela, e na minha opinião, horrível, mas Elizabeth segura o jarro como se fosse muito precioso. Foi o dia em que nos conhecemos, o dia em que descobri que seu jardim era aquele com a mureta cheia de pedras em cima, o dia que decidi que seríamos amigas. Ainda consigo lembrar como minhas bochechas doeram de tanto rir. Ela nunca jogaria essa foto fora. Meus olhos se enchem de lágrimas. Começo a achar que ela deve ter morrido. Os montes de roupas descartadas em cima da mesa de repente ganham um terrível significado. Pelo tanto de horas que eu e Elizabeth passamos em meio a essas doações, nunca pensei que um dia uma de nós estaria vasculhando as coisas da outra.

Coloco a foto no bolso e a chaleira apita. Levo a caneca de Peggy para o balcão.

— Ah, Maud! — exclama ela assim que deixo a loja. — Eu pedi café e você me trouxe chá!

Volto pelo parque. Há um banco, um grande banco próximo ao coreto com vista para a rua de Elizabeth, e me sento ali para descansar, observando um homem alto ao lado de uma pilha de compostagem. Está frio e parece que vai chover, mas não quero ir para casa, quero ficar aqui, refletir sobre essa nova descoberta e deixar que o ar fresco me livre do cheiro de mofo da loja. O que faz as roupas velhas terem esse cheiro? Até as roupas limpas parecem ter esse cheiro azedo depois de um tempo.

É do cheiro da mala que mais me lembro. Foi papai quem a trouxe para casa, aproximadamente três meses depois do desaparecimento de Sukey e uma semana antes do meu aniversário de 15 anos. Eu não a reconheci em um primeiro momento: papai estava chorando quando a entregou para mim, e eu só consegui olhar para ele, sentindo um vazio no peito, de culpa ou de medo. A pele de seu rosto estava repleta de rugas, e ele pigarreou, um som seco. Eu nunca o tinha visto chorar e estava chocada demais para confortá-lo. Ele se sentou em uma cadeira perto do fogão e virou o rosto para o outro lado. Mamãe também não o consolou, apenas colocou a mala em cima da mesa da cozinha.

Sukey a tinha trazido da lua de mel, um objeto volumoso, de couro marrom, com alça do mesmo material e fecho de latão. Uma luz rosada entrava pela janela, evidenciando as áreas do fecho onde o latão estava arranhado. Passei o dedo em um dos arranhões, deixando o metal fosco, e mamãe afastou minhas mãos para que eu não a abrisse. Aquele cheiro de roupa mofada tomou conta do ambiente, encobrindo os habituais cheiros vindos da cozinha — cebola frita, ervas secas e sabão — como se fosse uma grossa camada de poeira.

Ficamos de pé para olhar os pertences de Sukey. As roupas estavam todas espremidas e enroladas sobre o forro listrado. Blusas e suéteres e apliques de cabelo, uma gola de pele e uma calça social com pregas na cintura. Mais embaixo havia um vestido que já tinha sido bege, mas que Sukey tingira recentemente de azul-marinho para deixá-lo com aspecto mais novo.

E também roupas íntimas, calcinhas e camisolas de seda com lacinhos. Nada estava sujo, mas o brilho dos tecidos não existia mais, como se eles tivessem sido manuseados por muitas pessoas.

— Ah, querida. Não sei como se lava isso — disse mamãe, tirando o vestido tingido da mala. — Talvez com água quente. Quanto de sabão você usaria, Maud?

Continuei olhando para a mala, pensando em quanto tempo fazia desde que Sukey havia tocado naquelas coisas. Foi tudo o que restou dela. Minha vontade era me encolher dentro da mala e fechar a tampa, em vez de tirar tudo de dentro dela e lavar sua presença dali. Uma garrafa azul de vidro se aninhava na manga de uma blusa, como se alguém a segurasse com a dobra do braço. O perfume de Sukey, Noite em Paris. Eu o peguei e, em um gesto automático, espirrei-o em meus pulsos e no pescoço antes mesmo de me dar conta do que estava fazendo. Mamãe me olhou através da nuvem de perfume, um aroma doce, suave demais para durar muito tempo, e começou a apalpar a massa de algodão, jérsei e lã, como se estivesse sovando uma massa, dando tapinhas na pilha de roupas dentro da mala. As coisas pequenas caíram, escorregando para o chão, e eu estava reunindo as lingeries de seda quando Douglas chegou. Ele parou, olhou, virou a cabeça para os lados e abaixou os olhos.

— É da Sukey? — perguntou. — De onde veio?

— Hotel Station. A polícia achou — anunciou papai.

Ele observava a lenha queimar no fogão, seu rosto vermelho de calor. Eu me sentia contente por ele não estar mais chorando. Mamãe parou de sovar as roupas quando Douglas chegou e ficou ereta, um lenço de seda e o cinto de um vestido subindo como trepadeiras em seu cotovelo. Eu os desenrolei lentamente e coloquei as calcinhas que catei no chão dentro da mala.

— Eles já inspecionaram tudo — disse papai.

Então foi por isso que tudo ficou essa bagunça. Imaginei as mãos enormes dos policiais vasculhando as roupas íntimas. Foi um pensamento horrível. Talvez Douglas estivesse pensando a mesma coisa, pois ele pareceu abalado.

— Encontraram alguma coisa? — perguntou.

Papai negou com a cabeça.

— Nada. Exceto o livro com os cupons de racionamento.

— Ela o deixou na mala. — O comentário de Douglas soou como se aquilo fosse a resposta de um enigma. — E as pessoas no hotel? O que eles disseram?

— Eles não se lembram de tê-la visto lá. Seu nome está no livro de registro, a letra era da recepcionista, não a dela, mas eles não reconheceram a foto.

— Então ela se hospedou lá ou não? — perguntei.

Meu peito se encheu de ar, e pensei que meus pulmões iam estourar. Ninguém respondeu. Mamãe sequer se moveu, não disse nada, mas vi suas lágrimas caírem na seda e se tornarem círculos escuros no tecido. Era eu mesma que lavava tudo no fim das contas.

Sigo pela rua de Elizabeth antes mesmo de saber aonde estou indo. Está cheia de crianças com seus uniformes comuns e desleixados, indo ou voltando da escola. Esbarro em um grupo; cheiram a roupas de ginástica sujas e loção pós-barba barata, e noto que estou olhando para suas mochilas e bolsas de vinil, esperando encontrar uma mala de couro marrom com alças do mesmo material. Mesmo depois de chegar à porta de Elizabeth ainda me viro para trás para ter certeza de que não a vi. Toco a campainha, olho pela janela da frente e espio a cozinha, mas não vejo nada. A casa parece escura e desabitada.

— Olha, uma velha assaltante! — grita alguém.

Uma gangue de crianças arrogantes, talvez adolescentes — da idade de Katy —, vem pela calçada trocando tapas e arrastando suas mochilas pelo chão. O garoto que gritou está sorrindo para mim.

— Como você vai entrar? — pergunta ele. — Cadeira elevatória?

Os outros riem, e eu me viro para onde ele está apontando: a janela da escada está aberta. Seria muito útil ter uma cadeira elevatória que me levasse até lá; preciso entrar por essa janela. Será que estava aberta antes? Quase me passa despercebida. Eu me pergunto se há mais alguma janela ou porta aberta. Tento o portão lateral, mas quem me dera. Se ao menos eu pudesse derrubar essa parede para ver se Elizabeth está lá dentro, retirar a fachada como uma casa de bonecas. Ou como a casa de Douglas depois do bombardeio. Claro, eu não gostaria que algo parecido acontecesse e me sinto levemente envergonhada por ter desejado que uma bomba caísse ali. Quero fazer perguntas sobre a janela aberta, então paro diante da porta do vizinho. Não há campainha, e, quando bato, um cachorro começa a latir. O latido vai ficando mais alto e mais agressivo, até que tenho a impressão de que ele está exatamente do outro lado da porta. Vou saindo de fininho, mas, assim que chego à calçada, a porta se abre e o cachorro sai. Ele dá voltas ao meu redor, choroso, me farejando.

— Não se preocupe — diz o dono. — Ele não vai morder, está só curioso. Foi a senhora quem bateu?

Olho para o dono do cachorro. Ele é jovem, é só um garoto, e tem cabelo castanho desgrenhado. Muito bagunçado. O animal lambe minha mão, e eu dou um leve tapinha no topo de sua cabeça.

— A senhora deve emitir boas vibrações — observa o garoto. — Ele só faz isso com as pessoas que conhece.

Sorrio, feliz por ter sido escolhida. Feliz por ter encontrado um amigo. Sempre quis um cachorro quando era menina. Meus pais diziam que não podíamos arcar com os gastos, e provavelmente estavam certos, mas eu era assombrada pela história de um cachorro que foi encontrado morto no jardim de alguém. Ele foi acorrentado e abandonado pelo dono sem comida e sem água.

A Sra. Winners nos contou essa história para dizer que não podemos perder as esperanças, que as pessoas estavam se mudando "de um dia para o outro", que fugiam de noite para não pagar suas dívidas, que Sukey devia ter feito o mesmo.

— Ela não teve tempo nem para pensar em seus cães — disse ela. — O mundo está assim agora.

Mas eram os outros detalhes que me chocavam. O jardim era próximo do de Frank, e o cachorro foi encontrado dias depois que eu e papai fomos até lá.

— Deve ter latido muito — continuou a Sra. Winners. — Esperando que alguém viesse salvá-lo.

Como eu quis — durante anos — que eu fosse esse alguém, essa pessoa que ouviria o som do latido e salvaria o cachorro.

O cão agora dá ganidos, como se conhecesse as reviravoltas em meus pensamentos. Dou outro tapinha em sua cabeça, ansiando ser jovem para me agachar e acariciar seu pelo.

— Quieto, Vincent — ordena o garoto. — Ele está tentando ganhar sua simpatia, esperando que a senhora tenha um biscoito.

Olho dentro de minha bolsa.

— Ah, não — diz ele. — Não precisa. Nós temos muitos, ele é olho-grande. A senhora não é amiga da mamãe, é? Deseja alguma coisa?

— Não. Obrigada.

— Mas não foi a senhora que bateu na porta?

— Acho que não — respondo, indo embora.

O cachorro me segue até a calçada e, em seguida, corre para o seu dono. Continuo olhando para a casa de Elizabeth ao caminhar até a minha. Se pelo menos houvesse um jeito de entrar lá...

Começa a garoar no parque, e a garoa rapidamente vira um temporal. Fico um pouco debaixo das árvores. Já estive aqui antes, há muito tempo, com minha mãe. Lembro que estava escuro como hoje, o céu furioso e a terra encharcada demais para desprender aquele cheiro fresco no ar. Vim aqui com ela depois de uma briga com meu pai.

* * *

Ela estava no portão do jardim quando cheguei da casa de Audrey, e pude ver a silhueta de papai contra a luz na porta da cozinha.

— Como pôde fazer isso, Lilian? — eu o ouvi gritar.

Minha primeira reação foi correr para a despensa e ficar encolhida lá dentro, mas em vez disso esperei na calçada, meio escondida pela cerca viva da Sra. Hedge.

— O que eu deveria fazer? — gritou mamãe em resposta, puxando sua capa de chuva. — Há quatro bocas para alimentar nesta casa. E eu não posso pedir mais ajuda ao Frank.

— Frank! De novo! Você não para de falar nesse homem. Não se importa com o fato de ele ter sido o responsável pela morte da nossa filha.

— Ele não foi! Ele só não é um desses metodistas enjoados que você tanto admira. E não ache que eu não sei quem botou essa ideia na sua cabeça!

Não consegui ouvir a resposta de papai, mas ouvi mamãe gritar.

— Sim, Douglas! Ele nunca deixava Sukey em paz! Claro que ele acusaria Frank.

Olhei para a janela do piso superior, esperando que Douglas não estivesse em casa, e em seguida vi como mamãe saiu pela rua, as gotas de chuva batendo tristemente nas abas de seu chapéu. Quando finalmente consegui me mover, papai ainda estava em pé na porta da cozinha. Ele ergueu as mãos assim que me viu.

— Vejo que você também quer ficar encharcada — disse ele.

Depois de um breve momento, entramos. Douglas estava sentado à mesa, concentrado em sua comida, e me perguntei o quanto ele tinha ouvido da discussão. Havia um pano de prato pendurado na cadeira próxima ao fogão — cheirava a carne, mas sequei meu rosto e meu cabelo com ele, ouvindo papai me dizer que eu merecia pegar uma pneumonia. Tirei a saia molhada e a pendurei na cadeira onde estava o pano de prato. Douglas ficou olhando para a minha anágua.

— O que está acontecendo? — perguntei, já que ninguém se preocupou em me dizer.

— Frank voltou — respondeu Douglas. Seus olhos estavam semicerrados e ele segurava uma colher, como se tentasse apunhalar alguém com ela. — Ele foi preso em um trem que saía de Londres.

— Preso? Por quê? Eles o encontraram... quero dizer... há notícias de Sukey?

— Nada ainda. Só sobre a fraude de cupons. — Ele sacudiu a colher com chutney de forma agressiva, respingando-o em seu pulôver, e murmurou algo bem baixinho. Papai se sentou em frente ao prato, a comida pela metade, franzindo a testa para o repolho picado.

— Mas você acha que vai acontecer alguma coisa?

— Sem dúvida. Quando eles descobrirem que tipo de homem ele é. Um bêbado, criminoso. O tipo de homem que nunca deveria ter tido permissão para se casar com Sukey. O tipo de homem que nenhum pai deveria permitir que chegasse perto de suas filhas.

O garfo do meu pai chacoalhou no prato.

— Obrigado, Douglas — disse ele. — Sei que você tem boas intenções, mas guarde suas opiniões para si mesmo no futuro.

Inclinei meu corpo sobre a pia, observando o rosto de Douglas se contrair inteiro antes de relaxar o suficiente para ele conseguir mastigar. Por alguns minutos, ele se pareceu com o Douglas de antigamente, abaixando a cabeça e inclinando-a para a esquerda ao comer. Quase esperei que soltasse um "Esse chutney está fantástico!" com aquele sotaque americano. Mas ele olhava para os restos de seu pedaço de carneiro ao falar novamente.

— Sr. Palmer, o senhor acha que foi o Frank, não acha?

Papai o observou do outro lado da mesa.

— Você acha que foi? Você quer que ele seja preso?

— Nós não sabemos se ela está morta — lembrei.

— Nada disso a trará de volta — disse papai ao mesmo tempo, e em seguida virou-se para mim. — Maud, a polícia já disse. A probabilidade agora é de que ela não esteja mais viva. Você tem que entender isso.

Olhei para o jardim encharcado, pensando em onde mamãe poderia estar.

— Maud? — disse papai novamente. Ele estendeu a mão para mim.

— Sim, sim — assenti, desencostando da pia e pegando o velho casaco de papai no gancho. Estava tentando agir da forma mais mecânica possível. Estava tentando não pensar.

— Você vai atrás da sua mãe? — Papai se levantou assim que me encaminhei para a porta da cozinha. — Não vá, Maud. Você precisa saber: ela tem usado os cupons de racionamento da Sukey.

— Era por isso que vocês estavam discutindo? — indaguei, movendo-me como um fantoche.

Papai assentiu, e Douglas também. Eu olhei para eles sentados ali, juntos, unidos. Não é de se admirar que mamãe tenha preferido a noite sombria a eles, aqui, assim, com seus rostos impassíveis contra ela, comendo a comida que moralmente rejeitavam. Senti algo percorrer meu corpo, e minha respiração ficou presa na garganta.

— Se Sukey está morta, que importância isso tem? — gritei.

Saí de casa com um estrondo e tomei o mesmo caminho que tinha visto minha mãe seguir, descendo a rua e atravessando o parque. Ainda chovia muito. A grama estava encharcada e fazia frio. Gostaria de estar com sapatos melhores e percebi que não sabia aonde estava indo, ou por quanto tempo mamãe podia ter caminhado. Mas estava aborrecida demais para voltar para casa. Aborrecida com as preocupações mesquinhas de papai sobre o desparecimento de Sukey, aborrecida com sua fraqueza em aceitar o ponto de vista de Douglas, e aborrecida de ter que escolher um lado. Continuei caminhando, passando pelo coreto em direção ao portão norte antes de seguir rumo à área mais erma do parque.

Foi onde encontrei mamãe. Ela havia parado debaixo das árvores; ali também estava molhado, mas não era tão exposto à chuva. O parque parecia um oceano tranquilo; mamãe, de pé, era o capitão do navio, observando o mar, e as altas árvores atrás dela pareciam uma gigantesca onda prestes a tragar tudo. Pensei que ela poderia ter chorado ao caminhar até aqui, mas também poderia ter sido a chuva. Ela me viu e levantou a cabeça para que eu pudesse ver seus olhos debaixo do chapéu.

— Se vai falar sobre aquele livro, então você pode cozinhar suas próprias refeições, assim como eles de agora em diante — disse ela, mas em seguida abriu os braços, e eu fui na sua direção. — Ela não estava com ele — continuou, acariciando meus cabelos, que a chuva havia colado à minha testa. — Frank voltou, mas ela não estava com ele.

Pressionei meu rosto contra seus ombros e ela passou a mão por meus cabelos molhados.

— Eu pensei... Esperava... Você sabe o que eu esperava. Mas ela não estava com ele. Você acredita nisso, Maud? — perguntou, afastando-se para me olhar, mas ainda me abraçando. — Você acha que Frank poderia ter feito isso? Douglas disse que ele era um bêbado grosseiro. Ele era?

Um exemplar do jornal *Echo* passou farfalhando, e o observei, agitado como um peixe, indo descansar junto a uma árvore.

— Eu vi Frank bêbado uma vez — respondi, sentindo que tinha que dizer alguma coisa. — Mas ele não era grosseiro com Sukey. Não mesmo. Ele era meio o contrário disso. Por aí.

Mamãe acenou, sorrindo brevemente.

— Foi o que pensei.

— E ele provavelmente não gostava muito de Doug, por causa do tempo que ele passava lá.

— Como assim? — perguntou mamãe, encostando seu rosto no meu e acariciando meu cabelo.

Senti uma gota de chuva caindo no meu rosto.

— Doug — repeti. — Uma das vizinhas de Sukey disse que ele ficava lá o tempo todo, então suponho que Frank não gostasse muito disso.

— Douglas ficava lá o tempo todo? Por quê?

Dei de ombros.

— A mulher achava que ele era amante de Sukey. Mas isso é um absurdo, né, mãe? Não é?

Mamãe me soltou e começou a caminhar para o outro lado do parque. Eu a segui, evitando as poças em que ela pisou, tentando respirar fundo em meio à chuva. Assim que chegamos ao coreto, já dominado pela escuridão, uma sombra se esgueirou para fora das árvores.

— Venha, saia da chuva — disse alguém de dentro do coreto, e nós paramos ao mesmo tempo, tentando enxergar no escuro.

— O céu está desabando. Você vai arrumar problema. — Era a voz de Douglas. Em seguida vimos seu rosto, brilhando como uma coruja. Ele parou assim que nos viu, e sua pele estava anormalmente pálida.

— Com quem você está falando? — indagou mamãe, olhando ao redor.

— Com você — respondeu ele, embora olhasse acima de nossas cabeças para a imensidão da relva escura. — Acho que você deveria sair da chuva. Com quem mais eu estaria falando?

Mamãe o encarou durante um longo instante e em seguida se virou deliberadamente em direção às árvores. Não havia nada lá.

— Bem, não quero passar a noite inteira encolhida nesse coreto — disse ela. — Vamos para casa.

Nossos passos deixavam um círculo nas poças no caminho, e eu estava feliz de voltar para o calor de nossa cozinha. Porém, antes de alcançarmos a rua, olhei para trás. Não demorei muito para reconhecer a mulher louca. Ela estava agachada no gramado, imobilizada pela tempestade, o guarda-chuva a seu lado, fechado. De repente me dei conta de que era com ela que Douglas estava falando, que ela era a pessoa a quem ele implorava que saísse da chuva.

8

— Torta de carne, um dos pratos preferidos do papai. E aqueles bilhetes, você se lembra, Helen? Ele deixava recadinhos engraçados em cima do seu jogo americano. Deixava as garçonetes loucas com os seus disparates.

Meu filho veio da Alemanha com a família. Eles estão falando e rindo, suas vozes ecoando, confusas, como acontece quando se ouve debaixo d'água. Escuto o que eles dizem — estão contando piadas —, mas de alguma forma não consigo concatenar as frases. Eu me perco. Ainda assim, rio junto com eles. Não importa a piada, é bom rir. Meu rosto dói de tanto rir. Eu me sinto acolhida. Minha filha de um lado, meu filho do outro.

Versos rimados passam pela minha mente, mas tão rápidos que não consigo alcançá-los. Era uma vez uma senhora que vivia em uma concha. Não é bem assim, mas também não consigo imaginar onde de fato ela morava. De todo modo, sinto como se eu estivesse dentro de uma concha, e eu sou uma senhora, então talvez eu possa mudar um pouco os versos. Era uma vez uma senhora. Eu sempre lia esses versos para meus filhos. Tom e Helen. Lia-os para eles.

Naturalmente, estamos em um café, não em uma concha. O teto é uma abóbada de vidro, as paredes são nacaradas e há muitas daquelas coisas que usamos para beber, para colocar a bebida, em cima da mesa. Katy está rindo com seus primos na mesa em frente, e eu já acabei o que quer que eu tenha comido. Um caldo, talvez, mas sem pão. É isso que as senhoras mais velhas dão às crianças.

— Que tal irmos para casa, mãe? — Helen se espreguiça quando se levanta, mostrando suas longas pernas. Ela deve ter uns 50 anos, mas é mais ágil do que qualquer um que eu já tenha visto. A jardinagem deve manter as pessoas em forma.

Sinto frio do meu lado esquerdo, o lado onde ela estava sentada. Uma corrente de ar gelado no mar quente.

— Não, prefiro ficar um pouco mais — digo, sem me levantar. — Estou me divertindo.

Helen morde o lábio superior com os dentes inferiores; parecem pequenas pérolas contra a carne.

— Vamos levar uma hora até a deixarmos em casa quietinha — diz ela. — Sei que você está se divertindo, mas...

— Ah, deixa ela ficar um pouco mais — Tom passa um braço por cima do meu ombro. — Você não sai com muita frequência, não é, mamãe?

— Eu a levo para passear toda semana, na verdade. Estou sempre *aqui* pronta para ajudá-la, diferentemente de outras pessoas.

O tom de voz de Helen me faz estremecer, mas meu filho sorri.

— Eu sei, querida irmã. Você é uma santa. É sério, não estou sendo sarcástico. — Ele se levanta. — Você sabe que eu admiro tudo o que faz pela mamãe, mas eu quase não a vejo, então seria legal se... Olha, posso deixar ela em casa se você preferir. Assim você vai poder descansar.

Helen inclina a cabeça em direção ao céu; é possível ver uma nuvem em forma de sapato pelo vidro abobadado do teto.

— Você não saberia o que fazer quando chegasse em casa — diz ela a Tom. — A mamãe precisa de tudo certinho, ou então fica confusa.

— Britta dá um jeito, só explique a ela o que fazer.

Silêncio. Penso se devo gritar que não sou uma imbecil.

— Não, eu vou ficar. — Helen sorri, finalmente. — Afinal de contas, Katy também está se divertindo.

— Só você está sofrendo aqui — alfineta Tom e bate no ombro da irmã.

Katy parece *mesmo* estar se divertindo. Suponho que ela não tenha muitas oportunidades de encontrar seus primos. Eles sempre demoram um pouco para se entrosar. Uma pena, pois assim que se entrosam já é hora de se despedir. Eu os observo rindo e conversando. Eles parecem muito diferentes. Katy tem os cabelos louros encaracolados da mãe, sempre um pouco bagunçados. Ela nunca me ouve quando digo para passar uma escova neles. Nem quando era criança. "Não vou encontrar a rainha", dizia. E isso me fazia rir. Já Anna e Frederick nunca precisaram de conselhos. Ambos têm cabelos escuros e brilhantes, bem-cortados. Sorriem para mim e me chamam de vovó, mas sinto como se eles fossem estranhos.

— Gosto das suas meias, Anna — digo, embora não quisesse interromper o papo. — São muito elegantes.

Ela me olha, surpresa, e puxa as meias acima dos joelhos.

— Olha só! — exclama Britta. — Eu disse para você que a vovó ia gostar. São suas favoritas, não são, Anna?

Ela sorri para mim do jeito que os pais fazem quando os filhos não estão sendo tão educados quanto gostariam que fossem.

Anna acena que sim, mas parece ter esquecido o que estava falando com os primos. Culpa minha. Tento pensar em algo para dizer, para ajudá-la.

— Eu tinha meias assim. São muito boas. As meninas usavam saias nos joelhos quando eu era jovem, e não tínhamos meia-calça. Ainda me lembro de caminhar pela praia com meus pais. E, nossa, fazia muito frio.

* * *

Começamos no topo dos penhascos, descendo para a praia por um caminho em ziguezague. Papai não queria que fôssemos tão longe, com todos aqueles arames farpados e sabe-se lá mais o que enterrado na areia para manter os nazistas à distância. Então nem brinquei no mar, mas me aproximei o suficiente para sentir o borrifo da água e encontrar conchas que pareciam pequenas saias plissadas, lavadas e jogadas ali na areia. Andamos muito naquele dia; fomos além do píer, assistindo às ondas baterem na praia, e papai segurava meu braço como se eu fosse desaparecer, assim como Sukey. Eu detestava quando eles ficavam segurando meu braço dessa forma, especialmente quando ele e mamãe discutiam durante todo o trajeto. Ela disse algo sobre Frank há poucos metros de casa, e papai não deixou o assunto morrer desde então.

— Se Sukey o tivesse deixado... — começou ele. — Quase todos os casais parecem estar se divorciando. Por que eles não fizeram isso? Ela teria voltado para nossa casa, em segurança.

— Semana passada você disse que não concorda com divórcio — lembrou mamãe.

— Ah, depende do caráter do marido, não é? — Ele olhou para mamãe por um momento. — Ou do comportamento da esposa.

Encostei uma concha no ouvido, deixando o som oco afogar suas vozes, e me afastei de meu pai assim que chegamos ao quiosque bailarino. Era uma espécie de cabana de madeira no meio do caminho em direção à cidade, onde vendiam bebidas e outras coisas antes da guerra. Estava fechado agora, com tábuas pregadas nas janelas, e o velho toldo era apenas uma franja esfarrapada. Tinha cheiro de mar, salgado e meio putrefato, um odor de madeira úmida. O mato se entrelaçava nele e subia até o telhado, e isso fazia com que parecesse ter uma cabeleira balançando ao vento. Sukey o chamou de "quiosque bailarino" porque, com o mato, a cabana parecia estar sempre dançando ao som de uma música inaudita. O sal tinha feito as fibras da madeira se abrirem e se enrugarem, e havia buracos no lugar dos nós. Passávamos os dedos pelas paredes e enfiávamos pequenas pedras, conchas e punhados de terra por esses buracos. Eu gostava de pensar que eles se enchiam um pouquinho mais toda vez que voltávamos à praia. E, um belo dia, a cabana seria jogada para longe, deixando uma réplica densamente moldada em seu lugar. Como um gigante castelo de areia.

Enquanto meus pais se afastavam, passei a mão em uma tábua desgastada, batendo meus punhos contra ela, e ouvi um ruído vindo de um lugar bem próximo. Ergui a vista para o mato no telhado, mas não vi nada, então dei a volta, pensando se havia um ninho por ali. Minha amiga Audrey já tinha visto pombos se reproduzindo na casa de veraneio de sua família na primavera anterior, e ficou muito chateada quando seu pai quebrou os ovos. Cheguei ao canto mais distante, ainda sem conseguir ver nada, e já estava quase enfiando o dedo em um buraco na madeira quando vi um olho brilhando.

Dei um pulo para trás e quase caí pela encosta de uma duna. Não era um pombo. Era um olho humano. Havia alguém ali, olhando. Eu conseguia ouvir uma voz sussurrando. Sussurrando sobre vidros quebrados e voos de pássaros. Sussurrando sobre uma van, terra e abobrinhas. Sussurrando até parar de sussurrar, e quem quer que estivesse dentro da cabana começou a gritar de repente.

— Estou de olho. Estou de olho em você.

Não duvidei disso nem por um segundo. O olho me encarou pelo buraco da madeira, e, desesperada para sair de seu campo de visão, corri atrás de papai, meu coração sobressaltado. Quando olhei para trás, uma pessoa saía da cabana, um guarda-chuva nas mãos. Era a mulher louca. Ela gritava na minha direção, repetindo as palavras que antes havia sussurrado, e em seguida, quando eu já estava fora do alcance de sua voz, pensei tê-la ouvido dizer o nome de Sukey. Parei e voltei um pouco, mas ela ainda gritava, e eu fiquei com medo. Então corri para o papai e deixei que ele segurasse minha mão até chegarmos em casa.

* * *

Já estou meio embriagada quando Tom me ajuda a entrar no carro. Helen afivela meu cinto de segurança e entrega a ele uma lista de instruções para me levar para casa. Ela quer ter certeza de que ele não vai se esquecer de me trancar lá dentro. Tom joga o papel no painel do carro e a abraça antes que ela saia apressada.

— Ela já repreendeu a mulher e pegou nossas latas de pêssegos de volta? — pergunto para ele.

— Como?

— Nada — digo. — Besteira.

Estou muito sensível, em parte porque não sei quando ele e a família estarão por aqui, e também por causa do vinho. Deixo escapar um soluço no carro, e as crianças não param quietas atrás de mim.

Pegamos um caminho diferente do que estou acostumada a fazer — Tom não reconhece as ruas — e passamos pela casa de Elizabeth. O portão lateral está aberto. Eu me inclino um pouco para olhar pela janela.

— Você pode me deixar aqui? — digo a Tom. — Prefiro andar o resto a pé.

Ele parece hesitante, mas diminui a marcha. Portão lateral, digo para mim mesma. Portão lateral, portão lateral, portão lateral.

— Helen disse para ela ficar em casa, Tom — adverte Britta do banco de trás. — Não acho que devamos deixar sua mãe aqui.

— Eu não sou uma imbecil — protesto por cima dos ombros. — E não esqueci onde moro, ainda. Sempre volto a pé por dentro do parque, e gostaria de fazer isso agora. — Coloco as mãos geladas no rosto: mentir me ruboriza.

— Ok, mãe — cede Tom, encostando o carro. — Se é o que você quer. Mas não conte para Helen, ou vai sobrar para mim.

Sorrio diante do brilho de seus olhos. Ele sempre foi o mais encantador dos meus dois filhos. Depois de me desemaranhar do cinto de segurança, saio do veículo e jogo beijos para meus netos. Britta também sai e me dá um abraço.

— Só quero ter certeza de que você ficará em segurança — diz ela.

Respondo que sei disso. Agradeço a preocupação. Aceno para eles, e fico olhando até o carro virar a esquina. Esse tempo todo estou tentando me agarrar a duas palavras enquanto elas tentam escapar pelas frestas do meu cérebro. Estou diante da porta da casa de Elizabeth, a luz do sol incide oblíqua sobre a rua, e o portão lateral está aberto. Vejo uma parte do jardim pelo portão, uma parte bem verdejante. Uma pessoa vem em direção à porta. Cabelos encaracolados, casaco xadrez. Ela sorri para mim. Elizabeth. É ela. Esteve aqui esse tempo todo.

— Elizabeth — digo. — Como....

Não é ela. É outra pessoa. Assim que ela se aproxima percebo que é muito mais jovem que minha amiga. Ela sorri ao passar por mim e entra em um desses ônibus que servem como biblioteca itinerante. Passo a mão pelo topo do muro de seixos como se o admirasse, e em seguida vou embora. Caminho ao longo da cerca do parque e passo pela árvore de acácia. *A elegante acácia não balançaria/ nenhuma flor leitosa em seus galhos.** O poema me vem à cabeça de imediato. Os professores achavam que eu deveria conhecê-lo, e eu sentia que deveria gostar dele, só porque se chama "Come into the Garden, Maud". Gosto dele de certa forma, com todas as suas flores e o orvalho, mas seu significado era completamente obscuro para mim e parecia tornar-se ainda mais mórbido no final. Audrey foi obrigada a decorar "The King's Breakfast" porque seu pai era dono de uma loja de laticínios, o que foi muito mais divertido: *Quero mais manteiga no meu pão!***

Espero junto a uma dessas tiras pintadas no chão, caixa de pedestres, marcha de pedestres, tentando me lembrar de mais palavras. Penso na flor leitosa do poema, o que exatamente sig-

---

* *The slender acacia would not shake/ One long milk-bloom on the tree.* Tradução livre. (N. da T.)
** Tradução livre do último verso do poema "The King's Breakfast" [Café da manhã do rei], de A. A. Milne. (N. da T.)

nifica "flor leitosa"? Eu tinha algo para fazer ainda há pouco. Vejo os carros passando, um caminhão, um ônibus-biblioteca. Talvez eu estivesse indo ver a Elizabeth, mas não deve ter sido isso, pois ela não estava em casa. Sigo para a casa dela novamente; queria tentar ver alguma coisa lá dentro. Seria bom. Assim que chego, encontro o portão lateral aberto. Não tem ninguém em casa, então dou meia-volta e entro pelo jardim.

O cheiro de madressilva é forte, e passo a mão no topo do muro, onde o musgo, as heras e outras trepadeiras vivem juntos. Há muitos pedaços de terra virgem no gramado, e me pergunto se as toupeiras se mudaram dali. Passo por um pequeno monte de terra e vejo que ela está úmida. O cheiro é fresco e intenso, e me lembra uma canção, mas não sei o nome dela e não consigo encontrar o disco. Não consigo encontrá-lo, mas sei que está enterrado aqui. Eu me apoio na macieira e enfio os dedos na terra, cavando-a. Procuro algo liso e redondo, prateado e azul, mas uma pedrinha entra no canto da minha unha e eu tiro a mão bruscamente. O que estou fazendo? Olho para as minhas mãos, cheias de terra, e suspiro. Muitas vezes me pego fazendo coisas idiotas.

Limpo a terra das minhas calças e, pela veneziana, examino a sala de jantar para ver se Elizabeth está lá dentro. Mas sua cadeira perto da janela está vazia. É ali que ela sempre se senta para olhar o movimento da rua e os passarinhos. A cadeira em que eu me sentava foi encostada à parede. Não há ninguém esperando minha visita. Suspiro, deixando uma névoa no vidro da janela.

É preciso passar pela estufa para chegar à porta da cozinha, e me lembro de quando ela estava cheia de tomates, mudas e gerânios. Ainda cheira a terra úmida e batida, mas quase tudo foi substituído por teias de aranha, caixas e parafernália de gente velha: uma cadeira de rodas enferrujada, duas bengalas e uma antiga cadeira de banho. Há muitos vasos de planta vazios, úmidos, enfileirados junto à parede. Eu os arrasto pelo chão de concreto, mas não tem nenhuma chave debaixo deles. Os restos de raízes desidratadas se agarram ao fundo dos vasos e se partem suavemente sob meus dedos, como tiras de papel de parede antigo, deixando linhas brancas na terracota. Sento na cadeira de rodas e apoio os pés no pedal. Minha cabeça está confusa, como se eu tivesse bebido.

Há uma espécie de cofre na parede, e eu fico olhando para ele durante um tempo. Tenho um desses, para os cuidadores. Uma pequena caixa quadrada que precisa de quatro números para ser aberta. Se eu conseguisse adivinhar esses números poderia entrar na casa. Penso em datas significativas. Mas não lembro o dia do aniversário de Elizabeth, ou dos filhos dela. Se é que algum dia eu soube. Tiro pedaços de papel dos meus bolsos. Muitos deles são compromissos. O dentista. O oculista. Uma festa para a qual Helen disse que me levaria. Nem consigo me lembrar se chegamos a ir.

Aniversário de Elizabeth. Apareça para comemorar. Está escrito em um pedaço amarelo bem chamativo. Leio várias vezes, mas não consigo lembrar a data exata. Vasculho mais um pouco. Mais lembretes antigos: *viseira no carro de Helen — eu a esqueci lá.* Em seguida, em um papel rosa, encontro: *5 de julho. Apareça para comemorar com Elizabeth. (Podia ter sido bodas de diamante.)* Diamante, sessenta anos. Prata, vinte e cinco; ouro, cinquenta. Eu e Patrick comemoramos bodas de ouro. Fizemos uma grande festa no jardim, chamamos a família inteira, amigos e vizinhos. Foi um lindo dia de setembro e, depois que todos foram embora, nos sentamos na rede e ficamos lá até anoitecer, e assistimos a um morcego espevitado dar voltas e voltas em torno da casa. Patrick morreu antes de completarmos cinquenta e um anos.

Olho para o jardim novamente, me sentindo muito só. Depois que Patrick se foi, não sei o que teria feito da vida sem Elizabeth. Aquelas brincadeiras que fazíamos na Oxfam — comprando porcelanas horríveis e escondendo a pistola de marcar preço da Peggy — e todos os chás que tomamos, as palavras-cruzadas e os sanduíches na hora do almoço: tudo isso me dava forças. Levanto-me da cadeira de rodas com certa dificuldade e fico de pé em frente ao minicofre com código. Sessenta anos. Será que foi em

1952? Digito isso. Sem sorte. Encosto a testa no vidro gelado da porta da cozinha e faço uma bolinha de papel com o lembrete.

Um cachorro late no jardim de alguém; o latido é meio rouco, e acho que não consigo suportar seu tom queixoso. Chacoalho a maçaneta da porta da cozinha, desesperada para sair dali, e sinto um frio no estômago quando a porta se abre sozinha. Estava destrancada. Paro na soleira, tentando pensar no que isso significa, tentando dissociar a sensação de estar fazendo algo errado da lembrança da porta da nossa cozinha quando eu era criança. Sempre aberta até altas horas da noite; sempre deixando a casa desprotegida, como essa.

A luz opaca atravessa a cortina floral, descolorindo as superfícies, e a cozinha cheira a desinfetante. Minha garganta se fecha. Abro os armários, e eles estão vazios. A geladeira está ligada, zumbindo, mas há apenas um pote velho de margarina. Não sei se a falta de comida quer dizer alguma coisa. Sempre tenho que trazer coisas para Elizabeth. O filho dela a deixa em estado de penúria: traz comida barata e sem gosto, que ela odeia.

A sala de jantar não está do jeito que eu esperava, e percebo pela primeira vez o quanto o carpete está surrado e maltrapilho. Falta alguma coisa. Olho para a mesa de madeira polida e tento me lembrar do que está faltando, mas não consigo pensar em nada em particular. Fico de pé atrás da poltrona de Elizabeth e olho pela janela; ver os passarinhos é algo que sempre fazemos juntas. Ela consegue identificá-los só pelas suas formas, não precisa ver as cores. Até hoje ela consegue distinguir um pardal de um pintarroxo na luz do dia.

O melro olha para mim do outro lado do jardim e vem em minha direção meio saltitando, meio voando. Ele pousa no beiral, do outro lado do vidro, e espia dentro da casa, virando a cabeça para um lado e para o outro. Ele quer passas; Elizabeth tem uma caixa cheia delas perto da janela e o alimenta de lá. Ele fica saltitando um pouco antes de olhar para mim de novo. Não encontro as passas em lugar algum. Vou ter que procurar na cozinha enquanto preparo chá para Elizabeth. Eu me pergunto se lembrei de trazer chocolate. Dou uma olhada na minha bolsa e tiro alguns lenços de papel e uma receita antiga. Não encontro nenhum chocolate. Elizabeth vai ficar decepcionada. Queria ter me lembrado de trazê-lo. Talvez eu prepare alguma coisa para ela, ovos mexidos ou torradinhas com tomate. Vou botar a mesa agora. Esquisito. Não tem toalha de mesa. Nem jogos americanos nem porta-copos. Elizabeth sempre foi muito cuidadosa com essas coisas. Vou comer com o prato apoiado no colo, em frente à TV, mas Elizabeth gosta de tudo arrumado. O sal e a pimenta também sumiram. E o chutney de manga e o molho para salada. Elizabeth precisa de muitos condimentos para comer a comida insossa que seu filho lhe traz. Ao me virar em direção à porta, vejo que a prateleira de cerâmica maiólica já era, que os vasos com os desenhos de vermes rastejaram para longe dali, que os pratos com besouros e centopeias escapuliram. Sinto minha respiração acelerar no silencioso cômodo. Há algo de errado aqui: não estou só de visita. Olho minhas anotações. O nome de Elizabeth está por toda parte: desaparecida, desaparecida, desaparecida.

Um barulho de motor quebra o silêncio em algum lugar próximo, então vou em direção ao corredor, piscando para enxergar diante da luminosidade que invade o cômodo pelo vidro da porta da frente. Vejo as marcas de aspirador de pó no carpete, e no capacho há uma carta endereçada a Elizabeth. Abaixo para pegá-la, e minha mão treme ao colocá-la no bolso. A porta de um carro bate.

— Só vou pegar o resto das caixas. Aguenta aí.

É o filho de Elizabeth. Conheço a voz dele, e me pergunto com quem ele está falando. Ouço o barulho de seus passos no chão de concreto, vejo a sombra de um homem pelo vidro. Devo sair dali correndo ou me esconder? Ou ele vai me ver se eu fizer qualquer movimento? Fico de pé, curvada para a frente, esperando. Os passos contornam a casa, e então ouço o tilintar do trinco no portão lateral. Espio pela cortina da janela do corredor. Deve ser a esposa de Peter dentro do carro, olhando ansiosamente pelo para-brisa, mas Elizabeth não está com ela.

— Deixei a porra da porta aberta. Vou só dar uma conferida lá dentro. — É Peter mais uma vez; ele coloca uma cadeira de banho no porta-malas e volta para a casa.

Olho ao redor, em pânico. Eu não deveria ser vista aqui, eu não deveria ser descoberta. Ouço o som dos passos novamente, ouço o chiado metálico da porta da estufa. Meu coração bate forte. Será que consigo subir as escadas a tempo? Estou quase sendo pega em flagrante quando avisto a porta da despensa. A madeira range quando a abro, mas o homem está ocupado demais tropeçando em coisas e reclamando das panelas que foram deixadas ali. Eu me jogo lá dentro e fecho a porta.

A despensa cheira a lustra-móveis e a chocolate velho, e eu me vejo espremida entre alguns objetos, objetos finos e longos. Um deles tem uma esponja na ponta, outro tem algo semelhante a uma escova. Não me lembro dos nomes. Há um aspirador aqui também, com um nome escrito em cima. "Aspirador com Sistema Ciclone. Dois mil watts de potência em limpeza." Murmuro as palavras para mim mesma. Eu me sinto melhor. Os passos se aproximam de mim, arrastando-se pelo carpete, e seguem em direção à cozinha. Fecho os olhos e ouço o som irregular de minha respiração, esperando que não esteja tão alto. A porta da geladeira abre e fecha. Os passos se aproximam de mim novamente e sobem as escadas. Continuo de olhos fechados e meio agachada junto à parede. É uma posição familiar. Eu sempre me escondia na despensa quando era criança.

Nossa despensa ficava em um canto da cozinha, e eu gostava de me esconder lá, especialmente se as outras pessoas no cômodo não me vissem chegando. Ainda me lembro do cheiro dela. Verduras recém-colhidas e condimentos picantes. As crianças sempre comiam escondido nos livros que eu lia, e eu desejava comer as mesmas coisas que elas. Enroladinhos de salsicha, bolos de frutas e tortas de carne. Eu gostava particularmente dos doces. Mas nunca tínhamos muito desse tipo de comida sobrando na despensa. De vez em quando eu abria um pote de geleia ou uma compota de maçã e comia de colherada, ou cortava uma lasca de presunto defumado. Mas não era a mesma coisa. E estava frita se fosse pega. Mesmo assim eu gostava de ficar lá; era escuro, calmo e seguro. Depois que Sukey desapareceu, comecei a passar mais tempo lá. Inspirando aquele cheiro familiar e me divertindo com o fato de que ninguém sabia onde me encontrar.

Uma vez eu estava lá dentro, enrolando para voltar para a sala de estar, quando ouvi alguém vindo do corredor. Soube de cara que era Douglas. Ele andava a passos largos, mas estranhamente silenciosos. O arrastar de uma cadeira e o estalar de um joelho fizeram meus olhos se voltarem para um prato de biscoitos de cenoura, tentando imaginar o que Doug estava fazendo. Deve ter sido poucos dias depois que recebemos de volta a mala de Sukey, pois ela ainda estava no chão da cozinha, esperando que seus pertences fossem arrumados e lavados. Ouvi o som inconfundível dos fechos quando Douglas os abriu.

Empurrei levemente a porta, sem pensar que poderia estar denunciando minha presença ali, mas desesperada para saber o que ele estava fazendo. Ela se abriu poucos centímetros, a fechadura quase não fez barulho, e eu pude vê-lo, de lado, mexendo no emaranhado de roupas. Sua boca estava aberta, e eu ouvi sua respiração, irregular, como ondas batendo na praia. Pensei que talvez ele pudesse ouvir a minha, então dei um passinho para trás e esbarrei em uma prateleira. Os jarros tilintaram, e eu cerrei os dentes com o barulho, mas o rádio estava ligado na sala de estar: *Lorna Doone*. A música e o sotaque do Sudoeste eram altos o suficiente para me encobrir. Douglas ficou olhando para o corredor, não na minha direção.

Depois de um tempo, ele puxou a mala para si e a abriu completamente. Começou tirando as roupas e pendurando-as na cadeira. Uma camisola cor de pêssego, uma anágua perolada, um par de meias. Tudo parecia ser roupa íntima. Eu não conseguia entender o que ele estava fazendo. Lembrei-me de que havia lido algo no jornal sobre um homem que roubava calcinhas dos varais, e por um momento me perguntei se esse homem era Douglas. Mas em seguida ele começou a tatear as laterais da mala, e eu balancei a cabeça. Ele estava procurando alguma coisa.

Desencosto a cabeça da parede. Já passou da hora de sair daqui. Mamãe deve estar se perguntando por onde eu ando.

— Isso é tudo — diz uma voz.

Ouço passos na escada. Tenho um sobressalto e permaneço imóvel. Minhas mãos estão levemente apoiadas na porta, sem empurrá-la.

— Todo o resto pode esperar pela transportadora.

Olho em torno da despensa. Nenhum pote de geleia, nenhum saco de batatas. Porém há um aspirador de pó, uma vassoura e um esfregão. Não sei o que faço aqui. Uma porta bate, um carro é ligado e vai embora. Respiro e saio. Esse é o corredor de Elizabeth, a casa de Elizabeth, mas Elizabeth não está. A cadeira elevatória está no sopé da escada, então não tem como ela estar lá em cima. Ou se está, está presa, pois não pode descer sem essa máquina. À medida que subo os degraus, a balaustrada no topo da escada ergue-se diante de mim, parecendo grades de prisão, mas quando chego ao topo encontro todas as portas abertas, e isso faz com que me sinta melhor, mesmo que eu não saiba o porquê. O quarto de Elizabeth tem o cheiro de seu pó compacto rosa, e por um momento meu cérebro percebe uma insensatez. Como pode o cheiro dela estar aqui e ela não? Como pode um sentido me dizer que ela está por perto e o outro dizer que estou enganada? Mas não há lenços de papel na lixeira, nem pastilhas ao lado da cama, e a penteadeira está organizada. Isso me faz engolir em seco.

Elizabeth foi assaltada há alguns anos. O policial classificou o caso como um "assalto por distração". Uma mulher se aproximou do jardim falando que havia perdido seu gato, enquanto outra pessoa entrou na casa e pegou as joias na penteadeira. Eu me lembro exatamente do que eles levaram: uma corrente de ouro, um camafeu e um anel de opala. Elizabeth não parecia se importar muito com eles, embora eu ache que o anel era valioso. Ela disse que achava que o anel não trazia boa sorte, sendo uma opala. "Bem, só espero que dê má sorte para o ladrão", falei, sentindo-me bastante cruel. Elizabeth sorriu ao ouvir isso, mas estava nervosa por ficar em casa sozinha. Pensei que o filho a levaria para passar aquela noite com ele, mas ele estava ocupado e disse que ela estava fazendo rebuliço à toa, já que não havia sido um arrombamento. Eu não podia levá-la comigo para casa; era muito longe para ela caminhar até lá. Então fiquei e dormi na outra cama de solteiro, que havia sido de seu marido. Nós conversamos no escuro e cantamos antigas canções até pegar no sono.

Eu me sentei na cama para procurar na bolsa uma caneta e um pedaço de papel: *Busca na casa de Elizabeth — DEFINITIVAMENTE ela não está*. É para mostrar a Helen. Dobro o lembrete e desconfio de que estou ouvindo algo. Imagino minhas orelhas, levantadas como as de um cão, em alerta. Um zumbido bem próximo. Conheço esse som, tão familiar, tão associado a Elizabeth. Um barulho mecânico, gradualmente mais alto e mais próximo. É a cadeira elevatória. Ela está subindo. Minha boca fica seca de pânico. Não há ninguém na casa. Ninguém. Então quem está subindo as escadas? Meu coração bate cada vez mais forte e acho que ele pode parar a qualquer momento, minhas pernas ficam inertes, mas ponho-me de pé.

A cadeira para. Não quero me mover e denunciar minha presença aqui. Fico de pé durante um longo tempo e mal me atrevo a respirar. Quando vejo que nada acontece, jogo um lenço no tapete, para marcar meu lugar, e desço. A cadeira está vazia. Parou no meio da subida, e não há ninguém ali. Ao olhar para ela, sinto novamente a boca seca. Tremendo, volto para o quarto de Elizabeth e me tranco lá dentro. Desmorono na cama, e minhas mãos tocam algo duro. O controle remoto da cadeira elevatória. Eu estava sentada em cima dele. Minha respiração ecoa pelo quarto assim que me viro de costas na cama e fico ali, imóvel, olhando para o teto, vendo as sombras se moverem. De vez em quando um carro passa, e ouço-o dobrar a esquina da casa com um *uuuoosh*. Imagino que o mar está lá fora, e os carros são ondas. Ou que estou segurando uma concha próxima ao ouvido, escutando meu próprio sangue correr pelas veias.

Por fim, eu me levanto e, com o controle remoto, trago a cadeira elevatória até o topo da escada. Sento-me nela e desço.

9

Helen deve chegar em breve. A qualquer momento seu carro vai parar aqui na frente. Se eu me ajoelhar no assento junto à janela, me apoiar em umas das mãos e encostar a lateral da minha cabeça no vidro, consigo ver até o final da rua. Quero que Helen chegue. Quero ver seu carro parar, ouvir o som reconfortante dos pneus no asfalto do lado de fora da casa. Não preciso de mais nada. Só dela, da minha filha. Inclino-me de novo para olhar a rua. O vento chega aos arbustos do jardim da frente e os bate contra o portão, e o barulho — o farfalhar, o som cortante das folhas — me faz estremecer. Dou-me conta de que estou concentrada demais nas fendas entre os galhos. Um carro se aproxima, os faróis iluminam a casa, o portão e os arbustos, e por um momento acho que estou vendo alguém se agachando entre as folhas, uma das mãos esmagando os frágeis galhos, e uma boca aberta — para comer ou para gritar.

Recuo rapidamente, a almofada escorrega debaixo de mim, perco o equilíbrio e caio no chão. Ouço o som de algo se esmigalhando, e sinto uma dor aguda e repentina no polegar. Com o choque, levanto a mão rapidamente, deixando escapar um gemido, e seguro o dedo com a outra mão. Aperto-o bem forte, e a dor melhora. Não sei o que fiz. "Shh, shh", digo, ninando a mão.

Helen segurava meu polegar quando era bebê. Às vezes ela segura minha mão ainda, mas não com muita frequência.

Ouço o barulho do carro atrás de mim e me viro, esperançosa. Mas ele só passa, sem parar. Não era Helen ao volante. A luz revelou um homem louro. As luzes da rua estão acesas, mas não percebi que está escuro. Fico olhando pela janela, e sinto um vazio dentro de mim. Helen não veio até agora. Ela não vem essa noite. Ou talvez — o que é improvável, mas pode ter acontecido — ela já tenha vindo. E eu esqueci. Olho para a rua vazia. As lágrimas fazem a luz cintilar, e espalho-as com a mão, sentindo muita dor no polegar. Respiro fundo, ainda em choque, mas não sei o que fiz para meu dedo ter ficado assim. Olho para o telefone, mas ele parece muito distante, longe, muito longe para eu ir até ele. Cada vez mais tenho essa sensação. Suponho que seja a idade, sempre imaginei que a velhice seria assim. Lembro-me de ter sentido esse mesmo cansaço quando fiquei doente no verão seguinte ao desaparecimento de Sukey.

Eu não estava dormindo, e meu cérebro parecia estar quente e cansado demais para funcionar direito. Certa manhã me obriguei a sair pela porta da cozinha, para ir à escola, e percebi que não conseguiria chegar até o final da rua. Tive a impressão de ter andado alguns quilômetros, mas mal tinha passado pelo portão da Sra. Winners. Olhei para trás, para casa, mas ela parecia ter ido para muito longe, como se também tivesse saído para seus compromissos do dia, assim como eu. Eu não sabia o que fazer, então parei por um momento, tentando recobrar o fôlego.

E claro que foi a Sra. Winners quem me encontrou caída na calçada, não desacordada, mas também não totalmente consciente. Ainda me lembro da textura da calçada, o calcário debaixo de minhas mãos e o perfume que senti assim que a Sra. Winners saiu de casa. Lembro-me de pensar que aquele cheiro era muito aconchegante, como um suéter quentinho quando se está com frio. Continuei respirando o perfume enquanto ela me ajudava a levantar e voltar para casa.

Fiquei de cama durante algumas semanas depois disso, olhando para os desenhos formados pela luz nas paredes e me esforçando para ouvir o rádio ligado na sala de estar. Mamãe o havia trazido para o meu quarto por um tempinho, mas ele me fez ter um sono inquieto, e o que eu mais precisava era descansar. Meus pais estavam muito preocupados, descobri depois. Papai raramente vinha me ver, porque ele tinha certeza de que eu ia morrer e não conseguia lidar com esse fato, como com Sukey.

Mamãe estava mais preocupada com a minha cabeça. Ela disse que eu havia falado muito enquanto dormia, e algumas coisas a assustaram. Não estou surpresa com isso. Deve ter sido realmente delirante em determinado momento, pois muitas vezes pensei que Sukey estava deitada na sua antiga cama olhando para mim. E uma vez vi Douglas fazendo a mesma coisa.

Tenho muitas visões estranhas. Vi Sukey com o cabelo desgrenhado me dizendo que não tinha um pente, e eu dizia: "Eu te dei um, Sukey, não lembra?" Vi também centenas de caracóis espalhados pelo teto. E, uma vez, vi a mulher louca em cima de mim, seus dentes à mostra e o guarda-chuva em riste. E ouvi músicas várias vezes, tolas canções de Vera Lynn das quais nem gostava. Pensei ter ouvido ratos arranhando o rodapé e bombas caindo por toda a cidade, e minha amiga Audrey me telefonando. E havia também o barulho constante de ondas, embora eu nem tivesse conchas para ouvi-lo. E uma vez eu tive certeza de que alguém havia entrado pela porta dos fundos, mas quando o chamei, não tive resposta.

— Que bom estar em casa — digo à Helen. — Que bom estar de volta à minha própria casa depois de todo esse tempo.

Chegamos do hospital. Tive que ir por causa de alguma coisa. O que foi dessa vez? De todo modo, é bom estar em casa.

— Você só esteve no hospital por algumas horas, mamãe. Não exagere.

Ela joga as chaves do carro na mesa de centro.

— Não, Helen — retruco. — Foi mais tempo que isso. Semanas. Talvez meses. Muito, muito tempo.

— Algumas horas — repete ela.

— Por que você acha que tem que discutir comigo? Só estou dizendo que é bom voltar para casa.

Bato com a mão no braço da cadeira, o que faz um som abafado. Minha mão está com uma atadura.

— Tudo bem, mãe, você está certa — ouço Helen dizer. — É sempre bom voltar para casa, não é? Pensei que você se sentiria melhor depois de uma consulta Sei que não foi tão bom assim, que foi um pouco triste, mas pelo menos agora você pode parar de se preocupar.

Não sei do que ela está falando. Será que ela não vê que minha mão virou um enorme casulo branco? Nem consigo me mexer direito.

— Acho que não preciso mais dessas ataduras — digo. — Daqui a pouco já posso tirá-las, não?

Começo a desenrolar as faixas brancas de tecido.

— Não, não, não! Mamãe, por favor. — Ela vem afobada em minha direção e segura minha mão. — Você tem que ficar com isso até a torção sarar. Só mais um pouquinho.

— Besteira, Helen. Eu nem torci nada. Nem dói.

Tiro minha mão das suas e a abano no ar para provar que está tudo bem.

— Mesmo assim. Deixa mais um pouco, por mim? Por favor?

Dou de ombros e enfio a mão entre minha coxa e a lateral da poltrona, de modo que eu não precise olhar para ela.

— Obrigada — diz Helen. — Que tal um chá?

— E umas torradas? Com queijo?

— Talvez mais tarde, mãe — responde ela, saindo da sala. — A enfermeira disse que você precisa comer um pouco menos.

Ah, sim. Esqueci. A enfermeira disse que estou engordando. Ela fala que isso acontece porque esqueço quando comi.

— Você não está engordando — grita Helen do corredor. — Só precisa de uma dieta melhor. Mais variada. Menos pão.

Tenho um lembrete que a enfermeira fez para mim: *Está com fome? Se não, não faça torradas.* Estou surpresa por eles me permitirem decidir sozinha se estou com fome. Não é à toa que você ouve histórias de idosos morrendo de inanição nos hospitais, pois as enfermeiras lhes dizem para parar de comer o tempo todo. Debaixo do lembrete há uma lista de asilos, e de repente sinto um aperto no peito. Estou indo para um asilo? Ouço Helen na cozinha, o som inofensivo de xícaras sendo tiradas do armário. Ela seria capaz disso? Olho para a lista com mais cuidado. Minhas mãos tremem. Há poucos nomes riscados, mas muitos com pontos de interrogação. Um ou dois desses riscados tem um NDE próximo a eles. O que isso significa? NDE. Parece a minha letra, mas a da Helen se parece muito com a minha. *Mill Lane, NDE*. Ou talvez algo como NdE. Norte do estado, talvez. É lá que fica o asilo? Meu Deus, é isso. Mas como eu veria Helen ou Katy se me mudasse para lá? Esse está riscado, talvez por ser muito longe. Relaxo. Mesmo assim, não quero ir para um asilo. Não ainda. Não sou tão velha assim. Tenho que dizer isso a Helen. Tenho que ligar para ela agora e dizer isso. Assim que levanto para pegar o telefone, os pedaços de papel caem no chão.

— Maldição! — praguejo, ajoelhando-me para juntá-los.

Minha mão esquerda não se mexe. Está enrolada nessa atadura branca, mas não sei o porquê; estou bem. Talvez Katy esteja brincando de enfermeira novamente. Bem, isso não pode ficar assim. Puxo a ponta do tecido branco e o desenrolo. Um pedaço de plástico cai. A mão parece enrugada e pálida. Katy apertou muito. Espero que ela não seja enfermeira. Começo a recolher os papéis e sinto uma dor aguda no polegar. Grito.

Helen chega correndo.

— O que houve? — pergunta ela, esbaforida.

— Minha mão, minha mão — respondo. Não dói tanto agora que não estou tentando usá-la, mas a lembrança da dor me faz gemer.

— Eu disse para você não tirar a atadura! — exclama Helen. — Meu Deus, mãe. — Ela segura meu pulso com firmeza e começa a enrolar o tecido novamente. — O que seus lembretes estão fazendo no chão?

Olho para os papéis, em um deles há uma lista.

— Eu não quero ir para um asilo, Helen.

Ela para de enrolar.

— Você não vai para um asilo, mãe.

Assinto, mas posso ver a lista no tapete. Helen acompanha meu olhar.

— Meu Deus, pensei que você tivesse jogado essa lista fora. É aquela lista antiga. Para...

Ela franze o cenho para tentar lembrar.

— Não lembra? O que você estava procurando?

Abaixo a cabeça para olhar para ela, mas meus músculos do pescoço ainda doem da queda. O que eu poderia estar procurando? "Elizabeth", falo, e sinto que um peso saiu dos meus ombros; minha coluna se apruma.

— Então "NdE" é "Nada de Elizabeth".

— Isso. — Ela termina de consertar minha atadura com cuidado e pega os lembretes. — Você não precisa mais desses números de telefone, precisa? E nós íamos colocar essa lista no lixo para você não ligar para esses asilos novamente.

— Ah, íamos? — indago, pegando o papel. — Acho que vou guardá-lo mais um pouco, de todo modo.

Helen tenta puxar a lista de mim, mas eu não vou deixar e já já ela desiste.

— É uma perda de tempo — diz ela. — Vou terminar de fazer o chá.

— E umas torradas?

Torrada era praticamente tudo que mamãe me deixava comer naquele verão em que fiquei doente. Sopa rala com torrada e arroz doce como gulodeima. Eu já me sentia um pouco melhor na noite em que ela me trouxe uma pequena costela de carneiro.

— Embora eu não saiba se você merece isso — disse ela, colocando o prato no meu colo. — Depois de todos aqueles pães com geleia que você comeu no café da manhã.

— Eu comi mingau no café da manhã, não? — retruquei, sem prestar atenção, minha boca cheia d'água com o cheiro da carne. — Você me deu mingau.

— Sim, e assim que fui ao mercadinho você saiu escondida e foi atrás de geleia e pão. Metade do pão sumiu.

— Mamãe, eu não...

— Maud, querida, você pode comer o que quiser, estou feliz que esteja com apetite novamente, mas tenho que planejar o que vou fazer com a nossa comida e...

— Mamãe, é verdade — interrompi, mastigando minha primeira mordida e engolindo rápido para poder me explicar. — Eu não comi o pão. Não fui eu.

— Que estranho. Não pode ter sido o seu pai. — Ela empurrou meu copo de leite para o lado e desdobrou um pano para que eu o usasse como guardanapo. — Você acha que pode ter sido Douglas? Não parece do feitio dele.

Realmente não era do feitio dele, mas não havia outra explicação.

— Suponho que ele tenha voltado e feito um sanduíche para aguentar até a hora do almoço — sugeri.

— Eu dei a ele um bom café da manhã — disse mamãe, parecendo ofendida. — Nem ele nem seu pai saem de casa sem se alimentar bem.

Limpei a boca e dei de ombros.

— Talvez ele tenha feito o sanduíche para outra pessoa.

— Como assim? Você acha que ele está alimentando alguém? Se sim, vou querer seus cupons.

— Havia alguém na casa — digo, segurando na barra de apoio. — Por que você não acredita em mim?

— Eu acredito, mãe — responde Helen. — Mas era só a cuidadora. Uma cuidadora nova, só isso. Ela não era uma ladra. Não havia motivo para chamar a polícia. Preste mais atenção nisso, está bem?

Vejo-a passar um pano no rodapé. Ela está inclinada sobre eles, as mãos indo de um lado para o outro, como se estivesse fazendo ginástica. Como nesses exercícios que devemos fazer quando jovens. Dobrando o corpo para a frente com a cintura firme, para manter a forma. Sempre mostravam parques repletos de mulheres fazendo isso. Sorrindo. Isso nunca me fez sorrir.

Helen segue pelo rodapé até a sala de estar, e eu a acompanho.

— Um, dois, três, quatro, um dois, três, quatro. Sorrindo, meninas.

— Do que você está falando? Meu Deus, foi constrangedor. Só Deus sabe o que pode ter passado pela cabeça dela, com você a acusando daquela maneira. Falando para todo mundo que tinha sido roubada. Pela cuidadora — completa Helen quando a encaro, inexpressiva.

— O que você faria se descesse para o café da manhã e encontrasse uma estranha na sua cozinha?

— Não é uma estranha, é uma cuidadora.

— Sim, sim, isso foi o que ela disse. Mas como vou saber que ela está dizendo a verdade? Ela podia ser qualquer pessoa.

Helen deixa as mãos tombarem ao lado do corpo e sai da sala. Esse gesto deve significar alguma coisa. Arrasto os pés pelo carpete para segui-la, tomando cuidado para não escorregar.

— Não estou segura em minha própria cama — digo, embora eu não faça a menor ideia de por que estou em perigo. Certamente não é possível escorregar quando se está na cama. — Helen, qual é o melhor lugar para plantar abobrinhas?

Ela não responde, e quando chego ao corredor, está vazio.

— Ah, aonde você foi? — pergunto. — Por que está se escondendo?

— Não estou me escondendo — responde ela, saindo da sala de jantar. — Estou tentando tirar a areia das paredes. Você deixou marcas em tudo. De novo. Não sei como consegue.

Ela sobe as escadas, esfregando a parte de baixo da parede. Observo seus calcanhares nos degraus e sigo-os devagar, tentando colocar meus pés exatamente no mesmo espaço que eles ocuparam. É sempre bom andar atrás de alguém. É possível observar seus passos e ter certeza de que o caminho é seguro, pois já passaram por ali antes de você. Observo-os de perto, mas não percebo quando ela para, e meu ombro bate em seu quadril.

— Ah, mãe, quer parar de me seguir? Fica na cozinha, eu já volto.

Desço a escada e olho pela janela. Há um gato na grama, e tento abrir a porta da cozinha, mas há algo de errado com a fechadura.

— Você me deixou exposta ao perigo — digo para Helen quando ela aparece. — Com essas fechaduras frágeis. E essa porta é feita de plástico ou algo do tipo. Que serventia ela tem?

— A de madeira apodreceu. Que serventia ela teria?

— E eu quero que essa coisa seja tirada daqui do lado de fora. Ela deixa qualquer um entrar.

— Não, a menos que se tenha o código.

— Bem, alguém anotou o código. E deu para os ladrões. Eu tenho isso numa das anotações aqui, olha.

Pego minha bolsa e abro os bolsos internos. É estranho; minha mão esquerda está envolta em uma espécie de luva, mas meus dedos da mão direita se apressam em vasculhar as dobras do forro. Cada bolso parece estar cheio de lenços de papel, retorcidos como galhos de árvores, deteriorando-se nas extremidades.

— Como os cuidadores conseguiriam entrar se nós tirássemos o minicofre para as chaves? E essa é a sua bolsa antiga, mãe. O que está procurando? Não vai encontrar nada aí.

Ela está certa: o único pedaço de papel aqui é um envelope. Endereçado à Elizabeth. Eu disse que iria enviá-lo? Devo ter esquecido. Espero que não seja nada importante. Viro o envelope, tentando me lembrar. Há uma anotação: *Da casa de Elizabeth*. E logo abaixo: *Onde está Elizabeth?* Onde está Elizabeth? Olho com tristeza para o envelope. Creio que deveria enviá-lo. Mas para onde?

Ao forçar meu dedo pelo canto do envelope, sinto desejo de comer maçã. O papel quebradiço rasga no vinco, e logo não consigo fechá-lo novamente, então decido abri-lo de vez. Rasgo a aba do envelope de forma descuidada. Só há uma tira de papel dentro, e é da biblioteca. Um aviso de atraso na entrega de um livro. A biblioteca itinerante havia tentado recolher o livro nas últimas semanas. Está atrasado há meses, e a multa é de mais de 10 libras. Acho engraçado ter aberto isso agora. Correspondência é propriedade, abri-la é como invadir um domicílio. Meu pai, um carteiro, sempre foi muito claro a respeito disso, e ficaria furioso se visse o que estou fazendo. Ele quase me pegou abrindo uma carta de Douglas uma vez.

O endereço no envelope, destinado ao Sr. D. Weston, estava escrito com a letra de Sukey. Foi isso que me fez apanhá-la rapidamente da mesa da cozinha. Mamãe sempre deixava nossa correspondência amontoada lá. E a de Douglas também. Nunca chegava nada para mim — de vez em quando havia um cartão-postal do tio Trevor ou um bilhete de Audrey —, mas eu gostava de olhar a pilha mesmo assim, de tentar descobrir de onde vinha cada carta. A irmã da mamãe, Rose, tinha uma letra bonita, mas desajeitada, e a do tio Trevor vinha sempre em tinta preta, escrita com força no papel. Audrey sempre deixava manchas entre as palavras, e eu conseguia visualizar as laterais de sua mão manchadas de tinta. Eu conhecia a letra de Sukey, obviamente, embora ela nunca nos mandasse cartas. E isso seria estranho, já que ela morava a dez quadras de nós. Acho que recebemos uma quando ela estava em lua de mel, mas foi só essa vez.

 A carta endereçada a Douglas chegou uma semana depois que vimos Sukey pela última vez, cerca de uma semana antes de meus pais começarem a se preocupar. Fiquei surpresa por ninguém ter reparado na letra, e quando Douglas não a pegou ao sair para o cinema, uma terrível curiosidade me dominou.

 Eu estava fazendo compota de maçã para o café da manhã, e pousei a colher por um instante para tocar o envelope. Só havia papel, dobrado apenas uma vez, pensei, talvez duas. Segurei-o contra a luz com uma das mãos, enquanto voltava a mexer as maçãs com a outra, mas não consegui ver nada. O envelope estava todo remendado com selos e mais selos, pois havia sido reaproveitado. "Papel é arma de guerra — guarde cada pedaço." Era difícil esquecer esse aviso, embora a guerra tivesse acabado e as armas não fossem mais necessárias. Eu ia colocá-lo de volta na mesa, mas, por alguma razão, me virei para a panela e, sem querer, uma onda de vapor passou pela carta. As maçãs ferviam, exalando seu aroma condimentado e frutado, e eu fiquei ali, observando o papel se abrir com a umidade. Meu rosto já estava suado de ficar em pé junto à caçarola, e logo a mão que segurava a carta também. A aba do envelope começou a perder a cola, e eu a forcei com o dedo mindinho. Em poucos minutos já estava metade aberto. Foi quando papai chegou.

Eu não tinha ouvido os passos dele na escada e, com o susto, deixei o envelope cair na caçarola e mexi. Ele abriu a porta da cozinha para colocar alguma coisa na lixeira lá fora, e o ar frio se chocou contra meu rosto úmido, o que me fez estremecer. Quando voltou, papai pegou o xale da mamãe em cima da cadeira e colocou sobre meus ombros.

— Deve estar quase pronto — disse ele, batendo na alça da panela.

Assenti de um jeito tenso, rezando para que ele não olhasse dentro da panela. Quando ele voltou para a sala de estar, me inclinei sobre o fogão, aliviada, e tirei a carta com a colher. Estava tudo encharcado, e não era possível tirá-la sem rasgar o papel. Pressionei a carta entre duas folhas de jornal e a coloquei em uma das prateleiras do forno para secar, esperando que a tinta não houvesse borrado muito, que ninguém notasse o leve matiz azul nas maçãs quando fôssemos comê-las na manhã do dia seguinte.

Quando Douglas chegou, eu estava lavando a panela. Mamãe tinha vindo à cozinha para dar boa-noite e perguntou a ele como havia sido o filme. Ele foi mais vago do que nunca.

— É... era um que... um desses filmes com figurinos extravagantes. Não era muito bom.

— *The Wicked Lady*, não é? — eu disse, virando-me com as mãos cheias de sabão para olhar para ele.

— Sim, esse mesmo.

— Mas esse não está mais em cartaz.

Ele meneou de um jeito tenso, mas não tirou os olhos do chão.

— Pode não ter sido esse então. Devo ter entendido errado.

A angústia em sua postura me lembrou muito a primeira vez que o encontrei, o rubor e o constrangimento com os apelidos que me fez sentir culpada. A água pingava das minhas mãos nos meus chinelos. Por que eu era sempre tão cruel com Douglas? Não acho que tinha essa intenção. Quase lhe falei a respeito da carta, mas pensei que admitir que havia tentado ler sua correspondência não faria com que ele se sentisse muito melhor.

10

Eu odeio esse lugar e raramente venho aqui. Odeio o cheiro dos livros, mofados e sujos, e nunca peguei livros emprestados. Muitas vezes você abre um livro e sente o cheiro do cigarro que alguém fumou ao lê-lo ou encontra os restos de um jantar entre as páginas. É claro que não leio mais, então isso pouco importa.

— Mamãe, fala baixo — diz Helen. — Você que pediu para vir.

Ela se afasta de mansinho, e eu caminho em direção ao balcão, com as mãos nos bolsos. Não sei por que quis que ela me trouxesse aqui. Tenho um papel da biblioteca, mas está endereçado à Elizabeth, não a mim. O homem atrás do balcão afasta a franja dos olhos, e eu fico em pânico por um instante, pela sua expectativa, pelos milhares de livros nas prateleiras. Mesmo se eu soubesse o que queria, como poderia encontrar?

— Estou procurando uma coisa — digo ao homem. — Mas não consigo lembrar o quê.

— Um livro?

Respondo que talvez, e ele me pergunta que tipo de livro seria, mas não sei dizer. Ele pergunta se é ficção.

— Ah, não. É uma história real, só que ninguém vai acreditar em mim.

Sua testa se enruga e ele joga a franja para trás.

— A história é sobre o quê? Talvez eu a conheça.
— É sobre Elizabeth — respondo.
— Elizabeth. Poderia ser esse o título?

Observo enquanto ele digita algo no computador com dedos estranhamente ágeis.

— Há algo com esse nome na seção policial — anuncia ele e aponta para o meu lado direito.

Helen está remexendo em alguns papéis, então vou até as prateleiras sozinha. Não há tantos livros quanto antes. A maior parte do espaço foi cedida aos computadores. Eles parecem muito sedutores e atraentes, mas já tentei usá-los algumas vezes e não acho que vou aprender a lidar com eles agora. As prateleiras têm uma etiqueta com a palavra POLICIAL, e há muitos livros com ossos e sangue pingando nas capas. A maioria delas é preta com letras em neon. Algo neles soa opressivo, assustador, e acho que não gostaria de entrar em nenhum desses mundos, mas tiro um deles da estante e leio a sinopse. É sobre uma mulher que foge de um assassino em série. Coloco-o de volta na prateleira. Há quatro livros com capas bege ao lado, mistérios encenados na Rússia. Acho que não vou gostar disso. Já tenho mistérios suficientes na minha vida.

Helen se aproxima sorrateiramente, olhando por cima do meu ombro.

— Não posso perder tempo com isso — digo.

Ela faz "shhh" e olha ao redor, mas não há quase ninguém aqui.

— Nós prensávamos flores dentro dos livros — lembro. — Eu e Sukey, quando eu era mais nova.

Sempre quisemos fazer um quadro com elas, mas nunca conseguimos. Anos depois encontrei as quelidônias secas e achatadas, e as miosótis, as violetas e os ranúnculos espremidos entre as páginas da coleção de livros da Ann Radcliffe do meu velho pai. Nós também prensamos gramíneas e trevos.

— E, Helen, na última vez que ela veio para o jantar, eu me lembro, dei a ela um pente que ela guardou dentro de um livro de capa dura, e ela o apertou tanto que o pente ficou todo moído, e os delicados dentes de âmbar caíram. Ela disse: "É lindo, obrigada, querida", e me beijou antes de sair. Fiquei com a marca do batom dela na testa.

Acho que foi assim que aconteceu. Mas Helen acha que não, e ela não quer discutir sobre isso aqui, e eu preciso de um livro, caso contrário vamos embora.

Não há nada que me interesse aqui, então passamos pelo balcão em direção à saída. Os dedos do atendente da biblioteca são estranhamente flexíveis, e ele joga a franja para o lado quando olha para mim. Os dedos dele em si parecem franjas, como a franja cor de pêssego de um abajur. Por um momento, espero ver estantes e relógios e vasos vazios de plantas amontoados junto ao balcão, mas há apenas um carrinho de livros ao lado. *Os mistérios de Udolpho* está esperando para voltar para a prateleira. Eu o pego, sopeso-o, e, segurando-o pela capa dura, agito-o para ver se cai alguma coisa dele. A lombada estala.

— Ei! Ei! — exclama o homem do balcão. — O que você está fazendo? Você não pode fazer isso com os livros.

— Desculpe. — Coloco o livro de volta no carrinho. — Só estava verificando uma coisa.

Deixo o livro em seu lugar e vou andando em direção à rua. Helen caminha ao meu lado.

— Estamos indo para casa? — pergunto.

Ela não responde, então suponho que sim e que ela já respondeu essa pergunta antes e não quer repetir tudo de novo. Pisco para ela, mas não consigo ver sua reação. O sol está batendo em meus olhos, e é difícil enxergar. Sua forma é distorcida pela luz, partes de sua silhueta parecem ter sido removidas por um cortador de massas. Ela anda na frente, distante de mim, e eu me esforço para acompanhá-la, me esforço para saber que caminho está fazendo. Fecho um olho e vejo a sombra de Helen à minha frente. Preciso me concentrar nela e não me preocupar com as direções, as pessoas, os carros ou o sol. Não posso perdê-la de vista. Isso pode me levar a Sukey.

— Mãe! Espera.

Eu viro para olhar para trás, e a luz bate bem no rosto de minha filha. Como ela veio parar aqui? Ela sempre teve tantas rugas assim? Vejo os pontos em que as sardas se transformaram em vincos em torno de sua boca. Ela passou muito tempo ao ar livre, e isso é péssimo para a pele, envelhece. Não sei quantos anos ela tem, embora eu devesse saber.

— Quem você estava seguindo? — pergunta ela.

Penso por um tempo, tentando apreender algum sentido das palavras.

— Douglas — respondo. — Eu estava seguindo Douglas.

Foi sua sombra na cerca viva de espinheiros que me alertou que Douglas tinha voltado para casa mais cedo. E no momento seguinte eu ouvi o rangido da porta da despensa e uma colher raspando em um vidro. Eu me levantei e me arrumei antes que sua sombra surgisse do outro lado da cerca viva; não queria perder a oportunidade de segui-lo assim que saísse de casa. Fiquei de cama durante semanas, e tudo se passava pela minha cabeça; eu sabia que ele estava tramando alguma coisa, algo que tinha a ver com a busca na mala de Sukey e com a mulher louca no parque. Agora a comida estava sumindo da despensa, e eu estava determinada a descobrir por quê. Corri em silêncio, no seu encalço, esgueirando-me pelas paredes como se fosse linha no carretel.

Senti o impacto de estar fora da cama, e minhas pernas protestaram ao movimento súbito. O ar lá fora estava repleto do forte cheiro dos pinheiros recém-cortados, e o sol, baixo, refletia em meus olhos, forçando-me a caminhar contra a claridade como se ela fosse, na verdade, uma grande ventania. Estava acostumada com a escuridão do meu quarto acortinado, e a luz parecia uma explosão de areia. Douglas era um borrão escuro à minha frente, e eu foquei nele em vez de tentar saber aonde eu estava indo. Ele parou para olhar os escombros de sua antiga casa, mas foi quando virou na rua de Sukey e comecei a caminhar na sombra que consegui enxergar mais claramente e descobrir que rumo estávamos tomando. Eu o segui até a ruela ao lado da casa de Frank, encostada à parede para não ficar tão perto do espinheiro, pois achava que a mulher louca estaria ali.

Parei na esquina que dava para o jardim, ofegante, exausta e cansada, apoiei-me na parede e pisei com a ponta do sapato em uma folha caída no chão. A pegada, definitivamente minha, me encheu de coragem, e espiei devagar de trás da parede, meu rosto roçando a alvenaria. O sol estava me cegando novamente neste ângulo, então me movi como um ratinho, rezando para não ser vista. Mas o jardim estava vazio, exceto pela velha van de sempre, e me apoiei nela, mudando de posição para não queimar as costas no metal quente. Eu não esperava a resposta que veio de dentro do veículo. Era como um pé se arrastando em um piso, e o medo me levou para o outro lado do jardim antes das portas se abrirem e de Douglas sair de dentro dela.

— Como assim? Você estava aí dentro? — perguntei, pouco coerente com a exaustão de ter estado de cama por tantas semanas.

— Maud, como você...? — começou Douglas, tentando me impedir de ver dentro da van. — Como você...?

Dei alguns passos para trás no pavimento de pedras e tentei espiar o que estava atrás dele, deparando-me com pedaços de móveis quebrados, caixas de chá e lençóis sujos enfiados entre suportes de madeira. Havia um cheiro familiar de mato cortado e migalhas espalhadas pelo assoalho.

— Tem alguém morando aí — concluí.

Douglas abaixou a cabeça.

— Quem? Douglas, quem é? É Sukey?

Senti uma agitação dentro de mim, meu coração parecia bater na boca, no pescoço, como se tentasse escapar.

Douglas colocou a mão para fora, segurando-me quando cambaleei.

— Não. Não, Maud, não é Sukey.

Por um momento, eu não tinha certeza se acreditava nele. Não queria acreditar nele.

— Diga a verdade — implorei, livrando-me dele — Eu sei que Sukey estava em uma van. A mulher louca me disse. Ela me disse isso antes de eu ficar doente.

— Disse? É mentira — retrucou ele. — Está delirando. É ela que mora na van. É onde ela tem vivido.

Estremeci diante da ideia, percebendo agora as lascas de caules de espinheiros e o emaranhado de cobertores que ela devia usar para dormir. Pensei por um momento que sentia cheiro de alcaçuz. Havia um pedaço de espelho quebrado preso atrás de um trilho. Ela se olhava nele?, pensei. Se sim, o que ela via? Entrei na van, querendo me olhar nesse mesmo pedaço de vidro, e vi a mão de Douglas emoldurada pelo espelho, um amontoado de jornal amassado entre os dedos.

— O que é isso? — questionei, virando-me ao lembrar do motivo que me fizera segui-lo. — Você está trazendo comida para ela. Você está trazendo comida para a mulher louca.

Ele me olhou como se pudesse negar.

— Mamãe notou que a comida está sumindo — falei, e ele fez uma careta. — Por quê? Por que você está dando nossos alimentos a ela?

— Ela já está aqui há algum tempo. Talvez desde antes de Frank ir para Londres, antes de Sukey desaparecer. Acho que é possível que ela tenha visto algo.

— Visto o quê?

— O que aconteceu com Sukey, ou para onde ela foi. Às vezes acho que ela está tentando me contar algo.

O cheiro das folhas esmagadas e dos caules era nauseante no calor, e eu comecei a ir em direção à porta.

— Você quer dizer que falou com ela? Vocês conversaram? — Pensei que ele devia ser tão louco quanto a mulher louca.

— Não diga isso. Ela não é um animal, ela fala.

— Eu sei — assenti, embora parecesse estranho falar sobre ela, ter permissão para falar sobre ela. Era como falar de um animal, mas um animal mítico, talvez, um grifo ou um unicórnio.

— Eu sei, mas ela normalmente grita. Quando vê pessoas e vidros quebrados e vans e abobrinhas e pássaros voando.

— E Sukey?

Parei ao sair da van.

— Uma vez, talvez. Pensei tê-la ouvido pronunciar o nome de Sukey uma vez. Que diferença faz?

Ele não respondeu. Em vez disso, embrenhou-se na van e apontou em direção à parede. Os afiados dentes quebrados de um pente se insinuando debaixo do espelho. Estava deformado, mas eu conhecia aquele pente, e tentei alcançá-lo.

— Como ela conseguiu isso? — perguntei. — Onde ela achou isso? O que aconteceu com a minha irmã?

— Me dá isso aqui! — grito. — Saia do telefone.

Helen se vira para olhar para mim, com a mão fechada junto ao peito.

— Não é seu, devolva — peço.

Ela balança a cabeça e faz um gesto para me afastar. Eu grito seu nome, e ela franze o cenho. Corro, arranco o fio da parede e derrubo a mesa de centro, e tudo voa pelo tapete.

— O que deu em você? — grita Helen. Ela deixou o telefone cair, e está de pé junto ao assento da janela.

Eu piso em um copo e chuto meu despertador para o outro lado da sala. Sinto minha pulsação no pescoço e uma pressão crescente em minha cabeça. Fecho meus olhos e solto um grito agudo.

— Mãe? Para. O que aconteceu?

Helen se aproxima e coloca a mão em meus ombros, mas eu as empurro, atingindo-a no estômago.

— Saia daqui! — grito. — Saia da minha casa!

Caminho pela sala, e ela se afasta rapidamente, os braços pressionando a cintura, a boca trêmula.

— Não posso deixar você assim — diz ela. — Mãe?

Grito novamente e empurro a cadeira. Então ela vai embora. Meu despertador está quebrado. O fio arrancado, as pequenas peças espalhadas no tapete. Devo tê-lo deixado cair. Vou ter que pedir para Helen comprar um novo. Há um copo quebrado também. Pequenos cacos espalhados pelo chão. Acho um pedaço de jornal na lixeira de papéis e junto-os, me espetando algumas vezes. O papel começa a escurecer em alguns pontos, desenhando com sangue belos padrões nas margens. Tento unir os cacos, e sinto, por um minuto, o sol bater nas minhas costas e a grama sob meus pés, e ouço o arrulho ofegante dos pombos. Espero que mamãe apareça já e me diga para jogar tudo no buraco dos feijões. Mas obviamente ela não vai aparecer, então retorço o papel e subo as escadas. Para o meu quarto. Fecho a porta e me sento na penteadeira, e subitamente não sei o que estou fazendo aqui. Eu estava indo para a cozinha, não estava? Deixo escapar uma risada. Que tola vir parar no cômodo errado. Devo estar ficando maluca.

Desço e jogo o embrulho de jornal na lixeira. Enfio o mais fundo que posso. Quando Tom e Helen eram pequenos, eu tinha que ser muito cuidadosa ao jogar fora qualquer objeto que pudesse ser perigoso, pois, uma vez, Helen fuçou o lixo de um vizinho e encontrou um pedaço de bolo que estava com veneno de rato. Ela comeu e o deu para Tom comer também, embora ele fosse mais velho e provavelmente soubesse que não devia fazer aquilo. Pensei que os dois iam morrer e fiquei descontrolada de tanta preocupação. Tive que fazê-los vomitar, forçando uma colher quase goela abaixo até que eles botassem tudo para fora. Ainda me lembro de suas mãozinhas se debatendo e, em seguida, do terrível som do vômito chegando. Mas, felizmente, ficou tudo bem depois. Eu os levei ao médico e ele disse que não havia mais qualquer perigo, que eu agi a tempo.

É claro que fiquei chateada com Tom, mas fiquei furiosa com Helen. Ela sempre estava pronta para fazer uma travessura, os dedos imundos de remexer o jardim, fazendo buracos para as minhocas e criando caracóis. Tom gostava mais de deitar no sofá e ler revistas de carro. Era irritante quando eu queria aspirar as almofadas, mas bastante tranquilo quando eu precisava ficar de olho nele. Continuei furiosa com Helen durante muito tempo depois do incidente com o bolo, e ria quando Patrick fazia piadas, anos depois, sobre não confiar nas coisas que ela cozinhava. "Você não está tentando nos envenenar, está?", ele dizia, mesmo quando ela aparecia orgulhosa com seu bolo de abacaxi ou seu pão de banana. "Você tem jeito para isso." As garotas não gostam desse tipo de brincadeira, e sempre choram. Mas até isso era um alívio. Pensar que eles dois correram tanto perigo e ainda assim estavam conosco, fazendo drama com seus romances adolescentes, arrumando problemas no colégio e bagunçando a sala de estar.

Alguém ainda faz bagunça na minha sala de estar. Há coisas espalhadas no chão, e minha mesa de centro está de cabeça para baixo. Eu a desviro e ajeito as coisas, as canetas em seus potes e os papéis em seus montinhos. Alguém desligou o telefone, e eu tenho que me abaixar toda torta para ligar o fio na tomada. Estremeço ao me curvar e sinto como se algo tivesse acontecido. Minha garganta está meio dolorida, como se eu tivesse chorado ou gritado com alguém. Elizabeth diz que seu filho tem hábito de gritar, tem um gênio forte. Tenho pena dela. Helen passa dos limites às vezes, mas não desse jeito, e Patrick podia ser rude, mas não berrava como alguns maridos. Meus pais também não gritavam, mesmo quando eu fazia alguma má-criação, como pular no rio no Pleasure Gardens. Mas Frank gritou comigo uma vez.

Foi na casa dele. Eu e Sukey estávamos fazendo uma cortina para a cozinha. "Para a mulher louca não bisbilhotar aqui dentro?", perguntei, mas Sukey não parecia preocupada com ela naquele momento e me disse para parar de chamá-la de louca. Que ela era uma "pobre coitada", que tínhamos sorte de não sermos assim. Apesar disso, Sukey não ficou muito irritada, e penteou meu cabelo como o das meninas da NAAFI, enrolando-o em um coque e prendendo-o com a renda de uma meia-calça velha, e até me deixou usar um pouco do seu perfume. Eu a ensinei a cantar

"I'll Be Your Sweetheart" enquanto, ajoelhadas no chão, cortávamos com cuidado o fino material. Costuramos pequenos buracos para passar as varas, e já deslizávamos a madeira por eles quando a porta da frente se abriu com força.

O rosto de Frank, vermelho sob o bronzeado, se tornava mais nítido à medida que ele oscilava pelo corredor na nossa direção. Ele cambaleou pela cozinha até o aparador, batendo em uma cadeira, e eu observei horrorizada quando ele pegou uma faca. Mas ele ameaçou apenas um pedaço de queijo, que jazia meio embrulhado em papel, o mesmo pedaço que Sukey havia me proibido de comer todo no almoço.

— Não, Frank — pediu Sukey, levantando-se e ficando de pé diante de mim. — Estou guardando isso.

— O quê? De novo? — indagou ele, sua voz grossa e arrastada. — Não posso comer um pedaço de queijo na minha própria casa? Você está guardando isso para quem?

— Não é para ninguém. O que você sabe sobre a manutenção da casa, hein? Sou eu que cozinho as refeições, então deixe isso para mim. Eu sou sua mulher.

— Minha mulherzinha — assentiu ele, deixando a faca retinir sobre o prato, sua voz cortante de repente. — Minha adorável mulherzinha.

Seu braço envolveu a cintura de Sukey, e ela tentou afastá-lo.

— Frank, você está em cima do material da cortina. Saia.

Ele fitou os pés por alguns segundos, seus cabelos louros sobre os olhos, e então voltou-se para mim.

— Então Maudie também está aqui, né?

Assenti, indo para perto do armário, afastando-me.

— Pelo tempo que estão trabalhando nisso, estão fazendo uma persiana ou um tapete persa? — perguntou Frank, fitando os próprios pés novamente.

Levantei a vara encaixada para responder, e ele soltou Sukey.

— Como finalizar um belo persa, hein, Maud? — perguntou ele, apoiando a mão no balcão atrás de mim e inclinando-se, sua respiração semelhante ao bafo quente que escapa da porta de um pub.

Eu não podia imaginar. Estava assustada demais para respirar. O braço que estava em volta da cintura de Sukey agora encontrava-se acima da minha cabeça.

— Dê um chute no meio das pernas dele.

A resposta me pareceu terrível, e me afastei, mas Frank sorriu, seus dentes brilhantes e afiados se destacando no rosto bronzeado.

— Hein, Sukey? — disse ele, empertigando-se novamente. — Tapete persa. Persa. Persiana?

— Não é uma persiana — disse ela, levantando. — É uma cortina romana.

— A piada ainda pode funcionar. Agora, Maud, como finalizar...?

— Cala a boca, Frank — ordenou Sukey. — Você está bêbado. — Ela o puxou de lado e finalmente conseguiu tirá-lo de cima do tecido.

— Bêbado? De jeito nenhum.

Ele balançou a cabeça e teve que apoiar a mão no balcão novamente para se equilibrar. Olhei para ele, tentando encontrar o Frank que conhecíamos nessa pessoa instável e perturbada. Ele percebeu que eu o olhava e fez uma careta, botando a língua para fora e expandindo as narinas. De alguma forma aquela figura se parecia mais com ele, e eu ri, apesar do medo.

— Sim, você está bêbado. Vá para a cama — aconselhou Sukey.

— Só se você vier comigo.

— Argh, Frank, Maud está aqui. Ela não precisa ouvir suas sem-vergonhices. Vá para a cama. Durma. Vá.

— Mande sua maldita princesinha para casa então, já que ela é boa demais para ficar no mesmo lugar que eu.

E fez outra careta, mas dessa vez eu não ri, e ele se virou.

— Não comece a gritar, Frank — pediu Sukey. — E não comece com essa baboseira de novo. É claro que você também é ótimo.

— Aquele inquilino de vocês com carinha de criança não acha. Está sempre rondando a nossa casa.

— Por que você se importa com o que o Douglas acha de você?

— Eu só não entendo o que tanto você fala com ele o tempo todo — respondeu Frank. — Eu sei que ele fala mal de mim para os seus pais. E seu pai também não gosta de mim.

Sukey suspirou e se virou para mim.

— Talvez você deva ir para casa, Mopps — sugeriu Sukey. — Terminamos a cortina outro dia.

— Sim. Haverá muito mais dias para terminar a cortina e conversar sobre como ela deveria ter ficado.

Eu não entendi o que ele falou, mas me levantei e passei raspando ao seu lado, o mais rápido que pude. Já estava quase na porta quando me lembrei do meu casaco. Voltei na ponta dos pés pelo corredor, mas Frank me viu.

— Que diabos você ainda está fazendo aqui? — gritou ele, o rosto desfigurado. — Vai, cai fora!

Desisti do casaco e saí correndo, chorando até chegar à rua, onde parei e limpei minhas lágrimas. Em seguida fiquei perambulando pela Ashling Crescent até ficar calma o suficiente para ir para casa.

11

Algo aconteceu. Tenho que levantar, sair, encontrar Sukey. Visto uma camisa masculina listrada e surrada, calças que não reconheço, e coloco as coisas nos bolsos: lenços de papel, pastilhas, um colar de pérolas de plástico. Eu me pergunto se isso é um sonho. Acho que não. Minha roupa de cama está toda emaranhada, mas não posso perder tempo arrumando-a, então começo a escrever um lembrete, mas não sei o que escrever. As escadas rangem quando desço, e o trinco da porta retine ruidosamente em minha mão. Paro na soleira, os músculos do meu rosto estão tensos, mas tudo está silencioso quando saio em direção à casa de Frank.

O ar do lado de fora é frio e fresco, quase doce. Estou me divertindo com a sensação dele em minha língua, e caminho por um longo tempo antes de perceber que me perdi, que essa não é a rua que eu pensava ser. A rua seguinte é tão estranha quanto; sinto um baque no coração. Estou correndo contra o tempo. Tenho que chegar a algum lugar, ou a alguém. É urgente. Meus passos ecoam ligeiramente na escuridão, e uma raposa passa correndo por mim. Ela para e olha alguma coisa do outro lado da rua. Eu paro também.

— Olá, raposa — cumprimento-a, mas ela continua olhando para a outra calçada. — Raposa? — digo novamente e balanço os braços.

Por um momento parece muito importante chamar a atenção dela, fazê-la perceber minha presença. Checo meus bolsos à procura de uma pastilha, e jogo-a no meio do asfalto. Ela quica até os pés da raposa, e ela se vira, a luz refletida em seus olhos.

— Olá, raposa.

Ela foge, e eu volto a caminhar. Foram essas casas novas que me confundiram, agora sei, embora não faça ideia de como cheguei até aqui. Nunca vou achar meu caminho nessas ruas confusas desse jeito. E estou exausta. Não posso ter andado tanto, mas minhas pernas estão pesadas, e minhas costas doem. Eu me sinto como uma velha. Pego mais uma pastilha e jogo-a na calçada atrás de mim. Ela brilha, branca nas pedras escuras. Pelo menos vou saber se estou andando em círculos. Um carro para no final da rua, e um homem salta. Ele vem em minha direção, as mãos no cinto, sua sombra se projetando dos faróis do carro. Começo a me afastar.

— Aonde está indo, querida? — pergunta e olha diretamente para mim. É o que eu acho, pois seu rosto é só uma silhueta.

— Para casa — respondo ao me afastar, tentando forçar minhas pernas a andarem mais rápido. — Mamãe está me esperando.

O homem faz um barulho, uma espécie de bufo.

— Está? — continua ele. — E onde fica sua casa?

Não sei. Por um segundo, não sei mesmo. Mas não importa, penso, eu não diria nada a ele. Não direi nada a ele e vou lembrar daqui a pouco. Quando estiver no caminho certo eu vou lembrar. Logo o homem ficou para trás, em pé ao lado do carro. Entro em uma rua, depois em outra; caminho sem enxergar. Acho uma pastilha em uma calçada, branca e reluzente na noite. Abaixo-me para pegá-la e vejo uma casa com torreão ao longe. Talvez eu a reconheça quando chegar lá. Olho para o jardim frontal assim que me aproximo, mas é só um lugar escuro.

— Achou que sua casa fosse do outro lado?

Um homem se inclina sobre um carro. As luzes se refletem em seu cabelo loiro, e isso me faz pensar em Frank. Ele está me esperando. Mas devia estar esperando Sukey.

— O que faz aqui? — digo.

— Vou levar você ao posto. O carro está esperando.

— Posto? — pergunto assim que entro no carro. Há uma pastilha em minha mão, e jogo-a na boca. — Precisamos de gasolina?

O homem não me responde, mas pergunta se prefiro a janela aberta ou fechada.

— Aberta — respondo, colocando a mão na lateral da porta. Quero deixar um rastro, algo que diga às pessoas que estive aqui. A pastilha desliza para a ponta da língua, e a cuspo o mais longe que posso, jogando-a na noite. O homem ri, e eu rio junto com ele.

— Frank — digo. — Frank

Esbarrei nele depois da escola. Ele estava de pé, encostado na cerca da Sra. Winners, olhando na direção da nossa casa, e se virou assim que nos esbarramos, levantando as mãos.

— Maud, estava pensando agora mesmo que te devia uma visita.

A cerca estava bastante amassada onde ele havia se apoiado, e isso me fez pensar que ele devia estar ali esperando há muito tempo.

— Como estão seus pais? — perguntou ele, e eu abri a boca, mas me dei conta de que era incapaz de dizer qualquer coisa, e me perguntei se ele não seria apenas fruto da minha imaginação — Nenhuma notícia de Sukey, então?

Neguei com a cabeça e analisei seu rosto, procurando algum indício de culpa. Mas ele só parecia nojento. Sua barba estava espetada, e seu cabelo um pouco grande. Suas roupas estavam amarrotadas e imundas. Fiquei chocada com a mudança. Onde estavam os vincos perfeitos de suas calças, os colarinhos engomados, os sapatos brilhantes?

— Não entendo — continuou ele, inclinando-se na minha direção, suas mãos em meus ombros. — Quero dizer, se ela tivesse ido embora para algum lugar, falaria com o marido, não acha?

As palavras me deram uma lufada de esperança. Pensei em Sukey se escondendo de Frank. Escondendo-se em algum lugar seguro. Obviamente ela não entraria em contato com ninguém se estivesse se escondendo.

— Suponho que ela certamente falaria com a irmã, não?

Frank me olhou com seu sorriso de costume, sobrancelhas levantadas, um brilho forçado nos olhos. Parecia falso com seu novo rosto sujo. Suas mãos apertaram meus ombros, e me dei conta de que ele também me analisava.

— Ela contou algo a você, Maudie? Sobre ir embora? Sobre mim? Sobre outra pessoa?

— Nada, Frank.

As mãos dele me soltaram, e minha coluna se alongou, meus ossos se ergueram. Eu me senti leve, levíssima, como se pudesse flutuar no céu e desaparecer. Desejei até que ele continuasse se apoiando em mim, mas não sabia como pedir isso.

— Sinto falta dela — afirmou ele. — Sinto falta dela ao meu redor, suas coisas todas. Não sei onde elas estão. Suas coisas de cabelo, pedaços de tecido. Frascos de perfume.

— Noite em Paris.

— Sim, isso mesmo. — Frank olhou para mim. — Você lembra melhor do que eu. Vamos tomar alguma coisa.

Não neguei, mas devo ter aparentado dúvida.

— Ah, vamos lá, Maud — insistiu ele. — Pensei que você não fosse mais criança. Vamos tomar um drinque. Me faz bem falar dela, sabe?

Eu sabia. Mamãe e papai raramente conversavam sobre Sukey, e eu tinha a sensação de que falar o nome dela em casa era proibido. E agora eu encontrei alguém que queria se lembrar dela da maneira correta, com palavras. Eu deixei que ele me conduzisse até o fim da rua, ladeira abaixo.

— O que mais ela usava, Maud? O que mais? Você lembra

— Um terninho azul — comecei. — Um batom. Vermelho Vitória. E um pó compacto que formava um conjunto com seu perfume. Prateado, com listras azul-marinho.

— É, isso mesmo. O que mais?

— Sapatos com fivelas na frente, um vestido verde, aqueles brincos que parecem doces...

Pensar em como Sukey se vestia me fez olhar para mim mesma. Para meus sapatos marrons e meias de crochê. Não notei quando Frank parou, então esbarrei nele pela segunda vez.

— Pelo amor de Deus, esconda a gravata do seu uniforme. Chegamos — anunciou ele, e nós entramos.

Era um pub. The Fiveways. Tinha o que papai chamava de "má reputação", e eu estremeci, apreensiva. Nunca havia estado em um pub antes e achei que talvez não devesse entrar em um, então titubeei e fiquei brincando com um botão do meu cardigã que havia se soltado. Eu não queria deixar a zona de conforto da calçada, mas queria desesperadamente falar sobre Sukey, então deixei o botão na dobradiça da porta. De alguma forma, a ideia de que algo me esperava ali fora, de que algo aguardava meu retorno, fez com que eu me sentisse melhor, então empurrei a porta de leve e entrei atrás de Frank.

O ar era muito quente e enfumaçado, e não consegui enxergar Frank logo que entrei. Caminhei em direção ao bar e senti uma mão grande nas minhas costas.

— Sente-se ali antes que a proprietária veja você — mandou ele, encaminhando-me para uma mesa perto da porta. — Vou pegar umas bebidas.

Senti uma pontada de nervosismo, mas obedeci e sentei no banco de madeira. O balcão do bar estava a poucos metros de distância, ocupado por homens vestidos de preto, alinhados de costas para mim, de modo que mal consegui ver a mulher que servia.

— De volta tão cedo, Frank? — ouvi-a dizer. — Deve ter saído daqui há poucas horas.

Apoiei um cotovelo na mesa. Estava escorregadia, com cerveja derramada, e a umidade se infiltrou no meu cardigã. Eu o estava tirando quando a porta se abriu e um homem magro e suado entrou.

— Olá, mocinha — cumprimentou ele, pairando sobre a mesa.

Uma gota do seu suor caiu no meu peito, manchando minha camisa do colégio, e eu me lembrei das lágrimas da mamãe sobre a seda do vestido de Sukey. Observei o círculo de umidade se espalhar, deixando o tecido transparente, e tentei não respirar para que não encostasse em minha pele. O homem disse algo, mas não consegui entender, de tão preocupada com sua respiração em cima de mim. Comecei a suar, com medo, e não pude suportar a ideia do meu suor se misturar ao daquele homem.

— Foi um sim, então? — indagou ele, e eu virei o rosto para o outro lado.

Frank veio na minha direção e me deu uma piscadela enquanto caminhava. Eu me senti estranha, como se tivesse tomado o lugar de Sukey. Estava em um pub com seu marido, tomando um drinque pago por ele. E onde ela estava? Trocamos de lugar? Sukey estava em casa com meus pais, jogando paciência e ouvindo rádio?

Frank colocou o drinque sobre a mesa. Ele olhou para o homem suado, movendo-se lentamente.

— Posso ajudar? — perguntou.

O homem levantou as mãos úmidas e se afastou, e eu peguei o copo mais próximo, aliviada. Vi que Frank estava bebendo cerveja, e torci para que ele não tivesse trazido o mesmo para mim.

— Ginger Ale — disse ele. — Tudo bem?

Assenti e respirei aliviada. O barulho no pub crescia à medida que mais pessoas entravam pela porta.

— Olá, Frank — cumprimentou alguém que passou. — Estão de volta ao sul?

— Isso aí — disse Frank, sem desviar os olhos de mim.

Fiquei encarando meus joelhos nus, esfregando as unhas sobre suas manchas avermelhadas.

— Você se parece com ela, sabia? — Frank colocou a mão no meu queixo.

Sorri. Não estava convencida disso, mas sorri mesmo assim, e Frank se inclinou em minha direção, semicerrando os olhos como um gato.

— Como estão as coisas na sua casa? O mesmo de sempre?

Frank segurou o copo, e uma gotícula escorreu lentamente do vidro até a unha do seu polegar. Parecia se demorar um pouco na cutícula antes de cair como uma lágrima, e eu estava distraída quando respondi.

— Acho que não. Mamãe e papai estão muito preocupados...

— E aí, Frank? — gritou uma mulher do outro lado do pub. — Quando vai me dar as meias-calças que me prometeu?

Ele se virou calmamente para acenar para ela antes de retomarmos a conversa.

— E Douglas? — perguntou ele. — Ele ainda está lá, não está?

— Onde mais estaria?

— Bem, não sei, ele poderia ter crescido e ido embora? E ter parado de ficar na barra da saia da sua mãe, à espera de esmolas.

— Ele é nosso inquilino. Ele não recebe esmolas.

— Inquilino, claro. É o que você pensa.

Frank deu um longo gole na cerveja. Ao abaixar o cotovelo, alguém que estava passando esbarrou nele, sacudindo seu braço e derramando cerveja na manga da camisa.

— Merda, presta atenção! — exclamou ele.

Eu esperei que ele se desculpasse pelo palavrão, mas não o fez. Tomou o resto da cerveja e se levantou.

— Vou pegar mais uma rodada — anunciou, e ao voltar trouxe um copo com uísque ou conhaque ou algo do tipo.

Mordi os lábios quando ele o colocou sobre a mesa.

— Você se parece mesmo com ela. Vocês têm a mesma expressão de desaprovação. — Ele levantou o copo e simulou um brinde; eu afastei o meu. — Fiquei na prisão por duas semanas.

— Eu sei. Douglas disse. — Fiquei imaginando se podia perguntar sobre a fraude dos cupons ou se isso o deixaria irritado.

— Douglas sabia. Ele sabia de tudo.

— Sua mulher, Frank? — perguntou um homem de camisa sem manga, girando o boné com as mãos. — Meio jovem para você, não?

Frank praguejou.

— Que isso, Frank. Um pouco de senso de humor.

— Sabe de uma coisa, Ron? Vou ter senso de humor quando você começar a ser engraçado.

Ron fez um floreio com o boné.

— Certo, certo. Só queria ser legal.

— Vá ser legal em outro lugar.

— Você arrumou um esquentadinho, querida — alertou Ron, erguendo as sobrancelhas. — Espero que consiga aguentar ele.

Franzi o cenho enquanto ele se afastava.

— As pessoas parecem achar que sou a Sukey — disse.

— Não, não acham.

— Acham sim. Você disse que eu me pareço com ela. Todo mundo parece achar o mesmo.

— Você não se parece tanto com ela, Maudie. Você ainda é uma criança. Parece uma criança.

Suas palavras me ofenderam.

— Então por que me trouxe a um pub?

— Eu queria um drinque, só isso. E queria dizer uma coisa a você.

Terminei minha Ginger Ale e me arrastei até a lateral do banco, pronta para sair.

— Ei, ei. — Ele estendeu a mão para me pôr de volta no meu lugar. — Nós estamos conversando. Olha para mim.

— O que você quer dizer, Frank? — perguntei, irritada e querendo ir para casa. — Mamãe e papai estão me esperando.

— Meu Deus, você fala como ela também. Logo vai dizer que eu bebi demais.

— Você provavelmente bebeu demais.

— É, bem, então você.... — Ele olhou para o chão e ficou assim por tanto tempo que pensei que havia se esquecido de mim. Vesti meu cardigã molhado de cerveja. — Seus pais não querem nem contato comigo. Acham que eu a matei ou algo do tipo.

Eu não soube o que dizer e fiquei olhando para ele, pensando que seu cabelo e sua barba por fazer pareciam angelicais na luz do bar.

— Seu pai me escreveu um bilhete — disse ele ao copo de cerveja. — Quer ler?

Não respondi, mas ele sacou um envelope amassado do bolso da jaqueta e o jogou no meu colo. Era o lembrete que eu havia visto papai colocar embaixo da porta quando fomos à casa de Frank meses atrás: "Você é o responsável. Não vai escapar disso."

Fiquei chocada. Pensei que papai estava deixando uma mensagem para Sukey.

— Bem, ele nunca gostou de mim. Quanto a isso eu não podia fazer nada. Especialmente com aquele idiota com cara de ratinho sussurrando no ouvido dele o tempo todo. — Ele me encarou com os olhos semicerrados e contorceu os lábios. — Ele pediu para eu me afastar.

— Quem?

— O merda do seu inquilino.

Saí depois disso, dizendo que já era a segunda vez que ele falava palavrão, e estremeci ao pensar no quanto me pareci com papai nesse momento. Achei o botão do meu cardigã na saída, ainda guardado no entalhe da dobradiça da porta, e o apertei nas mãos ao caminhar para casa.

— Me larga, seu merda — grita uma mulher, se debatendo. — Um policial a segura pelo braço ao mesmo tempo que assina um livro no balcão. — Porco desgraçado — grita ela novamente.

Tento impedir que sua voz insultante chegue aos meus ouvidos e derrubo lentamente as duas últimas pastilhas no chão. Quando eles vão embora, eu apanho o colar de pérolas de plástico e começo a arrancá-las uma a uma do fio que as une, espalhando-as pela sala. Eu me pergunto se essa recepção já foi usada em um filme. É muito familiar. Há um lustre gigante no teto e um chão brilhante em preto e branco. Concentro-me nessas coisas em vez de olhar para as pessoas. Não quero pensar nelas. A mulher esbravejante é levada para outro lugar, mas ainda posso ouvi-la, e um homem em um banco próximo a mim começa a cantar.

— *"Que sera, sera.* Whatever will be, will be. We're going to Wem-ber-ley. *Que sera, sera."*

Sua camisa de futebol surrada está molhada e cheira a cerveja. Ele balança os pés, e um deles chuta uma das pérolas falsas, arremessando-a na minha direção. Eu a pego e a seguro por um instante antes de deslizá-la pelo banco, para longe dele.

— Isso é tudo que precisamos — diz o policial atrás do balcão. — O novo Pavarotti.

Ele abre a porta e outro policial entra, acompanhado de uma pessoa com o rosto pingando sangue. Seu nariz está em frangalhos, e seus olhos se reviram.

— Vamos precisar de um médico — anuncia o policial recém-chegado. Ele tem um cabelo loiro que brilha na luz e me faz pensar em Frank.

— O perfume que ela usava era Noite em Paris — digo. — Ela tinha brincos que pareciam doces. — Ninguém parecia ouvir.

— *Que sera, sera* — grita o cantor, balançando-se em minha direção. O cheiro de cerveja está misturado com o de vômito, e ele sua.

— Quero fazer uma queixa — diz o homem que está sangrando. Ele agita o punho, mas não consegue bater em nada.

Vou para um canto. Não sei o que estou fazendo aqui. As luzes estão muito fortes, e tento me proteger delas, semicerrando os olhos. Por fim, fecho-os completamente. Talvez seja algum pesadelo e vou acordar daqui a pouco. O barulho aumenta, e o policial grita:

— Chega de celular, Dave! Faça uma ocorrência e coloque todos para fora daqui.

Briga, xingamentos. Alguém se aproxima e respira ao meu lado. Então o barulho diminui um pouco. Continuo de cabeça baixa e com os olhos fechados. Vou continuar sentada aqui enquanto meus músculos aguentarem.

— Mãe! — ouço em meio ao barulho. — Mãe, sou eu, abra os olhos.

Helen se inclina na minha direção. Ela acaricia meu braço, e tudo o mais no ambiente desaparece. Coloco a mão em seu rosto, mas não consigo falar. Sinto que deveria chorar de alívio.

— Vou levar você para casa — diz ela, erguendo-me do banco.

Há uma pastilha no chão e me inclino para pegá-la enquanto Helen me conduz através da multidão de torcedores de futebol. Pisamos em uma poça de sangue na saída. Ela mantém o braço em torno dos meus ombros ao longo do caminho, mas continuo olhando para o chão. Quando paramos para atravessar a rua, pego um brinco que jazia na calçada. Um brinco listrado, igual ao que Sukey tinha.

— Mãe, deixa isso aí — pede Helen. Sua voz soa engraçada. — Onde você achou isso? Não vai colecionar lixo agora, por favor.

Ela anda na frente, e eu largo o brinco. Ele cai e aterrissa em uma poça.

— Achei que era meu — digo, sem lembrar por quê.

— Pelo menos agora eu sei de onde vem tanto lixo — retruca Helen. A luz reflete em sua face, como se ela estivesse suando. — O que deu em você? Saindo a essa hora? Fiquei preocupada. Talvez tenhamos que ir no Dr. Harris de novo.

Não consigo responder, mesmo se soubesse a resposta, mesmo se pudesse me lembrar da pergunta, mas ainda consigo ver o brinco na poça ao darmos a partida no carro. Houve uma época em que isso poderia significar alguma coisa, uma época em que eu teria levado o brinco comigo.

Levei muitas coisas para casa quando ainda tinha esperanças de encontrar Sukey. Pedaços de papel, lixas de unha, grampos de cabelo, um brinco. Um brinco listrado, semelhante a uma bala, o qual tive vontade de colocar na boca e provar ao encontrá-lo nas escadas do coreto. Não conseguia passar por nenhum objeto que pudesse ser de Sukey sem pegá-lo. Eu enchia os bolsos e depois guardava as coisas na minha caixa de recordações, ou as arrumava no parapeito da janela. Às vezes eu escrutinava os achados e anotava os lugares onde os encontrei e se Sukey já havia tido algo parecido. Vez ou outra Douglas vinha me perguntar o que eu tinha encontrado. Ele olhava para as coisas, tocava-as levemente, mas nunca disse nada, e eu sentia que ele estava procurando algum significado, criando cenários e histórias para cada uma delas, caminhos que levariam a Sukey ou a alguma pista do que havia acontecido com ela. Comecei a acreditar que eu poderia descobrir algo importante, então passei a analisá-los com mais cuidado. À procura de provas.

Principalmente depois da escola. Eu não queria voltar para casa de jeito nenhum, não queria me sentar perto do fogão e não falar de minha irmã, com medo de entristecer minha mãe ou começar uma discussão com meu pai. Não queria voltar para casa e usar as roupas que Sukey havia feito. Então eu vagava pelas ruas de uniforme, fuçando cercas e sarjetas. Era comum eu descer a rua de Sukey e pegar o caminho que ela teria feito de sua casa até a nossa. Ou seguia pelo caminho que ela poderia ter tomado para chegar às lojas ou à estação. Foi no Hotel Station que encontraram sua mala, e, se ela tivesse deixado a cidade, provavelmente teria pegado o trem. Às vezes eu ficava na plataforma assistindo aos trens chegando, imaginando Sukey saindo de um vagão com roupas novas, compradas em Londres. "Fui só fazer umas comprinhas", ela diria. "Por que tanto rebuliço?"

Passei horas olhando para os nossos pentes gêmeos, segurando-os contra a luz para ver como as asas pareciam voar, e me admirei. Ela ficava assustada com os pássaros na redoma de vidro, então por que eu havia lhe dado algo que a lembrava tanto daquilo? Eu queria falar com ela sobre isso, acima de tudo. Dizer que não tinha a intenção de lhe causar nenhum mal. Pensei que se houvesse apenas uma chance de encontrá-la seria vasculhando as ruas. Eu sempre chegava em casa com muito frio e cansada demais para comer. Logo depois fiquei doente. Há tempos não dormia, ao que parece, só ficava deitada na cama pensando em onde Sukey poderia estar. Não que eu ficasse acordada deliberadamente, mas minha cabeça não desligava, e eu repassava aquela última refeição centenas de vezes, tentando me lembrar de tudo que ela falou. Coisas sobre Frank, sobre Douglas. Eu estava o tempo todo cansada e não conseguia me concentrar na escola; a simples tarefa de servir o chá à noite era muito exaustiva.

— Pelo amor de Deus! — gritou mamãe uma manhã, jogando uma saia no chão, aos seus pés. — Mais lixo. — Ela havia desvirado os bolsos para lavá-la. — Maud, você tem que parar de trazer esses lixos da rua. — Ela mostrou uma tampa de batom. — Você vai me levar à loucura. Ouviu? Para que isso? O que você planeja fazer com tudo isso?

Eu me senti fraca e exausta diante de sua energia.

— Pensei que poderiam ser de Sukey — respondi.

12

Vocês se mudaram?

— Não — respondi. — Moro aqui há séculos.

Estou sentada numa dessas coisas em que as pessoas se sentam, que usam para se sentar, diante de um monitor de computador. Letras vermelhas passam pela tela: "Por favor, certifique-se de que seu clínico geral tem seu novo endereço." De vez em quando há um bipe agudo, e um nome aparece na tela. "Sra. May Davison", "Sr. Gregory Foot", "Sra. Laura Haywood". Helen aperta meu pulso quando começo a lê-los em voz alta. Ela está chupando uma daquelas pastilhas mentoladas para garganta inflamada, então suponho que estamos aqui por causa dela.

Uma criança bate um bloco de montar na mesa de brinquedos no canto. Ele parece o Ken com a cabeça achatada. Helen diz para eu manter meu tom de voz baixo e segura uma caixa de doces. Pego um e como, estremecendo com a doçura que se expande em minha boca e observando a mãe do menino se aproximar para tomar o bloco de suas mãos. Ela não é rápida o suficiente e ele escapa, passando em disparada pelos outros pacientes, que encolhem suas pernas para abrir caminho, mas não conseguem evitar algum tipo de colisão com o menino. Ele corre, cambaleando como um ator de comédias pastelão, até a última parede, e então atira o bloco na direção da mãe com repentina violência. Um homem faz um som de reprovação, revirando os olhos, e sorri para mim. Retribuo o sorriso e, em seguida, tiro o doce do meio dos dentes e o cuspo na direção do brinquedo. Helen começa a se desculpar, mas não ouço o que ela diz, pois o riso estridente do menino abafa as palavras. Ele se contorce em uma espécie de dança alegre, e agora anda de um jeito gracioso entre as fileiras. E vem descansar nos meus joelhos, deitando calmamente como um pássaro, sem rir, mas abrindo as mãos para me mostrar os objetos que estava carregando consigo.

Outro tijolo de plástico, um carrinho de metal sem uma roda, um braço gorducho de boneca e muitas outras coisas. Não sei o que são. Ele equilibra todos no meu colo, e eu pego-os um a um, analiso-os e descrevo-os para ele.

— Olha, eles fizeram semicírculos para as unhas no plástico — digo.

Ele me encara com ar solene, sem dar sinal algum de ter entendido, então deixo o braço rechonchudo da boneca de lado e equilibro um objeto maior na palma da mão. Não consigo entender o que é, não consigo pensar em nada além de sua forma peculiar. Não digo nada por muito tempo.

— Xapo — diz ele finalmente.

— Xapo — repito, supondo que este deva ser o nome.

Ele aperta um botão, e o xapo pula, não de forma brusca, pois minha mão é uma superfície muito macia, mas alto o suficiente para dar vida ao brinquedo por um instante. O menino solta uma gargalhada e aperta o botão novamente. Dessa vez o xapo vira de cabeça para baixo, saltitando de alegria, e cai no assento ao lado do meu. Sério novamente, o menino o resgata e o enfia numa das brechas da minha bolsa.

Soa um sinal, e olho para ver se é o meu nome no letreiro. Levanto, e os brinquedos caem do meu colo. O menino solta uma risada alta e joga o carrinho e o tijolo de plástico para cima. Eu os ouço retinindo no chão mais uma vez, mas não tiro os olhos do letreiro.

— Desculpe mais uma vez — diz Helen para alguém, pegando seu casaco e indicando o caminho. — Vamos, mamãe.

Em uma saleta, o médico está olhando para a tela de seu computador.

— Olá, Sra. Horsham. Como está seu polegar? Não vai demorar. Sente-se.

Helen me coloca em uma cadeira junto à mesa. Não consigo lembrar o motivo de estarmos aqui.

— Sente você perto do médico — digo a Helen, me levantando.

— Não, mãe. Estamos aqui por você.

Sento novamente e peço um de seus doces.

— Você está comendo um — reclamo quando ela faz que não com a cabeça. — Por que eu não posso comer também?

O médico gira na cadeira para nos olhar de frente. Ele diz que vai me fazer algumas perguntas e em seguida me questiona sobre que dia é hoje. Olho para Helen. Ela me olha de volta, mas não diz nada. Ele me pergunta a data, a estação, o ano. Pergunta se sei em que país estamos, que cidade, que rua. Algumas respostas eu sei, outras chuto. Ele parece surpreso quando acerto, mas não é muito difícil, esse teste. É muito parecido com um que fizeram no centro de assistência aos idosos. Eu e Elizabeth fomos lá uma vez, para ver como era. Eles perguntaram coisas como: "Você pode dizer o nome de alguma cor que comece com B?" Elizabeth ficou indignada. "Isso lá é teste para adultos?", disse ela.

— Que monte de baboseiras — digo.

— Não há motivo para ficar agitada, Sra. Horsham — garante o médico, ajeitando seu adereço de pescoço, que não é nem um cachecol, nem um lenço. — Tenho que avaliá-la.

— Não sabia.

— Sim, como expliquei antes, e é isso que estou fazendo agora. Então, o que é esse prédio?

Olho para as paredes. Há muitos avisos para lavar as mãos e esterilizar coisas.

"Lavar as mãos previne diarreia, norovírus, infecção por estafilococos", leio. O médico olha para o cartaz. Dá um sorrisinho para Helen.

— Você sabe em que andar estamos?

Penso. Subimos de escada? Ou de elevador? Olho para a janela, mas a cortina está abaixada. Olho para um pequeno tapete. Como finalizar um belo persa?

— Dê um chute no meio das pernas dele — respondo.

Ninguém ri. Bem, nunca gostei dessa piada também. O médico pigarreia, Helen também. Ela dá um tapinha na minha perna, e o médico dá um tapinha em sua mesa, como se fosse minha perna.

— Vou falar o nome de três coisas — diz ele. — E quero que você as repita em seguida para mim, ok? Trem, abacaxi, martelo.

— Martelo. Martelo. Quais eram os outros? Martelo...

Meus lembretes estão na bolsa, e pego-a embaixo da mesa. Começo a vasculhá-los, mas não consigo achar a resposta. Por outro lado, encontro um sapo de plástico.

— É melhor não usar nada para ajudá-la — recomenda o médico.

Tudo bem, nada está me ajudando mesmo. Não encontro nada de útil. Entretanto, acho um lembrete sobre Elizabeth. Diz que ela está sumida: *Onde ela está?* Essa é a pergunta importante. Por que o médico não me pergunta isso?

— Agora eu queria que você fizesse uma contagem regressiva de sete em sete, a partir de cem. Tudo bem?

Olho para ele.

— Sra. Horsham? Seria cem, noventa e três, oitenta e seis, e por aí vai. Entendeu?

— Entendi, doutor, mas acho que eu não conseguiria isso nem com a sua idade.

— Por favor, tente.

Ele já está olhando para os seus papéis e fazendo anotações. Tem mais alguma coisa que eu tenho que lembrar, mas essas bobagens estão me atrapalhando.

— Cem — começo. — Noventa e três... noventa e dois, noventa e um? — Sei que estou errando, mas não sei em quê.

— Obrigado. Você pode repetir para mim os três objetos que citei antes?

— Três objetos — repito, sem saber muito bem o que essas palavras significam, pois estou vasculhando meu cérebro atrás de outra coisa, a que é mais importante.

— Deixa pra lá. Como chamamos isso? — Ele aponta para o telefone.

— Um telefone — respondo. — É isso. Elizabeth não tem me ligado. Faz tempo. Não sei nem quanto tempo faz.

— Lamento — diz o médico. — E isso? — Ele segura algo; nem mesmo diz o nome de Elizabeth.

O objeto é fino, feito de madeira. Ele o passa entre os dedos, do jeito que fazíamos na escola, um truque para que algo pareça flexível. Não sei como se chama também. Não é uma caneta.

— Uma bandeja — respondo. Não está certo, mas não sei a palavra. — Uma bandeja, uma *bandeja*.

— Ok, sem problemas. — Ele abaixa o objeto e pega um pedaço de papel. — Pegue com a sua mão direita. Dobre ao meio e coloque no chão.

Estendo a mão para pegar o papel. Olho para ele e olho para o médico. Olho os dois lados do papel. Está em branco. Nada escrito. Deixo-o no meu colo. Ele se aproxima, pega o papel e o coloca sobre uma pilha. Em seguida, levanta uma pequena placa com as palavras FECHE OS OLHOS. Estou começando a achar que ele é louco, e me sinto aliviada por Helen estar aqui. O médico abaixa a placa e me entrega alguns papéis e um outro objeto. Um objeto de madeira.

— Agora, quero saber se você poderia escrever uma frase para mim, por favor. Pode ser qualquer coisa, mas tem que ser uma frase inteira.

Minha amiga Elizabeth está desaparecida, escrevo. Helen suspira ao meu lado.

— Lápis — digo quando o devolvo para ele.

— Sim. Ótimo. Fique com ele, na verdade, pois eu gostaria que você desenhasse alguma coisa. Gostaria que desenhasse um relógio. Você consegue?

Ele me dá uma prancheta para servir de base. Começo a desenhar, mas minhas mãos tremem levemente e não faço grande coisa. Às vezes os traços parecem seguir em outra direção, como quando você tenta desenhar algo enquanto olha no espelho. Esqueço o que deveria desenhar, mas os círculos precários lembram um sapo, então começo a fazer o animal e acrescento olhos redondos e grandes e um sorriso animado. O lápis escorrega, e o traço acaba se tornando um cabelo desgrenhado e uma barba. Coloquei o desenho sobre a mesa. O médico pode achar o que quiser.

Ele anota algo em seu caderno. Escreve e escreve. Não ergue o olhar nem fala. Eu me pergunto se ele está tentando acrescentar algo antes que esqueça. Há pequenas coisas parecidas com feijão em sua mesa, redondas e macias, seus brotos saindo por debaixo de uma caixa de lenços. Não faço ideia de como se chamam, mas sei para que servem. Pego um e aproximo do ouvido, mas não consigo ouvir nada.

— Não é tão bom quanto uma concha — comento.
— Não liguei o som ainda — diz ele, ainda rabiscando. — Gostaria de ouvir música? Acha que poderia ajudá-la?
— Não sei.
— Talvez sua filha possa colocar algo de que você gosta?
— O que você ouvia quando era mais jovem?
— Hahahahahahahahahahaha.

O médico olha para mim. Helen está imóvel.

— Hahahahaha...
— Mãe? Mãe? O que houve? — Ela estende a mão e agarra meu braço, seu rosto pálido sob a pele castigada pelo tempo.

Gargalho.

— "Champagne Aria" — digo. — Hahahahaha.

Era o disco de Douglas, "Champagne Aria", cantado por Ezio Pinza. Eu gostava do nome dele e da música, mas gostava ainda mais da risada no final. Foi um dos primeiros discos que Douglas botou para ouvirmos, bem antes de Sukey se casar. O primeiro mesmo foi do John McComarck cantando "Come into the Garden, Maud", que eu gostava muito, pois tinha o meu nome, mas eu já tinha sido obrigada a decorar as palavras do poema para a escola e estava empolgada para descobrir músicas menos conhecidas.

Tínhamos visto o gramofone de Douglas entre seus pertences quando ele estava se mudando e, depois de muita insistência da minha parte, Sukey finalmente perguntou se podíamos ir ao quarto dele para ouvir música. Parecia um quarto completamente diferente depois que Douglas foi morar lá. Sempre tivemos inquilinos, em grande parte senhoras bastante gentis, mas que dificilmente deixavam um toque pessoal. Douglas não tinha muitas posses, mas eram mais significativas do que as das senhoras. Uma coleção de livros, um jogo de ferramentas e no mínimo uns vinte vinis. O gramofone era uma pequena máquina portátil, como uma maleta, e eu o achava fantástico. Gostava particularmente das pequenas latinhas de agulhas e da espécie de escova arredondada para os vinis, e do jeito como a manivela se encaixava a um grampo na tampa. Sentávamos no quarto dele para ouvir música, a luz do sol sobre as tábuas no chão, inundando o tapete. Depois que ouvi a primeira música, fiz ele tocar "Champagne Aria" várias vezes seguidas, deitei no tapete e fiquei rindo com o final, as mãos na barriga, sentindo meu diafragma se contrair. Ainda me lembro do cheiro de poeira quente e do vinagre usado por minha mãe para lavar o assoalho.

Ainda tenho o disco em algum lugar, pois Douglas o deixou para mim, mas não o ouço há tempos. Não temos um gramofone, então não tenho como ouvi-lo.

Depois desse primeiro show particular, passei a fugir para o quarto dele de vez em quando para ouvir os discos. Sabia seus itinerários tão bem quanto os de papai, e sabia a rota de cor — da leiteria da Sutton Road, passando pela estação, até os hotéis no topo do penhasco. Eu sabia quando ele ia mais longe e quando não conseguiria voltar mais cedo. Eu enfiava pares de meias de lã nos alto-falantes para abafar o som, botava a ária para tocar novamente e sentia meu diafragma se contrair sob minhas mãos.

Fiz isso muitas vezes enquanto estava me recuperando da doença, depois que Sukey desapareceu, e ficava fuxicando os pertences dele também, abrindo gavetas e vasculhando suas coisas. Depois de tê-lo visto vasculhar a mala de Sukey, achei que era justo. Mas suas roupas eram habilmente dobradas, os livros organizados, sem nada escapando entre as páginas. Não consegui achar nada muito peculiar.

Uma vez, porém, ao sair do quarto, depois de passar a mão pelo gramofone, futucar a agulha e passar os olhos pela coleção de Dickens, vi um guarda-chuva apoiado no canto do quarto. Um guarda-chuva preto surrado. Era muito parecido com o da mulher louca, e a lembrança dela correndo atrás de mim era tão vívida que gritei. Eu me senti uma idiota e saí do quarto, feliz por não ter ninguém em casa.

Katy trouxe um computador fino e prateado com ela. Seus fios formavam uma maçaroca que mais parecia um arbusto malcuidado no meio da mesa da cozinha. Ela faz um estardalhaço com aqueles alto-falantes, tentando fazê-los funcionar, e eu procuro me concentrar no livreto em minhas mãos. Tem imagens de cérebros e desenhos grosseiros de velhos apoiados uns nos outros, sorrindo. Sei que deveria lê-lo, tentar entendê-lo, mas não consigo me concentrar. Há um novo pão na cesta de pães.

— Mamãe achou que você gostaria de ouvir música antiga — diz Katy, ligando o aparelho na tomada. Ela aperta um botão, e Vera Lynn ressoa pelo ambiente com um estrondo, fazendo a promessa de reencontro de sua canção parecer uma ameaça.

— Meu Deus! — exclamo, tapando os ouvidos.

— Desculpa. — Katy golpeia o botão, abaixando o volume. — Então, que tal? Traz alguma lembrança?

— Não exatamente — digo, folheando as páginas do livreto. Não é uma história e é um pouco impróprio para crianças. Há fotos que mostram um cérebro cortado. Não acho que seja adequado para Katy, e me pergunto se Helen sabe do que se trata.

— Mas é bom ouvir a música novamente? — pergunta Katy.

Faço que sim com a cabeça e volto meus olhos para a cesta de pães. Talvez ela queira que eu lhe conte sobre a guerra. Seria a primeira vez. Ela sempre fica olhando para o nada quando falo sobre o passado. Mas há algo que quero perguntar a ela, ou a Helen. Estava esperando Helen chegar. Sublinhei seu nome no meu lembrete, mas não consigo lembrar do que se trata. A música vai chegando ao fim, e já estou quase sugerindo uma torrada quando a próxima começa. O pão, macio e com casca crocante, está cortado, mas vejo que há um aviso em cima dele: *chega de torradas*.

Katy está sorrindo para mim, balançando a cabeça ao ritmo da música. Permaneço imóvel. Não suspiro, não mexo os olhos. Observo cuidadosamente cada página do livreto, mas procuro não pensar nele. Não quero pensar. Odeio a visão dessas linhas onduladas atravessando os cérebros. E a palavra "placa" me irrita. Ponho o livreto sob o jornal.

— Acho que ouvi essa canção em um filme — diz Katy. — Ou em um anúncio, talvez.

— Onde está sua mãe? Tenho que falar com ela.

— Eerr... Ela está mostrando a casa para alguém, mas você não deveria saber disso.

— Mostrando para quê?

Imagino Helen escancarando a porta da casa e as pessoas espiando seu interior como se fôssemos *Os pequeninos borrowers*. Era mais ou menos assim com a casa de Douglas. Quando você passava por ela podia olhar os móveis e os bibelôs organizados. Podia vê-lo também, sentado no meio da sala, tomando chá e ouvindo o gramofone, e Sukey estaria lá, olhando as horas no relógio da lareira.

— Mas como eles chegaram lá? — pergunto a Katy. — Se as escadas de acesso também foram pelos ares?

Ela aumenta a música e olha fixamente para a tela de seu computador.

— Engraçado, né? Mamãe contou que o médico disse que deveria botar música para você ouvir.

Então foi isso.

— Ele disse? — pergunto.

Assinto, e essa parece ser a reação mais adequada, mas nunca gostei de Vera Lynn. Li certa vez que ela nunca fez aula de canto na vida. Não me surpreende. Um monte de lixo, suas músicas. Quem nunca ouviu falar de um pássaro azul em Dover? Anne Shelton era minha preferida. Nunca mais soube dela.

A música para.

— Vovó! — exclama Katy. — Um monte de lixo? Você não pode falar isso sobre Vera Lynn. — Ela parece chocada, mas não consigo saber se é sério. — Não acredito que você não gosta dela!

— Bem, Katy, é só que...

— Você renega sua geração. Imagina se eu não gostasse de... errr... Girls Aloud. — Ela respira fundo. — Eu não gosto de Girls Aloud. Estou renegando minha geração também?

Agora percebo que ela está brincando e começo a rir.

— Aposto que você nem gosta de assistir a *Dad's Army*. Que você finge rir das piadas. Não negue. Estou de olho em você, vovó.

Dois estranhos aparecem no topo dos degraus da cozinha. Eles olham para nós lá de cima, acenando, como se fôssemos parte dos utensílios.

— Quem são vocês? — questiono.

Helen aparece atrás deles, balançando as mãos, fazendo uma espécie de sinal. Não sei o que significa.

— Então o que você prefere ouvir? — indaga Katy, o tom de voz subitamente alto. — Posso achar o que quiser.

Ela digita algo no teclado do computador e dá um risinho. Há alguma coisa acontecendo aqui.

— Ezio Pinza — respondo.

Ela me olha com uma expressão vazia, então lhe conto sobre a "Champagne Aria". Conto que deitava no chão e na poeira à luz do sol. Ela encontra a música com facilidade e, em segundos, a voz de Pinza se espalha pela cozinha. Katy aperta um botão que faz a música começar de novo toda vez que termina, de modo que a risada quase parece ser no começo da canção, e então se deita no chão, aos meus pés.

— Hahaha. Sim, entendo o que você diz. É engraçado. Só não acho uma boa ideia *você* deitar no chão. Nós nunca conseguiríamos te levantar novamente.

Os fios de seus cabelos se misturam às migalhas, mas ela não parece se importar. E ela fica um pouco ridícula com as mãos em cima do estômago desse jeito. Começo a me sentir envergonhada pela criança que fui. Ela fecha os olhos, e eu estendo a mão por cima de sua cabeça para pegar uma fatia de pão. Katy não parece notar. Também não nota quando tiro a manteiga da geladeira. O aviso diz "chega de torradas", então vou comer pão com manteiga. Não sei onde estão os pratos e não tenho tempo de procurar, então coloco o pão em cima de uma folha de jornal.

— Hahaha. — gargalha Katy, as mãos no estômago, quando pego a faca. — Hahaha. — Tiro uma lasca grande de manteiga. — Hahaha — Passo a língua pelo pão macio, salgado e amanteigado.

— Hahaha — gargalho ao terminar de comer e faço uma bola de jornal, mas ele não amassa completamente. Há um folheto entre as páginas. A textura do papel firme, que se recusa a dobrar, me lembra de limpar o fogão, do cheiro doce mas desagradável de uma compota de ameixas no fogo, da minha ida para casa depois de encontrar Frank no pub.

Eu tinha acabado de ouvir o relógio da sala de estar marcar cinco horas quando abri a porta da cozinha. Pensei que fosse levar uma bronca, mas não havia ninguém ali. O fogão estava aceso, e mamãe havia deixado um lembrete em cima da mesa dizendo que ela e papai chegariam em casa às seis e pedindo para colocar mais batatas na panela. Havia duas panelas no fogo, uma delas com ameixas, e eu não gostava muito delas. O cheiro, assim que começou o cozimento, era doce, e fiquei feliz por eles estarem fora de casa para eu poder fazer alguma coisa sem pedir permissão. Cortei uma fina fatia do pão e, como mamãe não gostava que eu desperdiçasse a preciosa manteiga, usei o resto de margarina, colocando uma pequena quantidade em um prato no forno durante um tempinho para amaciá-la com a quentura do fogão e, assim, fazê-la durar mais. Quando a retirei de lá, várias folhas de jornal vieram junto.

Era praticamente o jornal inteiro, pensei assim que espalhei a manteiga no pão e dei uma mordida. Mamãe ou eu mesma deixávamos uma folha lá toda vez que colocávamos algo para aquecer. Envolvi as cascas de batata que estavam em cima da mesa com o jornal e comecei a amassar as folhas para jogar fora, mas notei que havia uma parte mais dura que não ficava amarrotada. Era a carta cozida junto com as maçãs, o envelope ainda engomado, marrom nas bordas. O endereço, para um D. Weston em nossa casa, estava borrado, mas legível e ao passar os dedos pela caligrafia identifiquei a letra de Sukey sem pensar. Assim que segui o ziguezague do W estremeci. As palavras eram legíveis.

Verifiquei o envelope muitas vezes nos dias que se seguiram ao seu afogamento, perscrutando entre as folhas de papel enquanto mamãe estava de costas, mas o endereço estava totalmente indecifrável, e a tinta tinha virado manchas aquosas. O que quer que estivesse ali se perdeu, e o desânimo desviou minha atenção. Então, com o trabalho de coletar pistas nas ruas próximas, com a minha doença e com meu plano de seguir Douglas, me esqueci completamente dele. De alguma forma esses meses de calor, a secagem e o escurecimento do papel e o fato de ele ter se tornado quebradiço haviam feito as letras reaparecerem, azuis como chamas. Senti a esperança inflar dentro de mim. E se a carta tivesse notícias de Sukey? Se nos dissesse seu paradeiro? Naquele momento só nos parecia possível que ela tivesse ido embora, fugido para ser piloto na Austrália ou modelo em Paris, ou sabe-se lá o quê.

Enfiei o resto do pão e a margarina na boca, peguei a espátula de manteiga e abri uma fenda no envelope enquanto mastigava.

O papel de dentro cheirava fortemente à maçã na qual havia sido embebido, mas as palavras eram legíveis.

Doug, sinto muito. Foi errado, uma bobagem da minha parte. Que bom que você escreveu.
Vamos ser amigos de novo, por favor. Mas tenho que contar ao Frank.
Ele vai entender, eu prometo.
Sukey

Ainda lia o bilhete quando mamãe e papai chegaram. Coloquei o papel no bolso da minha saia, percebendo no mesmo instante que Douglas também estava em casa. Seu gramofone tocava lá em cima, e a "Champagne Aria" estava na minha cabeça. Pensei em quanto tempo a música devia estar tocando e em como eu não havia percebido isso antes. Saber que Douglas estava por perto quando pensei estar sozinha me deu um calafrio repentino. Entreouvi meus pais dizendo que tinham ido ver Frank. Ele havia saído da prisão, disseram. O que eu já sabia, mas não falei nada sobre tê-lo encontrado, pois tinha certeza de que papai brigaria comigo por ter ido a um pub.

— Claro que ele não estava em casa quando chegamos lá — comentou papai. — Mas o encontramos na rua a caminho de casa. Bêbado. O que não é nenhuma surpresa.

Senti-me enrubescer, tamanho meu nervosismo com as palavras de papai. Então, pensei, Frank não havia ficado no pub muito mais tempo depois que saí, só o suficiente para se embebedar. Eu me perguntei se ele havia ido para casa para jantar ou para pegar as meias-calças que havia prometido para aquela mulher.

— E o que ele disse? — perguntei.

Papai bufou e riu ao mesmo tempo.

— Disse que pensou que Sukey estava com a gente. — Ele deu um tapinha no canto da pia. — Com sua casa a poucos metros daqui. Consegue acreditar nisso?

Mamãe virou a cabeça. Papai deve ter falado muito durante a ida e a volta. Ela já estava farta dele. Seis horas agora. A música no andar de cima havia cessado, e Douglas começou a descer as escadas para jantar. Toquei a carta de Sukey no meu bolso. "Que bom que você escreveu", dizia ela, como se não pudesse falar com Douglas sempre que quisesse. Como se houvesse algo entre eles que devesse permanecer em segredo. Ouvi os passos descendo, vivos e desiguais. Será que ele era seu amante? Isso era possível? Até pensar na palavra "amante" parecia ridículo. Mas, pensei, isso não explicava tudo? O comportamento estranho de Sukey no último jantar, o ciúme de Frank, o vizinho dizendo que Douglas estava em sua casa o tempo todo. Talvez até mesmo os discos quebrados no jardim. Um dos dois pode tê-los quebrado em um acesso de raiva depois de uma briga. "Vamos ser amigos de novo."

Mamãe foi até o fogão para dar uma olhada no ensopado e, achando que estava tudo em ordem, deu um tapinha no meu braço. Papai se sentou à mesa sem tirar o casaco e falou, mais com o fogão do que conosco.

— Três meses e ele nem se preocupa em ir atrás da esposa? Não acredito em uma palavra do que ele diz. E se ele teve que levar uma carga até Londres, porque voltou de trem? É isso que eu não entendo. Onde está a van que ele dirigiu até lá?

Os passos de Douglas pararam no corredor, e eu vi que ele estava se olhando no espelho quando fui até a cômoda para pegar os talheres e guardar a faca que eu havia usado para a margarina. Ele era um rapaz bonito, Douglas, mas era só um rapaz. Até eu podia ver isso. Era fantástico pensar que Sukey pudesse tê-lo amado. Fantástico demais. Ainda assim, quando sentei à mesa, não pude deixar de pensar que o papel encrespado em meu bolso era meio que uma resposta.

Mamãe tirou a caçarola do fogão e se sentou, segurando-a à sua frente, como se não tivesse certeza do que fazer. Guiei suas mãos até a mesa, pegando o pano de prato e a concha para servir.

— Frank estava com a barba por fazer e sem colarinho — disse ela para mim, deixando as mãos penderem, inertes. — Não entendo por que ele ficou tão desgrenhado em tão pouco tempo. Mas suponho tenha sido a prisão. Deve ser difícil, a comida é ruim, dizem. Claro que não é muito melhor do lado de fora, com a volta do racionamento de farinha. E agora disseram que também vai ter racionamento de pão! E não há mais banha para cozinhar, apesar da parca quantidade que tenho usado em cada refeição. Já estamos quase na metade do mês, mas já acabou quase tudo.

Ela olhou para o ensopado enquanto eu o servia, e me movi com cautela, sentindo a carta em minha coxa como se ela estivesse tão quente quanto o prato que eu estava segurando. Douglas ainda estava de pé em frente ao espelho, e ocorreu-me de súbito que todos nós estávamos de pé atrás de uma espécie de parede de vidro, incapazes de tocar uns aos outros. Papai não fez qualquer movimento, e eu pedi seu prato.

— A pergunta é: Frank a levou para Londres ou aconteceu algo por aqui mesmo? — questionou ele.

13

— Gostaria que você me dissesse o que quer.

Helen está de pé atrás de seu carro, usando uma luva de jardinagem em uma das mãos, falando de longe, como se eu fosse um animal perigoso. Aparentemente, eu estava muito irritada quando ela se aproximou de mim antes, e ela tem uma marca de beliscão em seu braço, que estou tentando não notar.

— Quero aquele negócio... — respondo, o gosto forte de grama cortada em minha garganta, pequenos pedaços de folhas verdes debaixo de minhas unhas. — A outra metade do negócio que me levará a... — Já esqueci. Dobro um galho até estalar. — Me diga. Me diga quem é. Quem desapareceu, Helen? Quem eu estou procurando?

Ela diz o nome de Elizabeth, e ouvi-lo é como deitar em uma cama macia. Pequenas pétalas caem de uma hortênsia quando passo a mão nela. Coloco algumas folhas no bolso antes de meus braços se embrenharem entre as flores, prendendo a respiração para não sentir o cheiro de leite azedo da seiva.

— Elizabeth — repito para as pétalas. — Elizabeth.

Jogo os galhos ocos sobre a grama, e minhas mãos percorrem as raízes na superfície do solo, arrancando seus filamentos esfarrapados que mais parecem lã. Sentir a terra é algo glorioso, e o movimento me acalma, mesmo quando chego a um filamento mais longo, que não se desprende. Puxo o máximo que posso, sacudindo-o violentamente em vão, e então enfio os dedos na terra batida para arrancá-lo.

Helen grita como se eu estivesse tentando arrancar uma parte de seu corpo.

— Por favor, mãe. A laranjeira-do-méxico não, eu e papai a plantamos, e você sempre diz que o cheiro é adorável.

Deixo-a em paz. Aqui, perto do portão, há uma caixa de vidros, esses recipientes que usamos para beber e guardar compotas. Está tudo aberto, pronto para ser levado e, embora eu não consiga pensar por que alguém iria querer essas coisas, mexo nelas, ouvindo o estalo e o chiado dos vidros. Um deles é um pote de picles, e tenho uma súbita visão da sala de jantar de Elizabeth. De molho de salada e pimenta branca e pratos de louça maiólica nas paredes. De lagartos de cerâmica e tartarugas e besouros subindo nas samambaias e gramíneas em direção ao teto. De Elizabeth rindo da minha repulsa quando ela surge com um bule de chá com bico em formato de cobra. Eu aninho o pote em minhas mãos. Ele ainda tem tampa, ao contrário de seus semelhantes, e eu a desenrosco para guardar o que tenho no meu bolso, esse negócio que uso para amarrar o cabelo, que mais parece um anel. Está úmido, como se tivesse acabado de ser desenterrado, e há uma pastilha de menta rachada presa a ele, e um sapo de plástico também. Tudo junto.

Na beira da calçada, um caracol se arrasta lentamente, e eu me esforço para pegá-lo, quando uma mulher com um longo rabo de cavalo preto sai da minha casa. O negócio de amarrar o cabelo é igualzinho ao que tenho dentro do meu pote.

— Já deixei a medicação separada — anuncia ela. — Mas tenho mesmo que ir cuidar de outra senhora agora.

— Eu sei — diz Helen. — Obrigada. Obrigada por me chamar.

A mulher para em frente a um carro pequeno, com desenho arredondado.

— Você vai ficar bem?

Ela não está falando comigo.

Jogo o caracol dentro do pote e observo como ele se contorce, gosmento, contra o vidro. Posso fazer minha própria louça maiólica.

— Sim — responde Helen. — Vou ficar com ela.

— Você vai ter que chamar alguém se...

— Eu sei. Obrigada.

A mulher olha para a grama.

— Pelo menos você entende de plantas. Então pode ajeitar tudo depois, talvez.

Helen sorri, não muito contente, e a mulher entra no carro e vai embora. Continuo caminhando na mesma direção, entrando em outros jardins, catando coisas. Muitas coisas. Um gargalo de garrafa, um camafeu de plástico, um besouro de pernas para o ar, um punhado de areia e umas guimbas de cigarro. Coloco tudo no pote de picles e sacudo, olhando muitas vezes para o rótulo. Não paro de pensar em Elizabeth; é como uma dor pulsando em minha pele a cada batida do coração. Vejo Helen duas casas atrás, observando enquanto enfio a mão em um monte de areia perto da cerca. Alguém está cimentando todo o jardim. O filho de Elizabeth sempre ameaçou fazer isso. Quão horrível seria, que coisa horrível. "Os pássaros vão sumir", eu disse a ela. "Vai virar um deserto." E como poderíamos mexer na terra? Ela estaria perdida para sempre.

Passo pela casa feia, com suas borras de chá e sua acácia, do mesmo jeito que sempre passei e sigo adiante, até ouvir o barulho dos trens. Olho distraidamente para o outro lado da rua. Do outro lado da calçada está o Hotel Station. É um asilo agora; leio em voz alta: "Asilo Cotlands". É um alto edifício vitoriano, ainda imponente, mesmo depois de ter mudado de função. A placa está com os parafusos frouxos. Parece que foram cuspidos do tijolo, como se o antigo prédio rejeitasse seu novo título. Lembro-me, quando eu era jovem, de como sua fachada de pedra estava sempre repleta de manchas de carvão. Eu sempre olhava para esse prédio naquela época. Foi onde a mala de Sukey foi encontrada.

Eu já tinha ido até lá uma vez, logo depois que a mala chegou à nossa mesa da cozinha. Fiquei encostada nas grades da estação, olhando para as dezenas de janelas e me perguntando o que Sukey havia feito em um hotel em sua própria cidade, imaginando se ela ainda estaria ali, esperando que ela olhasse pela janela e me visse e viesse correndo ao meu encontro. Obviamente ela não apareceu, e eu fui embora para mais um jantar silencioso.

Mas encontrar a carta de novo e lê-la, associando a palavra "amante" ao nome de Douglas em minha cabeça, me fez pensar com mais clareza: um hotel — não era exatamente esse o tipo de lugar que as pessoas que tinham um caso extraconjugal frequentavam? Eu já não tinha visto isso dezenas de vezes nos filmes? Então voltei lá na hora do almoço, em vez de ir para casa, abaixando-me para pegar o canhoto de um ticket descartado assim que passei pelas portas.

Do lado de dentro, o hotel parecia ser apenas uma longa escadaria sinuosa — como se as pessoas não estivessem cansadas o suficiente da viagem. No térreo, ao olhar para cima, tinha-se a impressão de estar no fundo de um poço, ou no buraco do coelho de *Alice no País das Maravilhas*. Pensei que Sukey poderia facilmente ter caído ali e nunca mais ter encontrado o caminho de volta. Fui subindo calmamente, olhando para a estação através das janelas, para os passageiros dos trens e os carregadores com os carrinhos cheios. O cheiro de cebola vinha das cozinhas, misturado ao odor acre dos corrimões polidos. A combinação me fez sentir uma estranha fome, e tateei meus bolsos à procura de um biscoito de cenoura. Eu achava que tinha um, mas encontrei apenas o canhoto do ticket e a carta cozida de Sukey. De vez em quando um trem passava direto pela estação e uma onda de vapor se erguia acima do edifício. E eu sempre esperava um instante para ver o menino que vendia jornais se esforçando para segurar suas mercadorias e seu chapéu.

Ao longo do corredor, as portas numeradas estavam fechadas, e eu não podia me atrever a mexer nas maçanetas, então me esgueirei na penumbra, entre o tapete desgastado e o papel de parede descascado. Sukey e Douglas teriam se encontrado aqui? Sussurrado coisas um para o outro? Teriam se beijado? Parecia tão improvável. E ainda assim eu não conseguia deixar de sentir uma pontada de ciúme, pois havia sido deixada de fora, não haviam me contado a verdade. Cutuquei um pedaço de papel de parede, enrolado sob um interruptor de luz, arranquei-o cuidadosamente e o guardei no bolso. No caminho de volta para a escada, um homem passou por mim; ele abriu uma porta e vislumbrei alguém dentro do quarto. Ela tinha um cabelo escuro e macio e vestia um terno azul, com caimento perfeito. Algo se contorceu dentro de mim, e meus olhos se arregalaram. Eu mal ouvia o que ele falava.

— Por favor, pode se afastar da porta? — pediu ele, seus olhos grandes demais para suas pálpebras.

Não me mexi, não consegui nem engolir a saliva, mas finalmente o fitei, esbelto, com uma aparência embaçada, sua figura mal conseguindo bloquear minha visão do quarto. Então a mulher se virou. Mas seu nariz era mais avantajado do que eu esperava, os lábios mais carnudos, as bochechas mais achatadas, e o que se contorcia dentro de mim virou um embrulho em meu estômago. Eu me inclinei para trás, buscando apoio na parede.

— Que diabos está acontecendo? — perguntou a mulher, saindo do quarto e segurando meu pulso, seus dedos sentindo minha pulsação. — Parece que ela viu um fantasma.

Ao som da voz da mulher, o homem pareceu acordar, e seus olhos se ajustaram melhor aos globos oculares.

— Pelo amor de Deus, garota — disse ele. — Você olhou para nós apavorada. O que houve? Não foi com a minha cara?

Tirei meu pulso da mão da mulher e escapuli até o topo da escada, onde me sentei, ouvindo os guardas da estação anunciarem os trens aos quatro ventos. Não tinha energia para levantar, então continuei sentada, minhas pernas estendidas pelos degraus, e deixei o som dos trens vibrar pelo meu corpo. Fiquei observando a areia entranhada no carpete, imaginando que podia sentir o ar salgado do mar, até que a mulher que estava dentro do quarto me descobriu.

— Você de novo? — perguntou ela, fazendo um ar de surpresa quando chegou no topo da escada. — O que está fazendo sentada aí? Está machucada?

— Não exatamente — respondi, levantando.

— Você está hospedada aqui?

— Não. Só entrei. Desculpa.

— Entrou para sentar nas escadas?

Ela começou a descer e passou por mim, e eu a segui.

— Não, é só que... pensei que você fosse outra pessoa.

— Quem você pensou que eu era?

Não respondi, e ela perguntou se eu achava que estava em choque.

— Sei que *eu* estou— completou ela.

Eu disse que achava que sim, e ela sugeriu que eu tomasse uma dose de conhaque.

— Vou lá embaixo tomar um, em todo caso.

Ela me deixou no corredor e foi para o bar. Não era como o The Fiveways, então eles jamais permitiriam uma garota lá. "Tadinha, está em choque", eu a ouvi dizer, entrevendo o terninho azul entre as portas giratórias enquanto as pessoas entravam e saíam. Mesmo depois de ver seu rosto, eu não conseguia deixar de imaginar que ela era Sukey. Ela se dirigiu ao *foyer*, e muitos homens se viraram para me olhar. Um deles era Frank.

Ele me viu, obviamente, e no momento seguinte estava abrindo a porta do bar. Eu mal tinha pensado nele até o momento, só conseguia pensar em qual teria sido a relação entre Sukey e Douglas. Senti uma dor aguda por Frank, a dor que ele deveria ter sentido se os tivesse descoberto. E então me perguntei se ele sabia. Se Sukey havia contado a ele, como disse que faria na carta. Ainda me lembro do jeito como ele falava sobre Douglas, chamando-o de "idiota com cara de ratinho", e isso me fez pensar que ele sabia sim. E o que isso significava? O que teria feito? Não consegui encará-lo, então me virei para correr em direção à escada.

— Maud? — chamou ele.

— Ah, Frank — ouvi a mulher dizer. — Ela está com você?

Subi as escadas correndo, cambaleando, até minhas coxas queimarem, e cheguei ao topo novamente, procurando vestígios de areia nas marcas de sapato no chão. Frank começou a subir o primeiro lance, mas em seguida desistiu. Consigo ver seu rosto de onde estou, no mesmo instante em que ele se inclinou para trás, apoiando-se no corrimão.

— Desça até aqui, por favor? — pediu ele, sua voz vindo até mim. — Eu não consigo subir essas malditas escadas.

— O que você está fazendo aqui? — perguntei, atirando as palavras pelos degraus.

— Tomando um drinque. Não é um crime, é?

— Mas por que aqui? Onde a mala foi encontrada?

— Você está falando de Sukey, não é?

— Claro que estou falando de Sukey? De quem mais?

— Certo. E o que isso tem a ver com ela?

Percebi que ele era o que papai chamaria de "limitado", então repeti lentamente as palavras.

— A mala de Sukey. Foi encontrada. Aqui.

Ele abriu a boca, mas olhou para trás assim que a mulher se aproximou do sopé da escada, com um copo na mão.

— Não quer descer e beber isso? — indagou ela, sua voz ecoando até mim.

Eu queria: o líquido tinha cor de mel, e imaginei que fosse doce e quente e que eu poderia, de alguma forma, aprender alguma coisa depois de bebê-lo, mas nunca tinha ingerido nada alcoólico antes.

— Não sei se deveria.

— Como quiser.

Ela tomou tudo de um gole só antes de voltar e desaparecer dentro do bar. Fiquei desapontada, e só anos depois finalmente tomei conhaque pela primeira vez. O sabor quente e desagradável me deixou feliz por não ter tido essa experiência antes.

— Como aquela mulher sabe seu nome? — perguntei a Frank.

— Quem? Nancy? Ela trabalha aqui. O marido é um ex-prisioneiro de guerra. É um pobre coitado, maluco. Não suporta viver em casa, então vivem aqui. Eu doei uns parcos móveis para eles há um tempo, para o lugar ficar mais acolhedor.

Eu ri. Era a risada de "eu sabia" do papai.

— Parece que não há uma só pessoa na cidade a quem você não tenha prestado algum tipo de favor.

— Que exagero! — exclamou Frank. — Quem mais você conhece que eu tenha ajudado?

— Seus vizinhos.

— Quem não faria uma boa ação aos vizinhos, se pudesse?

— É o *porquê* dessas boas ações que eu fico me questionando...

— O que deu em você? — perguntou Frank.

Sua cabeça desapareceu por um instante, a mão deslizou pelo corrimão escada acima. Eu queria que ele parasse, que ficasse onde estava e não se aproximasse. Eu precisava pensar, esclarecer minhas ideias, me lembrar das perguntas que queria fazer. Pensei em correr para o quarto do ex-prisioneiro de guerra.

— Ela trabalha na recepção? Nancy? Foi ela que escreveu o nome de Sukey no registro?

— Do que você está falando, Maudie? — perguntou Frank, com uma das mãos sobre a madeira polida acompanhando lentamente a curva da escada. Sua voz era engrolada, tenebrosa e etérea, e eu senti que o corrimão mais parecia um condutor de eletricidade entre a mão dele e a minha. — O que você está fazendo aqui? Você veio me encontrar?

— Não.

— Mas você está irritada comigo. — A mão desapareceu, e ele subiu os poucos degraus que restavam em um único impulso. Não era demais para ele, apesar de tudo. — O que é? O que aconteceu? Você descobriu alguma coisa?

Recuei, confusa por ter que olhar para cima em vez de olhar para baixo, e amassei a carta no bolso.

— O que você tem aí? — perguntou ele com um meio-sorriso, como se eu fosse uma criança de brincadeira.

— Uma carta.

— De quem?

— Sukey. Ela a enviou antes de desaparecer.

Esperei que ele falasse a respeito, que perguntasse sobre o que dizia a carta, que eu tivesse tempo de questioná-lo, mas mal vi sua expressão mudar antes que ele me desse o bote. Com um simples movimento, vi-me curvada sobre o corrimão, as mãos dele pressionando meu ombro. Sua súbita força foi impactante. Apertei meus punhos contra a carta e a empurrei bem para dentro do bolso, o tecido roçando minha pele. Ele agarrou meu pulso e tentou puxá-lo para cima, com a saia junto.

— A carta diz que ela ia contar algo a você. — Puxei o braço, determinada a fazer a pergunta de qualquer jeito. — Ela *contou*?

— Me dá a carta, Maud.

Sua mão deslizou pelo meu cotovelo, forçando meu braço a se dobrar, e ele acabou se erguendo, impotente.

— Me diga — pedi, tentando me lembrar do que deveria perguntar. Era estranho falar quando eu parecia uma boneca de pano em suas mãos.

— Como eu posso dizer se não li a carta?

Ele cerrou os dentes e torceu meu braço, sua pele quente sobre o tecido da blusa do meu uniforme. Nesse momento, fiz uma bolinha com o papel e a joguei por cima do corrimão, do mesmo jeito que se joga uma moeda em um poço.

Frank praguejou quando ela caiu e tentou pegá-la no ar. Isso me empurrou ainda mais contra o corrimão, e meus pés se ergueram do chão. Tentei me agarrar ao corrimão, mas não consegui. Senti a tontura se aproximando, assim como o chão lá embaixo, e então as mãos de Frank me agarraram novamente. Ele me puxou, e levei alguns instantes até perceber que estava em segurança, que eu não estava caindo.

Quando olhei para ele, seu rosto estava branco.

— Pensei que eu tinha matado você — disse ele, e fiquei nervosa ao perceber que o sangue tinha se esvaído de suas veias. — Pensei que eu tinha matado você.

Frank apertou meus membros, como um médico incompetente verificando se há algum osso quebrado. Ele parecia ter que provar a si mesmo que eu estava ali.

— Não se preocupe, não sou um fantasma — eu disse, embora meu coração ainda estivesse batendo tão acelerado que era difícil recuperar o fôlego. Perguntei-me que expressão meu rosto tinha assumido quando ele me tocou. Frank encostou no corrimão, e sua camisa se agarrou ao seu corpo, mostrando os músculos de seus ombros e costas. Dei um passo em sua direção.

Ele respirou profundamente e começou a descer as escadas.

— Não, fique aí onde está — ordenou ele. — Não sou confiável.

Fiquei de pé por um tempo, ouvindo seus passos à medida que desciam. O sangue que havia latejado em minha cabeça desacelerou, deixando-a dolorida, e me permiti imaginar, pela primeira vez, o que teria acontecido se Frank não houvesse evitado minha queda. Eu sentiria minha cabeça se afundando, meu pescoço quebrando. Imaginei o sangue no piso e as pessoas gritando. Pensei nos meus pais, que sofrem com a ausência de Sukey, e imaginei o que teria acontecido a Frank. Ele teria sido acusado de me empurrar, certo? No meio dos degraus, ele parou, e seu rosto apareceu novamente entre os lances de escada.

— Me conte algo sobre Sukey, Maud — pediu ele. — Não sobre esse lugar, me conte outra coisa.

— Por exemplo?

— Não sei. Algo que fizeram juntas. Que você lembre.

Arrastei o sapato sobre o tapete repleto de areia.

— Fomos à praia — comecei, descendo a escada atrás dele. — No dia que retiraram o arame farpado da areia. Foi antes de vocês se casarem. Antes mesmo da guerra terminar.

— Eu sei. Continue.

— E eu a enterrei na areia. — Minha voz ecoou de forma estranha pelas paredes à medida que eu ia até ele, mas eu ainda conseguia ouvir a risada dela naquele dia, ver a areia escorregar sobre ela, correndo pelas fendas. — E enterrei conchas na areia para fazer um vestido. E, depois, quando ela se desenterrou, balançou o cabelo, e mamãe se irritou porque ela encheu os sanduíches de areia, e quando nós os comemos estavam cheios de cascalho. Mas o vestido de conchas era maravilhoso. — Cheguei ao sopé da escada. — Sukey me fez catar as conchas brancas para a saia, de modo que parecesse que tinha uma anágua. Gostaria que tivéssemos uma câmera.

— Eu também — disse ele, ajeitando a gola da minha blusa. — Vá para casa, Maudie. Vou tomar mais um drinque.

Ele se abaixou para pegar a carta marrom amassada e a enfiou no bolso assim que se afastou.

— Vem, fica aqui embaixo, mãe.

Estou balançando os pés. Começou a chover, e há uma fumaça de cigarro pairando no ar. Helen busca abrigo debaixo da marquise do ponto de ônibus. Ela fica de costas para o banco quando me aproximo e parece prender a respiração. Levo a mão ao seu rosto, e ela fecha os olhos por um instante, levantando o braço. Há uma marca azulada em seu pulso que parece que vai virar um hematoma.

— Como você fez isso? — pergunto, segurando seu pulso da maneira mais gentil que posso, sentindo sua pulsação, rápida e forte.

— Não importa.

— Importa para mim. Você é minha filha. Se você está machucada, eu me importo. Eu amo muito você.

Ela olha para mim por um instante, e eu me pergunto se não usei as palavras corretas. Em seguida sinto uma súbita exaustão. Minhas pernas não são capazes de me manter de pé. Sou como um desses brinquedos que desmontam quando você aperta um botão. O fio que une minhas articulações se afrouxou. Mas as mãos de Helen estão sob meus braços, e sento-me no banco. Tento acomodar o pote de picles no colo, mas não consigo fazê-lo ficar parado. O assento está em um ângulo em que ou eu ou o pote vai escorregar. O conteúdo se mistura, e algo se move, cobrindo de lama o olho do sapo. É irritante. Eu me viro para dizer algo à mulher que está sentada ao meu lado, mas lágrimas correm pelo seu rosto.

— Está tudo bem, querida — digo. Ela soluça, as costas da mão contra a boca. Não sei o que fazer para ajudá-la. Não sei quem ela é. — Me diga o que está acontecendo. Tenho certeza de que não é tão ruim assim. — Dou um tapinha em seu ombro, tentando me lembrar de como cheguei até aqui. Não lembro de ter pegado o ônibus. Talvez eu esteja voltando de algum compromisso, mas não sei qual. — O problema é com homem? — pergunto. Ela me olha novamente e sorri, embora ainda esteja chorando. — Ele foi infiel? Ele vai voltar. Uma garota bonita como você. — Embora, na verdade, eu não possa chamá-la de garota.

— Não é um homem — responde ela.

Olho para ela com surpresa.

— Mulher, então?

Ela fecha a cara e se levanta para olhar o quadro de horário dos ônibus. Vai ver ela achou que eu estava sendo intrometida. Dois pombos se cumprimentam no galho de uma árvore. Eles se parecem comigo e com essa mulher, batendo papo, como se fossem nossas contrapartes avícolas. Tento acenar para eles, mas tenho que ser rápida para evitar que o pote escorregue do meu colo. Quando a mulher se vira, olho melhor para o seu rosto. Ela secou as lágrimas. É Helen. O banco parece se inclinar debaixo de mim. É a minha filha, Helen. Estava sentada no ponto de ônibus com ela sem reconhecê-la.

— Helen — digo, tocando seu pulso, e percebo uma marca escura. — Helen. — Não reconheci minha própria filha.

— Você está exausta. Não vai conseguir voltar. Vou lá pegar o carro. Certo, mãe?

Sinto um peso no estômago. Não reconheci minha própria filha, e ouvi-la me chamar de mãe soa como uma repreensão. Remexo o pote, pensando no que fazer. Há um pedaço de pastilha agarrado a um prendedor de cabelo, e eu mordo a pontinha, mas não tem um gosto bom e há pedrinhas no meio. Uma senhora se aproxima do ponto de ônibus.

— Olá, querida — cumprimenta ela, sentando e mexendo em sua bolsa.

— Olá — digo. Percebo que ela usa um desses chinelos de lã esfarrapada, estilo pantufa. Deve ser mais excêntrica que eu.

Helen a cumprimenta também.

— Tenho que correr para pegar o carro — anuncia ela. — Você se incomodaria de dar uma olhadinha na minha mãe? Vai ser rápido. — Ela franze o cenho diante do quadro de horários do ônibus. — Por favor, não a deixe pegar um ônibus, ok?

A mulher faz que sim com a cabeça, desenrolando um pedaço de plástico dentro da bolsa. Helen faz uma pausa no meio-fio, mordendo o lábio superior, e em seguida salta entre os carros, acenando para mim.

— Ela está te levando para passear, né? — indaga a mulher, desenroscando a tampa de uma garrafa e tomando um longo gole. — Queria que me levassem para passear também.

Ela aponta para trás. Há um edifício de pedras com uma placa na fachada.

— Asilo Cotlands — leio.

— É isso aí.

O cabelo da mulher está preso, cachos brancos, muito arrumados. Não combinam com os chinelos esfarrapados.

— Meu filho me pediu que viesse para cá. Disse que era para o meu bem. Que ficaria mais próxima dele. Que ele ficaria menos preocupado. Que ele poderia me visitar mais, me levar para viajar por aí. Mas me pergunta se ele faz alguma dessas coisas? — Ela balança os cachos. — E agora estou aqui presa com esses anões filipinos. Ah, eles não são más pessoas. São muito gentis. Sorriem o tempo todo. Mas são tão pequenos! Sinto como se tivesse ido parar em Lilliput, sabe? E olha que não tenho nem um metro e sessenta.

Ela toma mais um gole da garrafa, e o som que faz ao engolir é reconfortante. Ela bebe com tanto entusiasmo que me faz pensar em Frank e no calor úmido de um pub. Quando olho para baixo, espero ver meus joelhos nus, mas estou de calça e tenho um pote cheio de coisas no meu colo.

— E depois de um tempo lá dentro você se perde de si mesmo. Não consigo me lembrar do que gosto ou não gosto mais. Eles dizem "Sra. Mapp não gosta de ervilhas", ou "Sra. Mapp ama bala de fruta", e então eles perguntam para mim, "Não é, querida?". E eu concordo, mas não consigo lembrar o gosto das ervilhas e não faço a menor ideia do que sejam essas balas de fruta. O mesmo com a TV. Eles deixam em algum programa e perguntam "Você gosta desse, não gosta?", e eu respondo que sim. Mas não sei te dizer que porcaria é aquela.

Olho para trás em direção ao asilo. Tem alguma coisa nessas palavras, alguma coisa importante, mas não consigo captar. Uma senhorinha morena está saindo pelo portão.

— E pior do que tudo isso é o meu nome. É Margaret, a propósito. Margaret.

— Prazer em conhecê-la, Margaret.

Ela balança os cachos novamente.

— Sim, sim, o prazer é meu. Mas, veja você, lá dentro, eles insistem em me chamar de Peggy. Peggy! Odeio esse nome.

— Eu também — digo, pensando na lojinha da Oxfam.

— Peggy, você não vai pegar o ônibus agora — diz a senhorinha morena, sorrindo.

— Sei disso — retruca Peggy. — Só estou batendo papo. Olha só, rapidinho — diz ela para mim, jogando a garrafa no meu colo, fazendo-a tilintar ao esbarrar no meu pote de picles. — Não posso ser pega com isso. Seria um sermão. Uma pena, pois gim é a única coisa que eu *sei* que gosto.

— Para dentro, Peggy, por favor — ordena a senhorinha.

— Tá vendo o que eu digo? Peggy isso, Peggy aquilo. Pesadelo infernal. Eles ainda colocaram esse nome nos meus registros. Então agora sou Peggy Mapp, não Margaret Mapp.

— Colocaram nos seus registros? — indago, e sinto um pequeno sobressalto.

— Sim. Se você ligar e perguntar por Margaret, eles provavelmente dirão que não moro aqui. Metade deles nem sabe meu nome verdadeiro. — Ela suspira. — Havia outra Margaret quando cheguei aqui, e eles queriam ter certeza de que não iam nos confundir. Ela já morreu, claro, mas eu ainda sou Peggy.

Vejo-a ir embora com a cuidadora baixinha, e o ônibus chega. Estou prestes a entrar quando ouço um grito do outro lado da rua. O motorista grita de sua janela para alguém. Há uma grande confusão, e as portas se fecham. Helen também está aqui, falando, falando, mas não consigo me concentrar no que ela está dizendo. Estou pensando nas diferentes formas de se chamar Elizabeth. Eliza, Lizzie, Liz, Lisa, Betty, Betsy, Bet, Beth, Bess, Bessie...

14

— E isso, mamãe? Você quer? Continue arrumando as coisas, basta olhar rapidamente.

A luz branca que entra pela janela se torna mais suave quando Helen ergue um objeto em minha direção. Não sei o que é. É uma sombra, uma forma vaga. Viro a cabeça, tentando por outro ângulo, mas a forma continua vaga.

— Não sei o que é isso — digo, deixando cair essa coisa com mangas, essa coisa com botões e mangas que estou tentando dobrar, e colocando as mãos para trás para massagear minha coluna. Estou sentada de forma desconfortável, retorcida na cama, mas não vejo outro lugar para sentar. Há uma mala aos meus pés e, ao redor, um cheiro de mofo de roupas guardadas há muito tempo. — Aqui parece a lojinha da Oxfam — comento. — Vamos viajar de férias?

Helen relaxou o braço, deixando as mãos tombarem, e a luz branca da janela me faz piscar.

— Não, mãe.

— Porque acho que não posso fazer uma viagem de férias. Acho que seria muito para mim. Acho que preferia ficar em casa.

— Você está se mudando, lembra? Vai morar comigo.

— Ah, é. Claro, claro, por isso tantas caixas. — Dobro o emaranhado de mangas e botões que não sei o nome, que está sobre a cama, coloco-o na mala e jogo um par de meias em cima. — Nós estamos indo... — Lembro a tempo e paro, mas Helen, ainda assim, suspira. Ela pega algo no chão.

—Você precisa disso? — pergunta.

É um pote de picles. Há coisas espremidas lá dentro: uma luva, a umidade transpirando no interior do vidro, duas tampas de garrafa, uma embalagem de KitKat, umas guimbas de cigarro expelindo seu resto de tabaco.

— Isso é importante — digo.

— Como pode ser importante? É nojento.

Ela pega o pote com as pontas dos dedos e espreita os objetos antes de atirá-lo com um forte e perigoso retinido em cima de uma das pilhas de roupas.

O pote rola sobre o tecido, e a areia de dentro rodopia como em um daqueles objetos que tem neve dentro e que são vendidos no Natal. Embalo o pote em uma folha de jornal, mas a tampa de metal rasga o papel, então o embalo com outra folha por cima. Helen revira os olhos com desprezo.

— Ah, Helen — digo, pressionando as dobras do papel sobre a palavra "picles". — Se eu me mudar, como Elizabeth vai me encontrar?

— Vou avisar ao Peter — responde. — Vou pedir para ele dar o recado. Faço isso amanhã.

Passo os dedos pelos contornos do pote enquanto observo-a retirar coisas do armário, empilhando-as.

— Você vai avisar a Peter?

Ela assente com a cabeça, sem me olhar.

— E como isso vai ajudar, Helen? — pergunto. — Ele não vai contar a Elizabeth. Ele não vai dizer nada. Ele fez algo com ela. Não sei o quê. Ele a escondeu, ou pior que isso. Ela se foi, e eu não sei para onde.

— Tudo bem, mãe. Certo. E isso?

É uma colher de cerâmica com o formato da cabeça de vaca. A alça da colher foi feita para parecer a língua de uma vaca. É muito feia.

— Sim. Sim, eu preciso disso — digo, tentando pegá-la. — É para Elizabeth.

Acho um pedaço de jornal e embrulho a colher de cabeça de vaca. As palavras impressas nele são interrompidas pelas dobras do papel. Tento lê-las, mas não fazem sentido. Acho que não fazem sentido.

— Elizabeth! De novo. Você descartou a maioria das coisas do papai em um piscar de olhos, mas está desesperada para guardar todo esse lixo, mesmo que metade disso não tenha qualquer importância para você.

Sinto algo inflando em meu peito e seguro a colher de vaca com força. O jornal escorrega.

— Posso guardar o que eu quiser, não posso? Isso não é da sua conta.

— Você está se mudando para a minha casa.

— Então são as suas regras, é isso? E eu tenho que acatá-las? Acho que não quero morar com você se for para ser assim.

— Bem, você não tem mais escolha. A casa está vendida.

Por um instante não consigo entender as palavras. Parece uma frase impossível.

— Você vendeu a minha casa? É minha. Eu moro aqui. Sempre morei.

— Ah, mãe, você concordou com isso há meses. Não é seguro morar sozinha. Pode continuar arrumando as coisas, por favor? Vou trazer um chá.

— Quem concordou com isso? Você não tem esse direito.

— Eu, você e Tom.

— Tom? — Digo o nome, sei que é alguém que eu conheço, mas não sei quem.

— Sim, Tom. Se ele concordou, então agora está tudo certo?

— Tom? — Olho para as pilhas de roupa. — É para ele que estamos doando todas essas coisas?

— Ele vem da Alemanha uma vez por ano e volta para lá depois, e você o acha maravilhoso. Mas ele não está aqui no dia a dia, organizando seus compromissos, falando com as suas cuidadoras, verificando seus armários e levando-a para comprar calcinhas todas as vezes que você perde as suas, ou buscando você na delegacia às duas da manhã.

Helen continua falando. E não para quando eu a peço que pare. Ela olha para as coisas que tem nas mãos e enumera algumas. Parece uma lista. Eu me pergunto se devo anotar os nomes e procuro um papel. Escrevo *Tom*, mas sai engraçado. O papel está amassado, e a caneta desliza sobre a superfície irregular. De qualquer maneira, não sei o que o nome significa. Pego um espelho de mão em cima da mesa e o embrulho em outra camada de jornal. Quando o aproximo do meu rosto, vejo um olho me espiando de volta.

— Ah — digo. — Isso tem a ver com a mulher louca?

Helen se vira para mim.

— O quê?

Aponto para o espelho, sussurrando.

— Ela está escondida aqui?

Helen olha para mim, mas não responde. E também não sei qual foi minha pergunta; ela perdeu sua forma definida, ficou presa nos recônditos de minha mente. Bocejo e coloco um pacote de jornal no chão perto de outro bem similar. Eles têm formas estranhas e desinteressantes, e eu os empurro. Há algo de assustador em sua inexpressividade. Deve ser assim com meus pensamentos, mascarados e irreconhecíveis. Procuro algo mais para embalar.

— Helen, para quem vamos doar essas coisas?

Ela fecha uma mala, e as travas estalam. O som, alto como o da fechadura de um cofre que tem seu segredo revelado, me lembra de minha mãe de pé ao lado da mesa da cozinha e meu pai virando o rosto em direção ao fogo.

— Recuperamos a mala dela — digo a Helen, embora ela já esteja na escada. — Mas não havia nada lá dentro. Estava cheia de jornal. — Algo me diz que isso não faz sentido, que estou misturando tudo, mas vejo os pedaços de jornal flutuando, farfalhando, escapando da mala de Sukey, cobrindo o chão da cozinha. — Lembro-me claramente de pegar a mala com a polícia e de abri-la, e ela estava assim, cheia de jornal. Tenho certeza de que foi assim.

Sigo Helen até a porta da frente e permaneço ali, passando a mão pela laranjeira-do-méxico, enquanto ela vai até o carro e guarda a mala. É pesada, um desses modelos resistentes para levar em viagens de avião. Usei poucas vezes, quando ainda conseguia visitar Tom na Alemanha.

— Estamos saindo de férias? — pergunto.

Helen fecha o porta-malas e volta. Quando chego ao andar de cima, ela está tirando minha caixa feita de caixinhas de fósforo do armário. Eu a fiz quando criança. Centenas de caixinhas, unidas umas às outras com cola, que se tornou amarelada e quebradiça nas junções do papelão. Eu guardava minha coleção de conchas em seus compartimentos, pedaços de cerâmica quebrada, insetos e penas. E coisas úteis também, como linhas e alfinetes. Sukey estava sempre abrindo a gavetinha errada atrás de um botão ou uma agulha e gritava ao ver o corpo peludo de uma abelha ou de uma mariposa deitado em suas caminha de jornal. Ela reclamava, mas eu tinha a sensação de que gostava do pavor que aquilo lhe provocava.

— Pensei que eu já tivesse jogado isso fora — digo. — Vamos ver o que tem em cada uma delas?

— Prefiro jogar tudo fora — retruca ela, embora passe as mãos pelas caixas como se estivesse tentando decidir qual delas abrir primeiro.

— Mas Helen, e se tiver algo que eu quero dentro? Sabe, eu colecionava caixas de fósforos quando era criança.

— Eu sei, mãe. E nós achávamos insetos mortos dentro delas quando *nós* éramos crianças. Seus segredos, era assim que as chamávamos. Caixas cheias de abelhas e vespas e besouros em decomposição.

— Sim, eu colecionava isso também. Então era você? Era você que gritava quando as abria?

— Provavelmente era Tom.

Ela começa a tirar todas as gavetinhas, se inclinando para trás como se algo pudesse pular em cima dela.

— Você quer essas penas antigas? Esse botão?

Ela puxa uma gavetinha da parte de baixo, e eu sinto um aperto repentino no estômago.

— Pedaço de jornal velho. — Ela sacode a gavetinha. — E um pedaço de unha. Argh. Para que você guardou isso?

Ela passa a gavetinha para mim, mas parece que há apenas metade dela ali. Vejo o fundo de uma caixa de madeira com mais clareza, bolas macias de poeira acumulada nos cantos onde o forro de jornal se enrugou. E a unha está aninhada entre a poeira e estranhos pedaços de linhas de cores diversas, peroladas e fragmentadas como uma concha quebrada. Quando ergo os olhos, lá está Frank.

Eu não esperava vê-lo novamente depois daquele dia no hotel. Tentei falar com mamãe sobre ele, mas papai dizia que não queria ouvir o nome de Frank em nossa casa. E assim foi. Até quase uma semana depois, quando o encontrei amassando novamente a cerca viva no final da nossa rua.

— Estou esperando há quase uma hora — disse ele, como se estivéssemos atrasados. — Que horas você sai da escola?

Ele parecia mais elegante. Seu cabelo estava perfeitamente penteado debaixo do chapéu, como sempre, e, enfim, tinha se barbeado.

— Aula de reforço — respondi. — Não estava me concentrando na aula.

Ele caminhou até a beirada da calçada.

— Aula de quê?

— Não sei.

Isso o fez rir. Puxei os ramos da cerca viva com cuidado para não desfolhá-la, e em seguida dei um passo em direção à minha casa.

— Eu o convidaria para entrar...

— Sim, eu sei. Mas não sou bem-vindo.

Mesmo assim ele me seguiu até lá, olhando para as janelas da sala de estar antes de jogar seu cigarro no jardim.

— Na verdade, eu ia convidar você para ir me visitar. Tem uma coisa que quero te dar.

— Agora? — perguntei, sem saber se queria ir a qualquer lugar com ele desde a última vez que nos vimos.

Frank deu de ombros, assentiu, e eu o observei por alguns instantes. Seu olhar era fixo e, quando sorriu para mim, estreitando os olhos e ajeitando o chapéu, notei que retribuí seu sorriso sem perceber.

— Tenho que dar alguma desculpa a eles.

Corri portão adentro até a porta dos fundos e esperei um tempo na cozinha, verificando se mamãe não havia deixado nada no fogo para o jantar. Ela e papai haviam ido a Londres para investigar se Sukey tinha sido vista por lá. Papai achava que talvez Frank a tivesse levado consigo e mentido a respeito. Mamãe achava que Sukey poderia ter ido atrás de Frank e se perdido dele de algum modo. Douglas dissera que ia ao cinema, mas ele havia repetido isso muitas vezes recentemente e depois nem era capaz de se lembrar do que tinha assistido, então ninguém sabia exatamente onde ele estava. De todo modo, eu não queria que Frank soubesse que não havia ninguém em casa para dar falta de mim.

Ele estava no final da rua quando voltei, olhando para o parque. Só então percebi o quão sombria estava a noite. O vermelho dos tijolos estava desaparecendo, e os pinheiros já estavam negros sobre nossas cabeças. Era hora do jantar, e caminhamos pelas ruas desertas até a casa de Sukey. Passamos pela lavanderia, o aroma quente, limpo, como o de um abraço intenso. Frank levou um cigarro à boca e, tirando uma caixa de fósforos do bolso, chacoalhou-a.

— O último — comentou, abrindo a caixa. Ele riscou o fósforo e o jogou na rua. — Quer a caixa? Você coleciona, não?

— Colecionava. Quando era mais nova. — Peguei a caixa e a joguei dentro do bolso da minha saia, tímida e irritada. Eu não gostava de ser lembrada de que até bem pouco tempo atrás ainda era uma criança. Senti que ele estava zombando de mim.

— Você as coleciona para quê? — perguntou.

— Não sei. Para guardar coisas, acho. Como eu disse, era o que eu fazia quando era criança.

— Para guardar coisas, é? Seriam coisas secretas?

— Não. Só pequenos objetos, alguns botões. Nada importante.

Ele me olhou e sorriu como se soubesse de algo mais, e eu me senti enrubescer, culpada, perguntando-me se estava escondendo alguma coisa sem saber.

— Eu me pergunto que segredos uma garota como você guardaria.

— Não tenho segredos.

— Não quer me contar, não é, Maudie? Mas talvez um dia.

Ele continuou sorrindo, sem notar que eu não sorria de volta. Não sabia o que dizer. Estava irritada por ele não ter acreditado em mim, mas também estranhamente satisfeita. Pensei que gostava da ideia de ter segredos.

Quando chegamos à casa de Frank, ele se deteve por um instante para que eu subisse as escadas na frente, e por detrás de mim abriu a porta. Olhei para a chave na fechadura, enquanto sua respiração balançava alguns fios do meu cabelo. O corredor, normalmente cheio de móveis e outras coisas em que eu sempre tropeçava, estava quase totalmente escuro. Cheirava a serragem e fumaça de cigarro, então avancei lentamente com as mãos fora do bolso e ouvi o trinco da porta da frente se fechar. Dei dez passos, surpresa por ter conseguido não bater em nada, quando senti o braço de Frank em volta da minha cintura. Quase gritei.

— Você passou da porta — disse ele. — Fique aqui na sala de estar. — Ele me conduziu até o cômodo e saiu de lá.

Eu podia enxergar melhor aqui, com a luz da rua entrando pela janela. Havia barras de luz amarela no chão vazio, e eu caminhei sobre elas, deixando que brilhassem sobre meus sapatos. Um chão vazio. Meu olhar disparou pelo cômodo. Não havia tapetes e quase nenhum móvel. Sem cortinas, sem sofá, sem redoma de vidro com pássaros. Não havia nada de familiar que me indicasse onde eu estava, nem qualquer rastro de Sukey. Era estranho e desorientador, e lembrava o modo como todos na cidade se sentiam nos dias seguintes aos bombardeios. Tudo que restou foram algumas caixas de madeira perto da lareira e duas poltronas cobertas com lençóis empoeirados. Elas estavam uma de frente para a outra, e uma delas estava equipada com um tapete esfarrapado e alguns cobertores de uso do exército.

— É aqui que você está dormindo? — perguntei a Frank quando ele voltou.

— Não fique tão chocada. É a *minha* casa. E o resto dos móveis foi vendido, exceto algumas peças que estão no sótão, pois não consigo me livrar delas. Minha velha mãe teria tido um derrame se visse o pouco que pedi por eles, mas eu tinha algumas dívidas que não podiam esperar. E não vou ficar muito tempo aqui.

Ele acendeu uma vela e a colocou no chão entre nós. A luz deu uma aparência quase macabra ao seu rosto, e eu me encolhi.

— Buuuuuu — disse ele, levantando as sobrancelhas e rindo. — Parece aqueles filmes do Karloff, não? Ah, não se preocupe, não vou cortar sua garganta. Ele puxou uma das caixas de madeira. — Isso é o que eu queria mostrar a você.

Pensei que poderia ser algo impróprio, e tive um súbito ataque de pânico. Não sabia o que era, mas ocorreu-me que eu não deveria falar com meus pais sobre isso. Lembro-me do barulho alto do trinco da porta da frente sendo fechado.

— Não posso deixar essas coisas aqui muito tempo — comentou ele. — Pode levar o que quiser.

Eu estava prestes a recusar quando ele abriu a tampa da caixa e puxou uma estola de pele, segurando-a diante da vela. Sua sombra ocupou o espaço vazio acima da lareira.

— Ela só tinha uma mala no hotel — continuou Frank. — Todo o resto está aqui. Pensei que talvez você soubesse o que fazer com isso. Ela gostava de te dar roupas. E vocês têm o mesmo corpo.

Seus olhos deslizaram sobre mim, começando pela minha cintura, e eu não pude deixar de cobri-la, envolvendo-a com os braços, certa de que podia sentir uma fisgada ali.

— Frank, Sukey está morta?

Eu o vi estremecer, sua mão apertando a estola. Ele olhou para a chama da vela.

— Eu não deveria ter ido a Londres depois que aquela lunática maldita entrou aqui em casa.

— O quê?

— Aquela mulher louca. Ela entrou aqui em casa de algum jeito quando eu estava fora, há meses. Pegou Sukey de surpresa e a assustou.

— Ela fugiu? Correndo? Sukey, digo. Ela correu para a rua?

— Sim. Um vizinho reclamou. Aquela mulher fofoqueira do outro lado da rua. Foi ela que te contou? De todo modo, na noite em que tive que ir a Londres, Sukey encontrou a mulher louca aqui dentro novamente. Ela ficou assustada. Parecia bem quando foi jantar na casa de vocês, mas quando voltou disse que não podia continuar aqui. A ideia dela era ficar com vocês e, bem, nós tivemos uma discussão sobre Douglas morar lá e eu não gostar dele. No fim, eu a levei ao Hotel Station. Eles me deviam alguns favores. Decidimos que ela ficaria lá até o fim de semana, até que eu resolvesse meus negócios, e então pegaria o trem para Londres para me encontrar no sábado de manhã. Fiquei preocupado por ela não ter aparecido, mas como não a encontrei no hotel, achei que ela havia ido para a casa de vocês e não queria me dizer.

Mas ela não foi para a nossa casa. Ela saiu do hotel, deixou a mala cheia de roupas e desapareceu. Eu fiquei de joelhos e olhei para dentro da caixa. Aqui estavam as coisas que ela havia decidido não levar consigo. O vestido verde e branco que deixava os ombros à mostra, e o tailleur vermelho com saia plissada. O vestido com um botão perolado nas costas que ela havia feito para si mesma a partir de uma revista com moldes de roupas hollywoodianas. Todas as suas belas roupas. Todas as peças que ela conseguiu juntar e produzir.

Frank foi pegar alguma coisa para beber, e fui colocando as coisas no braço da poltrona enquanto as vasculhava. Logo esvaziei toda a caixa e só havia poeira. Poeira e algo mais, algo parecido com um pedaço de concha. Eu a peguei e a aproximei da chama da vela.

Quase a deixei cair quando me dei conta do que era — um pedaço de unha quebrada, pintada de rosa. Eu podia ver as marcas brancas onde ela deve ter se dobrado antes de partir, e fechei a mão em punho para afastar a sensação aflitiva, como se minha própria unha tivesse quebrado. Eu não sabia se era de Sukey, mas havia algo estranho nisso, algo sinistro. Eu a colocava na caixa de fósforos que eu carregava no bolso quando Frank entrou pela porta.

— O que encontrou aí? — perguntou, franzindo a testa, rápido como um animal que fareja algo diferente no ar.

— Nada — respondi, enfiando a caixa mais fundo no bolso e puxando da poltrona um vestido azul bem justo na cintura. — Você reconhece esse?

Ele disse que não, e quando eu lhe disse que era o favorito de Sukey para sair e dançar, que ela o havia usado na noite em que o conheceu, ele ficou desorientado.

— Não lembro — disse, aproximando-se para tocar o tecido. — Me conte mais. Me conte sobre todas as outras coisas que ela usou.

Puxo uma camisa com listras cinza de um emaranhado de roupas, estendo-a sobre meus joelhos e, com a mão, tento desamassá-la. Não me lembro de Sukey usando essa blusa. É macia e bem-cortada, mas grande demais. Olho novamente para a mala. Uma mala firme, usada para viagens de avião. Há um elástico por cima das roupas, e uma calça está presa embaixo dele. Uma calça colorida e alegre. Mas também não é de Sukey. Tenho certeza de que estou sonhando. Não reconheço esse quarto, e os móveis estão no lugar errado: armário, cômoda, penteadeira. Parecem sombrios. E muitas coisas estão embaladas em jornal, de modo que não sei o que elas são. Visto a camisa, imaginando quando vou acordar, e uma mulher chega. Minha mãe, deve ser, embora não se pareça muito com ela.

— Bom dia — cumprimento, mas é difícil pronunciar as palavras. Minha boca não pronuncia bem as consoantes.

— Bem, é boa noite. Por que você está fazendo tanto barulho? Bebeu outra garrafa de gim? Achei que já estava na cama.

— Estou muito cansada.

— Foi um longo dia. — Ela passa a mão pelo meu cabelo e me ajuda a ir para debaixo das cobertas, que estão quentes, como se alguém tivesse dormido ali.

Ela definitivamente não é minha mãe. Talvez seja uma dessas mulheres desaparecidas que vemos no jornal. Talvez nós duas sejamos.

— Você não vai mais à mesma peixaria, vai? — pergunto. As palavras não saem muito claras, o que é irritante, mas o som de alguma forma combina com a inconsistência de meus pensamentos.

— Não — responde ela.

Acho que ela não entendeu. Tento estender-lhe a mão, mas meu cotovelo bate em um copo. A mulher o pega antes de cair, mas o líquido é derramado. Dentro do copo vejo uma espécie de cadáver em conserva. Como havia na escola. Coelhos em formol, as vísceras expostas para a turma. Posso sentir o cheiro dos produtos químicos, o leve odor de decomposição.

— Nojento. O que isso faz aqui? — indago.

— Seus dentes? — pergunta ela.

Uma garota que não reconheço aparece na porta.

— O que está acontecendo? É uma festinha? Devo fazer chocolate quente?

— Você também está desaparecida? — digo.

O olhar da garota busca o da mulher. Ela parece envergonhada, surpresa.

— Sim, faça chocolate quente, Katy — responde a mulher e fala comigo num tom baixo. Ela diz que é minha filha, que estou em sua casa, que moro aqui com ela. Diz que é tarde e que é hora de dormir, que estou em segurança e que ninguém está desaparecido.

— Isso não é verdade. Não é verdade.

Começo a tatear o pijama atrás dos meus bolsos, mas não consigo alcançá-los embaixo do edredom. Apalpo-me, verifico embaixo dos travesseiros, e então encontro umas roupas velhas. Meus pés estão tão quentes que começo a suar.

— Não é verdade — insisto, agora vasculhando as roupas.

A mulher afasta as cobertas por um instante e então consigo encontrar meus lembretes no bolso do pijama. Eu mal sabia o que estava procurando, mas, em meio à confusão de papéis, aqui está: o nome de Elizabeth. Ela está desaparecida. É um alívio descobrir isso.

A menina volta com canecas e dou um gole na minha. O conteúdo é doce e enjoativo, como batom derretido.

— O que houve com Elizabeth? — pergunta, sorrindo.

— Katy, pelo amor de Deus! Não a instigue — repreende a mulher. — Eu já passei por isso inúmeras vezes hoje. Você está piorando as coisas.

A garota continua rindo. Ela tem uma carinha de raposa, e isso me deixa nervosa.

— É melhor você ir ao banheiro antes de voltar para a cama — recomenda a mulher. Ela pega minha caneta e tira o edredom de cima de mim. Sinto meus pés gelados nos pontos em que estão ligeiramente úmidos.

— Onde é o banheiro? — pergunto.

Ela aponta para o cômodo, e eu sigo a direção de seu dedo, passando por um espelho no corredor. Estou usando a camisa de Patrick. Vou ter que tirá-la, mas não sei onde é meu quarto. Tudo parece estranho. Sinto um tremor no peito e caminho em direção a uma porta. Há um aviso nela, O BANHEIRO É ALI, como se alguém soubesse o que eu estava procurando! Não sei se devo agradecer ou sentir medo. Na porta do lado oposto há outro aviso colado na parede. Esse tem uma seta apontando para a direita. Na última porta está escrito BANHEIRO. E cá estou. Tiro a calça do pijama e muitos pedacinhos de papel caem dos meus bolsos. Tento pegar tudo, mas não posso guardá-los nos bolsos, pois a calça está embolada abaixo dos meus joelhos. Então os coloco sobre o aquecedor, perto de mim. O nome de Elizabeth está escrito neles.

— Elizabeth — digo enquanto dou descarga. — Elizabeth está desaparecida.

De alguma forma, é reconfortante dizer isso, mas ao mesmo tempo sinto uma preocupação crescente. Tenho que descobrir um jeito de encontrá-la. Tenho que traçar um plano: devo anotar isso e ir conferindo as etapas à medida que começar a executá-lo.

O único papel que consigo encontrar é um jornal na mesinha do corredor, e não sei se vai servir. A primeira página se solta quando tento ler as manchetes, mas vou levá-lo para a sala de estar, sentar em uma poltrona confortável e espalhar suas folhas sobre os meus joelhos. Há algo estreito e duro em cima da almofada ao meu lado. É plano e lustroso e tem muitos botões numerados. Embrulho-o em um jornal e procuro uma maçã, mas não encontro nenhuma, então embalo uma caneta e em seguida um molho de chaves.

— Ah, mãe — diz Helen, de pé atrás de mim. — Agora sei por que nunca consigo encontrar o controle remoto. — Ela desembrulha algo e deixa a folha de jornal cair no chão.

Eu a pego e embrulho minha mão.

— Onde estão as maçãs, Helen? — pergunto. — É melhor a gente começar a estocá-las, ou então não vão durar até a primavera.

Eu gostava de embrulhar maçãs. É um desses trabalhos que as pessoas te dão para fazer quando você é criança, e ainda consigo lembrar do forte aroma de tinta de jornal misturado ao da fruta. Houve um ano em que eu, mamãe e Douglas as embrulhamos e armazenamos. Ficamos na cozinha, o jornal no meio da mesa, as maçãs em uma cuba de um lado e as caixas a postos do outro. Uma brisa sussurrava na sebe escura do lado de fora de nossa quente e aconchegante cozinha, e a chama do forno já estava quase se apagando. A luz piscou e continuou oscilando acima da mesa, como se uma mariposa estivesse em torno da lâmpada.

Mamãe era quem embrulhava as maçãs mais rápido. Douglas era o mais lento. Ele tinha o péssimo hábito de ler os jornais antigos, não conseguia evitar, mesmo que muito provavelmente já tivesse lido cada artigo. Havia ocorrido um assassinato horrível de uma mulher hospedada no Hotel Grosvenor um mês antes, e era difícil não ouvir as novidades sobre o caso, apesar de Douglas não comentar nada a respeito. O rei iraquiano de 11 anos havia chegado à Grã-Bretanha, e Clement Atlee vinha fazer um pronunciamento em nossa cidade. Douglas riu quando perguntei se ele achava que havia uma relação entre os fatos.

— Eles terminaram de construir as casas novas da rua, olha — indicou ele, erguendo o jornal e deixando a luz bater sobre o papel:

— Isso foi há meses — disse mamãe. — Esse jornal é de fevereiro. Já deve ter gente morando lá agora, espero.

— Sim, tem. Frank fez a mudança de uma família da Christchurch — contei. — E isso foi em março.

— É mesmo, querida? — perguntou mamãe, sua voz reservada, calma, mas os olhos arregalados. Ela apontou para o teto e em seguida pôs o dedo na boca, me lembrando de não mencionar Frank na frente do papai.

Revirei os olhos.

— Frank disse que teve que fazer a mudança antes da casa ficar totalmente pronta. Ele teve que inspecionar toda a propriedade, jardins e tudo mais. As casas são muito boas, segundo ele.

Douglas olhou para mim e em seguida para o nada.

— Quanto tempo antes? — perguntou, finalmente amassando a folha em volta da maçã. — Antes dos outros moradores se mudarem ou antes de todas as outras casas ficarem prontas?

— Não sei. Ele ajudou a arrumar os jardins. Como um favor.

— Arrumar os jardins?

— Bom, ele levou mais terra e cavou e os ajudou a plantar coisas.

— Não sabia que Frank tinha talento para isso. O que ele ajudou a plantar?

As tábuas rangeram quando papai desceu as escadas. Ele fazia os degraus rangerem de um jeito peculiar, não como mamãe ou Douglas, não como eu. Pareciam gemer. Ele entrou na cozinha e pegou uma caixa de maçãs para levar para o sótão.

— Do que vocês estão falando? — perguntou.

— Dessas casas novas — respondeu mamãe. — Bem-feitas.

Papai resmungou e começou a subir as escadas.

— Elas têm jardins amplos, não têm? — comentou mamãe. — Boas para uma família. Talvez você more lá um dia, Maud. Quando se casar.

Por um momento pareceu uma sugestão indecente. Meu rosto e minhas mãos esquentaram, e o cheiro das maçãs parecia tornar o ar insuportavelmente espesso. A tinta dos meus dedos se espalhou sobre a fruta que eu tinha nas mãos. Limpei-os no meu suéter, pensando que eu havia manchado a maçã de um jeito que a inutilizaria no futuro.

Douglas estava lendo as páginas de anúncios. Eu o observei até terminar uma caixa, e então puxei o papel.

— Por que você está olhando os anúncios? — perguntei.
Ele puxou o jornal de volta.
— Já li todo o resto.
Mamãe me disse para deixá-lo em paz e continuar.
— Já enchi pelos menos o dobro de caixas que você — observou ela.

Douglas sorriu e deixou o restante das suas folhas sobre a mesa, dizendo que subiria uma caixa para o papai. Peguei uma folha de jornal e a enrolei em volta de uma maçã e, enquanto pressionava as dobras do papel para que ficasse bem-ajustado, li as palavras que ainda estavam visíveis: "De acordo com o porta-voz oficial, os correios estão enfrentando dificuldades decorrentes dos seis anos de guerra. Os pedidos de instalação telefônica já alcançaram a marca de 300 mil." Pensei na Sra. Winners e no quão aborrecida ficaria ao perder o posto de única pessoa da rua a ter um telefone, e já estava prestes a dizer algo a mamãe quando notei uma manchete amassada em torno do cabo da maçã: MULHERES: ENTREM EM CONTATO COM SEUS MARIDOS.

Eram novas informações sobre o assassinato do Hotel Grosvenor. A reportagem dizia que a cidade estava em pânico desde a descoberta de um segundo corpo na praia, e agora os moradores locais temiam que mais mulheres tivessem sido vítimas do repugnante assassino. Na opinião do repórter, os investigadores estavam sobrecarregados, pois eram procurados por dezenas de homens cujas esposas, descobria-se mais tarde, haviam fugido. Os casamentos precipitados do período de guerra terminavam com separações ainda mais abruptas. O artigo incentivava essas mulheres a entrar em contato com seus ansiosos maridos para dizer que estavam bem e vivas, pois, tendo em vista os recentes assassinatos, era importante que não fossem dadas como desaparecidas.

Li a história novamente. Será que Sukey estaria lendo a mesma coisa? Ainda me lembro do sopro de esperança que senti com a ideia de que ela só estava se escondendo de Frank, e percorri a pilha de papéis na mesa com outros olhos. Havia muitos artigos sobre homens e mulheres que fugiam sem dizer uma palavra a suas famílias, e uma carta ao editor de um homem que havia descoberto que sua mulher estava vivendo do outro lado da cidade com um nome falso. Ele só a descobriu porque ela ainda ia à mesma peixaria.

    Então poderia ser isso, pensei. Ela poderia ter fugido de nós, de Frank. Mas o pânico descrito pela primeira reportagem também havia me contaminado. E se Sukey estivesse morta em meio aos arbustos? E se o assassino tivesse atacado três mulheres e não duas?

15

Se eu virar à esquerda e à esquerda novamente, estou na cozinha. Anotei isso. Sinto um cheiro de sabão que me lembra do caminho até a casa de Sukey e de uma mulher arrumando uma trouxa de lençóis e toalhas dentro de um cesto.

— Essa carta é para você — diz ela, empertigando-se e apontando para o envelope em cima do balcão. — É do Tom, e ele nos mandou uma foto de seu gato, por algum motivo. Tenho certeza de que ele espera que a gente fique muito feliz. O que você quer de café da manhã?

— Não tenho permissão para comer — digo, pegando a foto. — Aquela mulher me disse.

— Que mulher?

— A mulher. — Meu Deus, estou cansada de me explicar o tempo todo. — Aquela mulher que trabalha aqui. — Não é isso? — Ela trabalha aqui.

— De quem você está falando?

— Você sabe, aquela... Sim, você sabe. Ela trabalha aqui. Sempre ocupada. Sempre zangada. Sempre com pressa.

— Acho que você está falando de mim, mãe.

— Não. Não. — Mas talvez eu esteja falando dela. — Qual é o nome dela?

Ela faz uma careta para a trouxa de roupa para lavar.

— Eu me chamo Helen.

— Ah, Helen — digo. — Estava mesmo querendo falar com você. Aquela garota que contratou, ela não faz nada. Nadinha. Estou de olho nela.

— De quem você está falando agora? Que garota?

— Aquela garota. Ela deixa os pratos na pia e as roupas espalhadas pelo chão do quarto.

Helen sorri e morde o lábio.

— Ótima descrição. Mamãe, é a Katy.

— Não quero saber o nome dela. Só estou dizendo a você como ela é. Você devia mandá-la embora, eu acho. Chame outra pessoa, se precisar. Na sua idade, sempre fiz os trabalhos domésticos sozinha, mas essa geração mais jovem acha que tudo é muito fácil.

— Mamãe, é Katy — diz Helen novamente. — Sua neta.

— Não. Não pode ser. Não mesmo.

— Sim, mãe. Minha filha e sua neta.

Ela põe o cesto de roupa na mesa e tira de dentro dele um grande pedaço de tecido. Algumas meias que estavam emboladas junto com o pano caem no cesto. Sinto que fiquei chocada com alguma coisa, mas não sei o quê. Observo os olhos entreabertos do gato na foto. É preto e branco e está deitado preguiçosamente em um maço brilhante de agrião, esmagando suas folhas. Queria poder deitar sobre as flores, mas Helen me repreenderia. Ela preza muito as coisas que planta.

Vou para a cozinha, abro e fecho gavetas. Há muitas bolas laranjas lá dentro, como se fossem ovos de um pássaro exótico, mas não são lisas, e sim enrugadas como um jornal amassado. Amasso um dos ovos e percebo que é de plástico e tem uma alça em uma das extremidades. Não sei de que tipo de pássaro é. Pergunto a Helen, e ela faz uma expressão de desagrado.

— Meu Deus. Eu realmente deveria fazer algo com eles. Não sei como consigo esquecer minha sacola retornável *todas as vezes*. — Ela olha para mim por um instante e sorri. — Deve ser contagioso.

A porta da frente se abre, e Helen pega o ovo achatado e o coloca de volta na gaveta. Ela diz algo que não consigo entender. Algo sobre roupas no chão. Olho para as meias no cesto.

— Oi, vovó — cumprimenta Katy, com os braços estendidos. — É meu.

— Olá.

— Então você sabe quem eu sou?

— Claro que sei quem você é, Katy, não seja ridícula.

Minha neta ri e olha para a mãe.

— Ela está curada!

— Do que ela está falando? — Volto-me para Helen. — Sua filha é louca.

— Ah, vovó — diz Katy, passando o braço pelos meus ombros. — Uma de nós é.

Ela me solta e sai, eu a sigo pelo corredor, mas, por um momento, me perco: tudo é desconhecido. Sinto como se tivesse atravessado o espelho naquela história... Como é mesmo o nome? Olho meus lembretes e acho a anotação sobre o caminho até a cozinha. Sigo-a. Talvez haja uma bebida ou um bolo com a etiqueta COMA, mas encontro Helen.

— Helen, onde estou? Essa não é a minha casa. É?

Não tenho certeza. Sei que é a casa de alguém. Sei que já estive aqui antes. Talvez seja minha. Não consigo me lembrar de outra casa agora, não consigo me lembrar de outros cômodos que eu possa comparar com esses.

— Essa é a minha casa — responde Helen, pousando uma bandeja na mesa e puxando uma cadeira para eu sentar. — Vamos tomar um chá? Fiz torradas para você.

Pego uma xícara, e ela me observa enquanto eu bebo.

— Quero comprar um bolo quando eu sair — diz ela. Tem um olhar astuto e está tentando escondê-lo com um sorriso, mas eu consigo vê-lo. — Você quer bolo de quê?

Peço bolo de café. Eu não gosto de bolo de café, então ela não pode me ludibriar, me convencendo a comê-lo. Ela pega a bandeja. Está levando-a para algum lugar, ou para alguém. Será que é para os ianques da NAAFI? Para servir salsichas e feijão de café da manhã? Eu me pergunto se ela vai trazer um pouquinho para mim.

Seu escudo, um escudo alado que protege da chuva, está sobre a mesa. Não sou a única que esquece as coisas. Passo a mão pela alça de tecido e levanto o braço, observando o escudo balançar enquanto tomo meu chá. Há um jornal aqui também, e dobro-o em um pequeno triângulo, fazendo vincos bem definidos.

Uma garota passa pela porta e pega alguns objetos das prateleiras do corredor. Ela está roubando-os para dar à mulher louca. Do local onde estou sentada, eu a vejo vestir o casaco e encher os bolsos. Levanto e pego minha bolsa. A porta da frente bate, mas eu a abro logo depois e a sigo. Na esquina, ela para. Eu paro também e finjo olhar para uns girassóis ressecados. Eles pairam sobre a mureta de um jardim, as sementes caem na calçada. Pego algumas e boto no bolso. Quando a garota começa a andar novamente, eu faço o mesmo. Então, quando chego à rua principal, ela desata a correr. O ônibus está esperando no ponto, ela entra, e o ônibus parte. Eu a perdi de vista. Já era. E ela não vai voltar, nunca, nunca, nunca. Eu volto para casa. Há pedaços de lixo no meio da rua. Um rastro de cascas de banana e jornais. Eu ia fazer algo com os jornais: usá-los, lê-los, alguma coisa. Abaixo-me para pegar um pedaço no chão, tentando ler as palavras. Mas há marcas de lama na página, e não cheira nada bem. Deixo-o cair.

Uma garrafa em miniatura no meio-fio. Qual era mesmo a história da garrafinha? "Beba-me", dizia. Não me lembro do resto. De todo modo, esta garrafa diz "Uísque Macallan", e eu acho que não tinha uísque na história. Era algo que Frank bebia. Ele tinha uma garrafa quando o encontrei uma vez. E não era uma miniatura.

Ele bebeu dessa garrafinha sentando no carro no fim da nossa rua, enquanto eu contava tudo que lembrava de Sukey. Ele disse que queria pensar nela do jeito que eu pensava, que queria tentar deixá-la viva em sua mente para nunca esquecê-la. Sentamos à meia-luz, a lâmpada da rua cortando as sombras, iluminando as espirais de fumaça do cigarro. Estava abafado, mas não me importei: os carros eram maravilhosos. Em um carro você podia apenas sentar, não precisava fazer muita coisa, não tinha que cozinhar ou capinar no jardim ou passar os lençóis.

No carro de Frank, tudo que eu precisava fazer era falar, lembrar os detalhes que ele havia esquecido: o nome do perfume de Sukey, as flores que ela gostava, as colunas que ela sempre leu nas revistas, e, novamente, o que disse na noite em que o conheceu. Era sua memória preferida. Como Sukey havia voltado para casa feliz, dançando, como havia tirado o vestido azul e cantarolado ao remover a maquiagem. E como havia se deitado no escuro, na cama ao lado, e me contado que havia conhecido esse homem, esse belo homem, que havia piscado para ela e sorrido. E como soubera, logo em seguida, que havia encontrado o homem com quem se casaria.

Contei a história observando o espaço que havia entre nós, a brecha entre sua coxa e a minha. Frank olhava para a rua. Então ele chorou, não com lágrimas de fato, mas arqueado e com os olhos fechados. Toquei seu cabelo na parte de trás, onde não havia creme, e sua mão envolveu meu pulso e o levou à boca. Percebi que eu não conseguia respirar.

— Essa noite, Maud, quando você estava vindo para o carro, pensei por um minuto que era ela. Você não sabe o que isso me causou.

Ele segurou meu pulso por um longo tempo. Quando o soltou, foi para dar um gole na garrafa de uísque que estava perto de seus tornozelos. Um vinco se formou na manga da minha roupa — o casaco azul de Sukey —, e passei a mão para ajeitá-la, tentando fazer o tecido voltar ao normal. De repente ele se inclinou, encostando seu rosto no meu pescoço. Fiquei paralisada. Não desgostei, mas fiquei aterrorizada com o que poderia acontecer em seguida.

— Frank — sussurrei.

Ele voltou para o seu lugar e eu saí do carro, desajeitada e confusa, apressando-me ao perceber que ele estava saindo também. Mas ele apenas se apoiou no poste de luz, observando-me voltar para casa sozinha. Isso me fez lembrar da época em que ele e Sukey estavam namorando e eu os via sentados lado a lado sob a luz baixa da rua, envoltos em seu grande casaco de lã, se beijando. Essa foi outra memória que guardei para Frank.

— Companhias estranhas, as suas — disse Douglas assim que entrei pela porta dos fundos, a luz do teto projetando-se severamente em seu rosto, dando-lhe uma aparência hostil.

— Do que você está falando? — perguntei, tirando o casaco.

— Eu vi você. No carro. Com Frank.

Havia um jornal, dobrado até ficar bem pequeno, debaixo de suas mãos entrelaçadas, e foi para ele que olhei, cuidadosamente, enquanto pensava no que responder. O assassino do Hotel Grosvenor havia sido pego, e parecia não restar dúvidas de que ele seria enforcado, a despeito do fato de que o julgamento não tinha previsão para começar.

— Claro. Sempre à espreita, não é, Doug? Eu diria que o estranho é você.

Ele olhou para o jornal também, e notei a mágoa que minhas palavras causaram, o olhar duro, a vergonha. Subitamente, eu me enfureci e joguei o jornal no chão. Ele não reagiu, mas ficou olhando para a mesa, para o local onde o jornal havia estado, antes de pegá-lo de volta e amassá-lo.

— Não foi a primeira vez que esteve com ele. E usando as roupas dela também. O que você está fazendo, Maud?

Dei de ombros, o casaco ainda em minhas mãos. Desde que Frank havia me dado as roupas de Sukey, eu mal tinha olhado para o bolero de veludo que ela tinha feito para mim. Era maravilhoso me arrumar e sair depois do jantar com roupas novas, mesmo que isso significasse mentir para os meus pais sobre aonde eu ia. Eu não sabia o que eu estava fazendo, mas não me sentia culpada. E não permitiria que Douglas fizesse eu me sentir culpada.

— Ela era *minha* irmã — argumentei, mas ele não estava ouvindo. Seus olhos não encaravam os meus. Eles me percorreram, estreitando-se sobre meu corpo.

— E essas são as roupas *dela* — disse Douglas, levantando-se. Ele deu um passo na minha direção. — Tire. Me dê isso.

Ele puxou o casaco de Sukey, olhando-me de forma tão severa que recuei, puxando a gola antes que rasgasse.

— Doug, isso não tem nada a ver com você.

Fui até a pia, e ele continuou com as mãos no casaco, me detendo.

— Está brincando de ser ela. É isso que você está fazendo. Usando as roupas dela. Saindo com o marido dela. O que ele faz? Leva você para a casa deles? Para a cama deles?

— Não seja nojento — retruquei, minhas bochechas queimando. — Nós só conversamos sobre Sukey, e só.

Desviei o olhar, tentando estabelecer uma distância entre nós, mas ele segurou meu queixo e, ao se aproximar, apertou-o do mesmo jeito que amassou o jornal.

— Até o batom dela você está usando — afirmou, seu rosto muito próximo ao meu. — Tire.

Ele esfregou a lateral de sua mão com força na minha boca, puxando minha pele e pressionando meus lábios contra os dentes. Eu podia sentir a maquiagem borrando meu queixo e tentei virar o rosto, mas ele me segurou com mais força ainda.

— Pare com isso — disse ele, sua respiração quente no meu rosto. — Pare de tentar substituí-la. Você nunca vai conseguir.

— Tudo bem, não precisa ficar irritado comigo — falei.

— Eu não estou irritado — disse o motorista. — Mas você precisa me mostrar seu bilhete de gratuidade.

Estou no ônibus, mas o veículo está parado, e as portas estão abertas atrás de mim. Um guarda-chuva está pendurado no meu pulso, e o peso, o movimento que faz quando balança, me distrai. Não encontro meu bilhete — sei que está na minha bolsa, eu nunca o tiro de lá, mas não o encontro. Tenho um negócio de cabelo, para desembaraçá-lo, uma embalagem de pastilhas de menta, a foto de um gato preto e branco e uma carteirinha de plástico. Deixo-os de lado e coloco a mão no bolso. Tem muita coisa aqui. Muitas coisas pequenas. Não sei o que são, mas me fazem pensar em flores e jardins e por aí vão. Algo a ver com a Bíblia, talvez. Uma frase da Bíblia?

— *Se houvesse terra em uma cama terrena** — eu digo. É isso. Lembro-me desse trecho da época da escola. Queria conseguir me lembrar de que livro é essa citação.

— O quê? — pergunta o motorista, olhando pela divisória de vidro. — Vamos, querida, todo mundo está esperando.

Olho para os outros passageiros. Eles estão sentados me olhando, e posso ouvir seus suspiros à la Helen. Meu rosto fica subitamente quente. Por alguma razão, eles estão impacientes, mas não sei o que tenho a ver com isso.

— Por que você não a deixa subir? — grita alguém. — É evidente que ela é idosa.

O motorista solta uma baforada e fala para eu me sentar. O ônibus aguarda um instante para voltar ao tráfego, e pela janela vejo um homem na calçada, de pé, rasgando o plástico de um pacote daquelas coisas, pequenos bastões, não apitos. Aquelas coisas que as pessoas acendem. Ele rompe o plástico e em seguida morde. Primeiro o papelão e depois o conteúdo do pacote, partículas de tabaco em seus dentes. Seu rosto parece exibir um sorriso forçado, e ele olha para mim ao provar o negócio. Seus movimentos bruscos, rápidos, assustadores. Penso no homem descendo a colina atrás de seu chapéu e de papai me dizendo para não olhar, e subitamente gostaria que alguém estivesse ao meu lado. Qualquer pessoa. Sinto-me aliviada quando o ônibus parte.

Passamos pela casa de Elizabeth. Pela acácia. Sem nenhuma flor leitosa. É isso. É a mesma lembrança da época do colégio.

---

* *Were it earth in an earthy bed*. Tradução livre de mais um verso do poema "Come into the Garden, Maud". (*N. da T.*)

Não sei se é da Bíblia. Não consigo me lembrar de mais do que isso. O ônibus treme toda vez que para, e sinto como se meus ossos virassem geleia. Há um jornal no banco ao lado do meu, e eu o seguro pela beirada, passando as páginas. É possível colocar anúncios nesse jornal; tudo que se precisa fazer é ir ao escritório deles. Sorrio e leio em voz alta os classificados e as placas de trânsito. Está começando a chuviscar. Gotículas aparecem na janela como espirros de pasta de dente no espelho. Um casal idoso desce no ponto de ônibus em frente ao supermercado, e eu sinto uma súbita saudade de Patrick. Ele sempre segurava minha mão quando pegávamos ônibus juntos. Poucos minutos antes de entrarmos no veículo e a mesma coisa na hora de descermos dele. Então nós soltávamos nossas mãos naturalmente e nos sentávamos um do lado do outro, ou caminhávamos lado a lado. Ele fazia o mesmo quando estávamos no meio de uma multidão, me dando a mão por trás, tentando me alcançar. Sinto falta disso.

Avisto o prédio tarde demais. No momento em que toquei a sineta já tínhamos passado dois pontos, tive que voltar andando. O escritório do jornal *Echo* parecia o mesmo de quando eu era nova. Isso me fez pensar nos filmes. Muito glamorosos. Muito modernos. Mas de um jeito bom. Não do jeito que os prédios são construídos agora.

Do lado de dentro, encontro uma mulher atrás do balcão. Ela tem bochechas rechonchudas como as de um bebê, e elas sobem até as maçãs do rosto quando ela sorri.

— Como posso ajudá-la? — pergunta ela, e penso que parece que falta uma palavra no final da frase, como se ela quisesse dizer "querida" ou "meu bem", mas tenha preferido se conter.

Nós nos entreolhamos, e eu tento pensar em algo para dizer, mas a palavra "bebê" rodopia em minha cabeça. Remexo na minha bolsa e acho uma foto de um gato deitado em uma cama de agriões. Não sei de onde saiu.

— Participou do concurso? — A mulher se inclina ligeiramente, e seus braços desaparecem do meu campo de visão. Posso ouvi-la folheando papéis atrás do balcão. — Acho que todos os vencedores desse mês já foram avisados. Desculpe, mas você não ganhou. Tente de novo no próximo mês.

— Eu perdi — digo, jogando a foto sobre o balcão. — Perdi Elizabeth.

Ela se detém um momento e se apruma para olhar a foto.

— Ah, é um anúncio que você quer?

O ar inunda meus pulmões.

— Sim. Sim, era isso. Queria colocar um anúncio.

— Vou pegar um formulário para você. Os gatos são terríveis, não?

Assinto com a cabeça, sentindo que havia perdido uma parte da conversa. Gosto muito de gatos, e queria saber o que essa mulher tem contra eles.

— Lembro que minha tia perdeu o Oscar. Ela ficou fora de si. Ficou sumido por semanas, o gatinho. Eu o encontrei em uma barraca de praia, no fim das contas. Você já pediu para os vizinhos procurarem em seus galpões?

Olhei para a mulher. Não consigo imaginar como encontrar Elizabeth em um galpão. Mas talvez seja uma boa sugestão. Talvez isso só não faça sentido para mim. Pego uma caneta e escrevo "barraca de praia" em um pedaço de papel. A mulher me passa um formulário com várias lacunas para preencher. Olho para ele, e devo estar olhando há muito tempo, porque ela se inclina, aproximando sua testa da minha.

— Escreva o que conseguir. Eu ajudo se for muito esforço.

— Certo.

Ergo a caneta, apontando-a para o formulário como se ela fosse uma varinha de condão e pudesse responder as perguntas para mim.

— As pessoas amam seus animais nesse país, não é? Fico orgulhosa, na verdade. Não é assim na Turquia. Meu irmão tem uma casa lá, e você não imagina a quantidade de gatos esfomeados que vagam pelas ruas, sem dono.

Volto a olhar para ela e, em seguida, para a folha. Escrevi "Turquia" por algum motivo. Risco.

— Permita-me — pede ela, girando o papel, colocando-o de frente para si e se apoiando no balcão.

Ela pergunta qual foi a última vez que vi Elizabeth e onde. Não tenho certeza. Recorro aos meus lembretes e encontro meu nome, endereço e número de telefone. Entrego a ela caso venham a ser úteis. Ela pergunta a cor de Elizabeth, e fico surpresa por um tempo, mas suponho que ela possa ser negra ou de origem indiana. Ela pergunta se Elizabeth usa coleira, e isso parece uma pergunta estranha. Olho novamente meus lembretes, mas não encontro uma resposta. No entanto, tenho meu nome, endereço e telefone, e os entrego a ela.

— Esses são os seus dados. — Ela pega meu lembrete. — Obrigada. Vou anotá-los aqui. Veja, já os anotei. Certo, e Elizabeth tem algum microchip?

Não reconheço a palavra, dou de ombros.

— Vamos deixar isso em aberto então. Não se preocupe. Hummm. Não está muito detalhado, e parece estranho colocar o nome quando ela não usa coleira. Digo, ela dificilmente vai dizer o próprio nome, não é mesmo?

— Não — respondo, rindo, mas sem entender direito a piada.

— Bem, releia o que temos até então.

Olho para a folha. É um emaranhado estranho de palavras e linhas, e não tenho certeza de que parte deveria ler. Mas há um título: "gato desaparecido".

— Não quero isso — digo. — Não quero essa palavra. Coloco o dedo em cima dela, tentando tirá-la da página.

Ela espera que eu tire o dedo para que consiga ler.

— Gato? Olha, eu aconselharia... Veja, nós não mencionamos isso em nenhum outro lugar do anúncio.

— Não? Mas não adianta, não acho que "gato" esteja correto.

Ela risca a palavra.

— Fica a seu critério.

— Queria que aparecesse o sobrenome dela também. Markham. Elizabeth Markham.

A mulher faz uma expressão aborrecida, sua bochecha se infla, mas ela escreve o nome mesmo assim.

— Ela é parte da família? Espere. — Ela para de repente e cobre o papel com as duas mãos. — Estamos procurando um gato, não estamos?

— Gato. Não sei o que é. — Não acho que seja a palavra correta. Gato. Não, acho que não.

— Ah, desculpe, meu bem. Elizabeth Markham. É uma pessoa, não? Você deve ter pensando que eu estava louca. Certo. Vamos começar de novo.

Ela puxa outra folha de papel e escreve algo. Mostro meu número de telefone.

— Vamos deixá-lo o mais simples possível — sugere ela. — Presumo que seja uma velha amiga? Sim? Custaria 7 libras e 22 centavos, mas se colocarmos em uma caixa com o número de telefone em destaque, seriam apenas 4 libras e 14 centavos, não me pergunte por quê. É a tabela de preço. Eu só faço o que o computador manda. Pode ser?

Eu me sinto um pouco atordoada. Os números rodopiam em minha cabeça. Pego a bolsa, mas não consigo descobrir o que a moça quer, ou o que tenho.

— Tudo bem se eu der uma olhada? — Ela pega a bolsa e conta algumas moedas sobre o balcão. — Pronto. Quatro libras e 14 centavos, certo? Vai sair neste fim de semana.

De alguma maneira, já estou na calçada. A chuva está caindo, oblíqua, e as gotas atingem meu rosto como se fossem alfinetadas. Um caminhão ruge, e seu som me faz estremecer. Olho para a rua, sem saber onde estou. Todos os prédios parecem ter sido feitos de vidro e refletem o tráfego. O chuvoso e oscilante tráfego. Há algo preso no meu pulso, pesado, balançando. Não consigo pensar com esse troço pendurado. Tento sacudi-lo para que ele caia, mas não vai cair.

Começo a atravessar a rua e um carro desvia de mim, buzinando, aos berros. Tropeço no meio-fio, agarrada ao meu cardigã. Está ensopado, assim como a minha calça. Apalpo meu corpo, torcendo as roupas. Estou completamente molhada. Pingos caem do meu cabelo, e meus dedos dos pés fazem barulho quando ando. A chuva parece espalhar o cheiro de gasolina pelo ar, e permaneço imóvel, olhando para a pista molhada, na qual tremulam os arco-íris feitos pelo óleo dos carros. Eu também estava em um meio-fio quando a mulher louca me perseguiu. Bateu em mim e gritou comigo. A lembrança me traz um pressentimento. Começo a tirar as roupas molhadas, puxando as mangas, e um guarda-chuva escorrega do meu pulso. Ele rola até a beira da pista e um carro passa zumbindo; a colisão o arremessa para o meio da rua. Estou com muito medo de ir atrás do guarda-chuva, mas olhá-lo ali me faz pensar no choque da pancada em meu ombro e no modo como a mulher louca gritou.

Naquele momento, pensei não ter ouvido suas palavras, mas agora consigo me lembrar delas claramente. "Eu te vi", disse ela, "no carro com o Frank. Fingindo ser ela. Usando o batom dela". Esfrego a boca, a manga está molhada, meu rosto também. "Você não vai substituí-la. Você nunca vai substituí-la." E então eu corri até a cozinha e mamãe saiu para repreendê-la, para dizer a ela que eu era jovem demais para ser atacada dessa forma. E Sukey disse "Obrigada, Mopps", e beijou minha cabeça.

Não, estou fazendo confusão, mas não consigo saber onde errei. Há uma fita no meu pé. Uma fita verde, xadrez. Poderia ser de Sukey. As extremidades estão gastas, e a seda está manchada e suja, mas a enrolo no dedo enquanto caminho. Meu bolso está cheio de alguma coisa. Sementes de algo. Devo ter trazido para um lanchinho. Jogo uma na boca, mas não tem um gosto bom, então a cuspo.

No final da rua encontro um grupo de pessoas aglomeradas sob uma marquise de vidro que se estende por um pequeno trecho. Eles estão segurando bolsas de compras e olhando para o céu. A chuva tamborila em suas cabeças, e o barulho se mistura ao falatório. Acho que ouço alguém chamar "vovó". Caminho pela beirada da marquise e ouço novamente:

— Vovó! Vovó!

Katy está puxando meu cardigã, seus olhos arregalados.

— Que olhos grandes você tem — digo, mas não está certo: é Katy quem deve falar isso.

— Você está encharcada. O que está fazendo aqui?

— Ah, Katy. — Seguro a mão dela, aliviada. — Não sei onde estou. Estou tão feliz por você estar aqui. Estou perdida, e Katy, não sei onde moro. Não consigo lembrar. É horrível.

Outros dois adolescentes estão sentados no encosto do banco, seus pés no assento. Um deles tem uma mecha brilhante na cabeça.

— Tenho que levá-la para casa — avisa Katy a eles. — Vamos, vovó.

Ela tira seu casaco e o coloca sobre meus ombros, esfregando meus braços. Começo a tremer. Estou cansada e preciso sentar.

— Vamos beber alguma coisa? — pergunta ela, apontando para um café.

É um daqueles cafés com pouca luminosidade, onde mulheres com cabelos macios se sentam nas mesas junto às janelas e homens com sapato de camurça passam o tempo em poltronas de couro. Katy abre a porta para mim e espera, a cabeça do lado de dentro.

— Não vai entrar? — pergunta quando eu paro.

Olho pela janela novamente e remexo minha bolsa à procura de algo, qualquer coisa. Há um pedaço de semente no meu bolso, e a coloco em cima de uma das mesinhas de fora. Ninguém está sentado nela, pois está molhada. Há muito barulho do lado de dentro, e o lugar cheira a roupa molhada e leite quente. As pessoas atrás do balcão parecem dançar, e os fregueses gritam seus pedidos. Eu ficaria acanhada de frequentar um lugar como esse, mas Katy parece vir sempre, com seus piercings e suas roupas coloridas. Ela inclusive está usando sapato de camurça.

— O que você vai querer? — pergunta Katy, já na fila.

— Chá.

— Ah, vovó, o chá daqui não é bom. Que tal um latte?

Digo "ok, pode ser", e vou me sentar em uma grande poltrona, observando Katy pedir, pagar e voltar. Se eu desviar meu olhar, vou esquecer quem ela é?

— Aqui está. — Ela põe a xícara sobre a mesa.

Minha bebida tem uma espécie de espuma em cima. Eu já a vi beber algo parecido.

— Milk-shake, não é? — pergunto.

— Não, é café com leite.

Então era isso que ela queria dizer. É um alívio. Nunca gostei de milk-shakes. Quando eu era mais jovem, tinha um lugar no cais que os preparava. Era quase uma lanchonete americana, mas servia chá e *fish and chips* também. Íamos lá depois do cinema.

Katy passa um guardanapo na minha cabeça. Por um momento sou surpreendida, me sinto ultrajada.

— Estou só secando um pouquinho — justifica ela.

Então estou molhada? Olho pela janela. Está chovendo. E agora percebo que essa é a rua onde ficava o cinema ABC.

— Tub Street — digo, acenando com a cabeça.

Katy para de me secar com o guardanapo.

— Não, vó, Bath Road.

Rio sozinha. Tub Street, era assim que Douglas a chamava. Ele foi assistir a um filme sobre gângsters logo depois que se mudou para a nossa casa, e já tinha começado a dar apelidos para as ruas, simplificando seus nomes. Então Blackthorn Road virou Tree Street, a Heron Court virou Bird Street e a Portland Avenue virou Stone Street. Papai lhe perguntou uma vez porque não chamava as ruas por seus malditos nomes. Ele raramente era grosseiro com Douglas, mas suponho que, como carteiro, devia achar que os nomes das ruas eram, de alguma forma, sagrados.

A Tub Street mudou terrivelmente. Eles devem ter demolido o cinema para abrir espaço para esses prédios grandes e horrorosos. Não é de se estranhar que eu não a reconheça. O lugar que eu conhecia foi enterrado. Terra sobre terra.

— É uma vergonha, Katy.

— Eu sei, vovó, eu sei.

Ela está sendo indulgente. Um bolo de papéis molhados está sobre a mesa. Parece aquelas massinhas de modelar com que as crianças brincam.

— Não consigo falar com a mamãe — diz ela, segurando uma coisa perto do rosto. — Provavelmente ela já está no telefone com a polícia.

— O que é isso que você tem na orelha? Uma concha? Com quem você está falando?

Douglas tinha uma concha, eu lembro. Eu vi quando ele a encontrou nas coisas de Sukey: ele apalpou as laterais da mala e a encontrou no forro. Então a segurou perto da orelha e a voz dela soprou, contando a ele como havia conhecido o homem com quem ia se casar.

— Poético, mas temo que seja apenas um telefone. E nesse momento estou ouvindo uma mulher dizer que o número que disquei está ocupado. Não se preocupe. Já vamos para casa. Depois que tomar seu café.

— Café é bom para a memória.

Katy sorri e se encosta na cadeira. Penso em dizer-lhe que já esqueci o porquê de estarmos aqui, mas ela parece tão feliz que fico preocupada com sua reação. Ela segura a xícara e dá um gole. Seu esmalte está lascado. As unhas são muito curtas, e me pergunto se ela as rói ou se só as quebrou. Quebrou e guardou em uma caixa. Cada pequeno pedaço de unha em uma pequena caixa.

— Seu café está esfriando — avisa Katy.

Fecho minhas mãos, fincando as unhas na pele, protegendo-as. Esforço-me para abri-las, mas consigo apenas enganchar um dedo na alça da xícara, o que acaba se mostrando inútil. A xícara é grande e pesada, e derramo um monte de café na mesa lustrosa de madeira.

— Minha nossa! — exclama Katy, saltando para segurar a xícara. Helen faria um grunhido irritante, mas Katy ri.

— Meio grandinho para suas mãos, né? — pergunta ela, o que faz com que eu me sinta delicada, em vez de desajeitada. — Vou pegar uma coisa para você.

Ela empurra a massinha de modelar em direção ao líquido derramado e sai. O marrom se infiltra no branco como um cubo de açúcar em uma xícara de chá. Katy volta com uma xícara menor.

— Esse é para café espresso, na verdade — explica ela. — Mas podemos mudar de um para o outro, um pouco de cada vez.

Ela coloca um pouco de café com leite na pequena xícara e me entrega, sorrindo. Dou um gole no líquido quente, sentindo-me como um gigante em um conto de fadas. Não consigo deixar de rir para ela. Quando termino, ela enche novamente. Queria poder me lembrar do motivo de estarmos aqui.

— Temos que ir daqui a pouco — avisa ela. — Não é melhor você ir ao banheiro?

Levanto para fazer o que ela falou. Na porta do banheiro feminino está pendurada a imagem de uma menina de madeira. Do lado de dentro, há uma senhora, curvada sobre um cardigã. Dou um passo para o lado para deixá-la passar, mas ela também dá um passo para o lado. Dou um passo para trás, ela também. Chego mais perto. Sou eu no espelho. Levanto a mão para esfregar o reflexo da minha boca no vidro, deixando nele uma marca que faz com que eu pareça estar usando um batom borrado. Enrubesço diante dessa visão, sinto-me constrangida e desconfortável, e esfrego minha boca com as costas da mão. É difícil conseguir fechar a porta da cabine: pareço ter muitas camadas de roupa. Quando consigo entrar, entretanto, sinto a necessidade de ficar. É acolhedor e seguro, como a despensa da minha mãe. Ainda me lembro de um dia, quando as crianças eram pequenas, em que eu fiquei de saco cheio e fui me esconder na despensa e tranquei a porta.

Tom e Helen fizeram uma algazarra, me chamaram, choramingaram, mas fiquei paradinha e não fiz barulho. Não sei quanto tempo fiquei lá, talvez não muito, mas Patrick chegou em casa inesperadamente e me encontrou. "Está se escondendo dos nossos filhos?", questionou. Ele ficou chocado, mas não me lembro de ter ficado muito aborrecido. E anos depois, quando voltou após ter ficado longe durante meses a trabalho, lembrou-se do meu esconderijo e me empurrou para dentro da despensa para me beijar enquanto as crianças estavam ocupadas com os presentes que ele havia trazido. Mas nós fizemos muito barulho lá dentro, rindo e esbarrando nos potes de vidro enfileirados, então as crianças perceberam que estávamos lá e falaram "eca", nós éramos velhos demais para nos beijar.

— Vovó? — Uma voz familiar atravessou o vão entre a porta da cabine e o chão. — Você está bem?

Recolho minhas camadas de roupa e me esforço para sair. É uma garota. Ela se parece com Helen, porém é mais jovem, com cachos loiros e um piercing no lábio. Ela sorri, e sinto como se ela tivesse me feito uma pergunta.

— Vamos? — indaga ela. — Você acha que consegue? O ponto de ônibus é logo do outro lado da rua.

Tem um casaco esperando por mim. Não é meu, mas a deixo colocá-lo sobre meus ombros, sem dizer nada. Espero que o dono não se incomode que eu o use. Há um café do outro lado da porta. Não o reconheço, mas essa jovem Helen me indica o caminho. Ela vai na frente, mas uma de suas mãos está sempre estendida em minha direção, para ter certeza de que a estou acompanhando. Eu a sigo até o ponto de ônibus.

— Você sabe qual é o melhor lugar para plantar abobrinhas? — pergunto quando recobro o fôlego.

Primeiro ela ri, depois dá de ombros.

— Não sei, você teria que perguntar à minha mãe. Embora talvez não devesse fazer isso. Essa pergunta a deixa louca. É quase melhor do que perguntar onde está Elizabeth.

Ela dá um gritinho de alegria diante dessa ideia e me ajuda a sentar. Não temos que esperar muito pelo ônibus, e Helen, ou seja lá quem for, encontra meu bilhete facilmente na bolsa.

— Aonde você está me levando? — pergunto.

Pergunto isso muitas vezes, mas não tenho respostas. Espero que a gente esteja indo para um lugar que tenha chaleira. Esse passeio me extenuou. Mal posso esperar por uma xícara de chá. Descemos do ônibus e caminhamos por algumas ruas. Tem muito lixo no meio da rua. A maior parte é jornal. Suponho que o lixeiro não tenha passado hoje. Helen me conduz pela lateral de uma casa. É uma casa nova, recém-construída. Não gosto dela.

Nunca gostei de casas novas. Você não sabe o que está enterrado debaixo delas. Elizabeth tem uma casa nova, nunca gostei de lá.

— Helen, não está certo — digo. — Essa não é a minha casa.

— Eu sou a Katy, vó. E você mora com a gente agora. Lembra? Você se mudou para cá.

Olho ao longo da rua. O lixo se concentra em torno do poste de luz. E de repente me lembro do que eu ia fazer.

— Ah, Helen, tenho que ir à cidade — digo, virando-me para ela. — Tenho que ir àquele escritório.

— Que escritório, vó? Você não pode. Já estamos em casa.

— Tenho que ir ao escritório do *Echo* — respondo.

— Por quê? Vai virar jornaleira agora?

Não posso sorrir, é tão importante que não esqueço.

— Não. Tenho que colocar uma daquelas coisas no jornal. Uma coisa. Para Elizabeth. — Não consigo encontrar a palavra. — Para dizer que estou procurando por ela.

— O quê? — pergunta Helen, andando atrás de mim. — Um anúncio?

Não tenho certeza se é isso, mas concordo.

— Não acho que seja uma boa ideia — retruca ela. — Não acho que mamãe vá gostar disso.

— Não sou eu a sua mãe?

— Não, você é minha avó. Eu sou Katy, sua neta.

Eu paro e olho para ela. Sim, eu a reconheço. Claro que a reconheço. Mas tirando o piercing em seu lábio, ela de fato poderia ser Helen há alguns anos, com seus cachos loiros. Mas ela parece mais feliz de alguma forma. Minha filha deve ser uma boa mãe. Eu acho. Melhor, de qualquer modo, do que eu era. Voltamos para essa casa nova. Há sementes na calçada. Um girassol foi arrancado e está na parede. Katy pega uma chave.

— Isso não está certo — digo a ela, apontando. — Essa não é a minha casa.

Katy aperta minha mão.

— Vem aqui um pouquinho, vó. Mamãe disse que trouxe um bolo de café.

— Eu não gosto.
— Bem, então que tal um sanduíche de banana? Você gostou dele ontem.
— Ah, sim.

Sanduíches de banana eram um verdadeiro deleite quando eu era mais nova, e eu até os pedia, em vez do jantar. Lembro que eu esperava comer um sanduíche de banana no dia que encontrei a Nancy do Hotel Station de novo.

Eu estava na fila do verdureiro. Era uma fila longa, e alguns carrinhos de bebê encontravam-se parados do lado de fora, as cabecinhas se erguendo de vez em quando para balbuciar para a mãe. As bananas do lado de dentro eram o motivo pelo qual todos estavam ali. Havia muitas, mas parecia que ia demorar para chegar a minha vez, e tentei não pensar tanto nelas, pois corriam o risco de acabar. Encostei na parede de tijolinhos da loja e fiz caretas para os bebês em seus carrinhos, o cheiro de frutas aquecidas pelo sol me inundando como se eu estivesse em uma banheira.

Mamãe havia deixado o livro com os cupons de racionamento comigo, pois ela e papai passariam o dia conversando com a polícia e acompanhando as pistas sobre o caso de Sukey. O sargento Needham havia sugerido que eles refizessem o caminho dela de casa até o hotel, do hotel até a nossa casa e de nossa casa até a dela, prestando atenção em qualquer lugar que ela pudesse ter "se perdido". Eu achei que o sargento estava fazendo isso só para mantê-los ocupados, mas não disse nada à mamãe. Ela parecia mais esperançosa do que nunca, e eu não tive coragem de dizer que já havia feito essas rotas sozinha, várias vezes, em busca de respostas.

Em vez disso, aceitei a tarefa de obter ingredientes para um bom jantar, mas não tive muito sucesso com as compras até agora. Alguém tinha me dito que havia hadoque na peixaria, e eu corri para ver se conseguia algum, mas, quando cheguei lá, só havia pescada. Então tudo que eu tinha até agora era uma lata de sopa de tomate Heinz. Se eu conseguisse uma banana para cada um, seria uma pequena vitória.

Eu era a sexta ou sétima da fila quando Nancy me deu um tapinha no ombro.

— Olá. É você — disse ela. — Sabia que a conhecia. Sente-se melhor agora?

Eu disse que sim.

— Notícias da sua irmã?

— Nada.

Ela assentiu com a cabeça.

— Lamento muito. — Ela passou a bolsa de compras para a outra mão, bufando. — O que você veio buscar? Vim atrás de bananas, se eles ainda as tiverem. Meu marido adora bananas.

— Foi você que assinou o nome de Sukey no registro?

— Ah. No hotel, você diz? Sim, fui eu.

— Por quê?

— Frank me pediu.

— Mas Sukey não podia ter assinado?

— Ela estava do lado de fora, na van. Ele queria pagar e pegar a chave, fazer tudo logo para levá-la direto para o quarto. Ela estava em choque, ele disse. Pobrezinho, ele também. Preocupado com ela, acho. Aquela mulher louca miserável havia entrado na casa deles de novo. Mas quem sou eu para falar qualquer coisa, meu marido também tem seus problemas.

— Então você a viu? Sukey. Pensei que você tinha dito à polícia que não...

— É...

— Você viu Frank levando-a para o quarto?

Olhei para a expressão de desagrado em seus lábios, ansiando por uma parca descrição de Sukey. A ideia de minha irmã viva, ainda na nossa cidade, no mundo, vestida com suas roupas depois do jantar em nossa casa, me fez sentir leve por um momento.

— Não. Isso é verdade — disse a mulher, jogando-me um balde de água fria. — Eu tive que cobrir uma das telefonistas. Ele ia entrar com sua irmã sorrateiramente assim que tivesse a chave, para ter certeza de que a mulher louca não ia saber que ela estava ali. Pareceu um pouco exagerado para mim, mas suponho que, uma vez que você tem um susto desses, quer se certificar de que não terá outro.

— Então você nunca os viu subir?

— Bem, eu vi Frank descer. Eu já estava de volta à recepção nessa hora. Pobre Frank, ele estava de fato em choque, muito preocupado com a esposa. Eu disse "Por que você nunca fica com ela?". Mas ele não podia, tinha alguma coisa para fazer em Londres naquela noite. Não perguntei muito a respeito, porque, bem, ele é um sedutor e não faria mal a uma mosca, mas não é possível que você venda lâminas de barbear tão barato sem conhecer gente de caráter duvidoso. Meu marido tem que fazer a barba sempre, sabe, ele não suporta que ela cresça um dia sequer. Acho que isso deve lembrá-lo do campo. Ele foi prisioneiro de guerra perto de Cingapura. Sabia disso? De todo modo, eu me ofereci para ver se ela queria alguma coisa, mas Frank disse que ela tinha ido direto para a cama. E, no dia seguinte, a cama de fato parecia ter sido usada, com os lençóis amarrotados e tudo mais.

16

O interior desta gaveta cheira a borracha velha e está com manchas e marcas, mas as coisas dentro dela estão limpas e novas: embalagens de pastilha de menta fechadas, caixas de lenço de papel, paracetamol. Algumas fotos de uma família sorrindo em vários lugares da Alemanha. Devem ser recortes de uma revista, embora eu não saiba por que eu guardaria isso. E um pacote de postes de luz pretos, minúsculos postes de luz pretos com chumbo no meio. A palavra certa para eles me escapou, e então pego um, tentando lembrar como se usa, e pressiono-o contra a gaveta até quebrar a ponta. É agradável, e pego outro só para quebrar.

    A campainha toca. Eu deixo cair o lápis e acabo esbarrando em uma estante na pressa de sair do cômodo. Há duas xícaras sujas em uma prateleira. Eu as recolho, e, no corredor, percebo que há chá em uma delas. Bebo, apesar de estar frio, e deixo as duas xícaras no primeiro degrau da escada. Volto. A escada está do lado errado. Não está mais em frente à porta. Tento dar alguns passos. Eles são firmes. A campainha toca. Duas vezes. Três vezes. É um toque grosseiro, nada melodioso. Abro a porta, e um homem entra abruptamente.

    — Você foi longe demais — grita ele.

Ele está agitando alguma coisa, sacudindo-a para mim, mas se move tão rápido que não consigo ver o que é. Dou meia-volta e me deparo com o corrimão. Não sei como veio parar aqui. Está no lugar errado.

— Um maldito anúncio. Isso passou dos limites.

— Limites — repito, olhando para as escadas. Elas mudaram de lugar, e eu não consigo entender isso.

— Sim, exatamente. Ei, está me ouvindo? — O homem está prestes a bufar, mas se interrompe. — O que houve?

Ele é familiar, mas não o conheço, e de todo modo não posso dar atenção a ele agora.

— A escada. Ela mudou de lugar. Está do lado errado. Como isso pode acontecer, você sabe? Será que foi um furacão ou algo assim?

— Do que você está falando?

Ele é muito alto, esse rapaz. Mas sua postura lembra a de Douglas.

— Os degraus. Douglas. Ele deve ter mudado de lugar. Não sei o que eu ia dizer. Meus pensamentos ficaram confusos.

— Quem é Douglas?

— Nosso inquilino.

O homem flexiona levemente os joelhos, como se fosse se agachar.

— Ele está lá em cima, é?

Ele apoia a mão na pilastra do corrimão, que vacila com seu peso, e se inclina para espiar o topo da escada.

— Lá em cima? — pergunto, seguindo seu olhar. — Quem está lá em cima?

Olho para o homem, sentindo um súbito calafrio. Eu me pergunto quem pode estar lá em cima. Além disso, o corrimão está no lugar errado. Ele está no lugar errado, e eu estou assustada. Analiso o pescoço do homem acima do colarinho da camisa. A pele está irritada de tanto ele se barbear. É Peter. É o filho de Elizabeth. Meu peito se enche de raiva.

— Foi você? Foi você que mudou a escada de lugar? — Essa é a única explicação. — Você certamente faria algo tão maldoso.

— Como? — Ele passa a mão pela nuca e franze a testa.

Silêncio. Ouço o som de um corvo grasnando ao longe. Fecho minhas mãos.

— Você deve ter ganhado algum dinheiro com isso.

Peter olha para o topo da escada novamente.

— Eu não mudei a porra da escada de lugar — sussurra.

— Então como você explica isso?

— Não sei, foram construídas assim.

— Ah, ótimo. Que bela coisa a se dizer. É o tipo de mentira que funciona com a sua mãe, mas não vou engolir essa.

— Não fala da minha mãe! — grita Peter, erguendo as mãos.

A porta da frente se abre atrás dele. É Helen. Helen com o cheiro forte, doce, de glicínia, o barulho do trânsito e o farfalhar das bolsas plásticas alaranjadas em suas mãos. Essas que ela não gosta e se sente culpada por usar. Essas que ela transforma em ovinhos e esconde nas gavetas.

— O que está acontecendo? — pergunta ela.

— Esse homem mudou minha escada de lugar, Helen. Acho que sei por que ele fez isso, mas não sei como. Faça ele me contar como foi.

Peter se vira para Helen.

— Sua mãe colocou um anúncio no jornal pedindo que as pessoas a procurem caso vejam minha mãe.

Ele estende um jornal dobrado para Helen, e ela ergue as sacolas para mostrar que está com as mãos ocupadas. Katy entra pela porta atrás dela, recolhendo as xícaras que estão em um degrau. Ela vai para a cozinha, e me pergunto se vai preparar torradas, mas um instante depois ela volta para pegar as sacolas, desvencilhando-as dos dedos da mãe.

— Melhor esconder essas sacolas, hein, mãe? Não quero que ninguém saiba que você usa *sacolas plásticas*.

As duas últimas palavras são ditas num sussurro, e me pergunto se Helen não as ouviu. Ela não reage, de todo modo, apenas olha para Peter.

— Um anúncio? — pergunta ela.

— Uma coisa é me ligar ou deixar bilhetes em casa. Mas isso já é demais.

Helen finalmente pega o jornal. Ela olha para a página dobrada e, em seguida, a agita em minha direção. Tento pegá-la, mas ela não está olhando, e a página escapole da minha mão.

— Desculpe — diz ela. — Eu não sei quando ou como ela pôde ter colocado esse anúncio.

Peter balança a cabeça, e eu faço o mesmo. Ele continua balançando a cabeça ao sair da casa, e Helen se apressa atrás dele, passos amassando o cascalho. Sua voz se torna mais alta, mas não entendo as palavras. Um carro arranca e vai embora.

— Nossa, isso é que são boas-vindas — comenta Helen, voltando. Ela abre o jornal que tem nas mãos. — Aqui está "Procurando por Elizabeth Markham. Se você tem alguma informação, por favor, ligue para..."— Meu Deus. É o número do telefone da casa antiga. Eu não sabia que você tinha feito isso.

— Não. Não fui eu.

— O que levou você a fazer isso? Colocar um anúncio no jornal.

Olho para o topo da escada.

— "Mulheres: entrem em contato com seus maridos."

Helen me entrega o jornal e vai colocar a chaleira no fogo.

"Entrem em contato com seus maridos." Guardei essa reportagem. E reuni todas as histórias que encontrei sobre pessoas que abandonavam seus lares. Anúncios também, homens pedindo que suas mulheres voltassem ou que escrevessem para eles, pais esperando notícias de filhos desaparecidos. Não eram tantos assim — o repórter obviamente havia exagerado para causar impacto —, mas um dos que encontrei caiu como uma bomba na minha cabeça, jogando minhas esperanças pelos ares. Eu sabia, é claro, que, mesmo que centenas de homens e mulheres tivessem partido sem dizer nada a ninguém, não significava que Sukey também havia feito o mesmo. Mas era melhor do que qualquer outra alternativa, era melhor do que a possibilidade de Sukey ter sido atacada pelo mesmo assassino que havia ferido as outras duas mulheres. Isso significava que havia uma chance, que um dia ainda podemos encontrá-la novamente. Tentei perguntar à mamãe a que peixeiro Sukey normalmente ia, mas isso só a fez chorar, e papai ficou irritado.

Eu queria descobrir o que Douglas pensava sobre o caso — afinal, ele sempre lia cada pedaço de papel —, mas eu já estava começando a ficar assustada. Não conseguia me livrar da imagem de seu rosto se aproximando, raivoso, enquanto espalhava o batom pelas minhas bochechas e pelo queixo, e embora eu tenha passado dias tentando limpá-lo, sentia como se a mancha ainda estivesse ali. Comecei a observá-lo dentro de casa, pensando em como ele não parecia sofrer com a perda da mãe, e em como ele olhava para Sukey, e no modo como o vizinho havia dito que ele ficava o tempo todo na casa de minha irmã. E me lembrei do policial dizendo que achava que o conhecia, e o sumiço da comida, e o guarda-chuva semelhante ao da mulher louca em seu quarto. Lembrei-me dele dizendo que ia ao cinema, mas nunca sabia a história do filme. Quando ele me flagrava observando-o, me olhava com desconfiança, e eu ficava me perguntando com qual vilão de filme ele se parecia, mas às vezes ele abaixava a cabeça daquele velho jeito tímido e eu pensava "é só o Doug" e me sentia mal por suspeitar dele.

Sem ninguém para conversar, pude seguir o parco conselho que encontrei nos recortes de jornal. Tive o cuidado de verificar se havia pistas que me levavam ao paradeiro de Sukey entre as roupas que Frank tinha me dado, ou na mala trazida pelo policial. Li em um artigo que um homem havia deixado um panfleto de Torquay em uma gaveta, e assim foi encontrado. Lembrei-me de Douglas passando as mãos pelo forro da mala, e fiz o mesmo, mas não encontrei nada.

Por fim, mostrei a coleção de recortes para Frank quando ele me levou novamente ao The Fiveways. Eu tomava minha Ginger

Ale, não muito feliz de estar em um pub com ele novamente. Estava mais silencioso, no entanto, com a escassez de cerveja devido ao racionamento, e cheirava a umidade em vez de fumaça de cigarro. Frank parecia conhecer menos pessoas dessa vez. Quando mostrei a ele os jornais, tive a vaga impressão de que ele ia chorar, mas não chorou.

— Então você acha que ela me abandonou, não é? — perguntou ele.

— Bem, isso seria melhor do que a outra alternativa. O que aconteceu com a mulher no Hotel Grosvenor.

— Talvez.

Ele estava olhando para o copo de cerveja, onde só havia um restinho da bebida. Olhei para as rugas profundas de sua testa, sombreadas pela luz do pub, e para as suas mãos virando o copo, e esperei ele terminar de beber.

— Você preferia que ela estivesse morta? — perguntei, mas não podia acreditar que ele queria isso, e eu não gostava de dizer a palavra "morta".

Suas mãos não paravam de se mexer, o copo tornando a pele de seus dedos branca, e quando olhou para mim tinha os olhos cansados.

Ele suspirou.

— Não. Não, claro que não preferiria isso. Ele é um maníaco, aquele homem: você leu os relatos? Uma coisa é matar, outra é fazer o que ele fez. — Frank levantou as mãos, e o resto da cerveja girou no copo. — Digo, acidentes acontecem e não há nada que possa ser feito, não há jeito de desfazê-los. Mas o que ele fez não foi acidente.

Concordei que o homem era um maníaco e que as mortes não haviam sido acidentais, e perguntei de novo a Frank se ele achava que Sukey poderia ter ido embora, mas ele se recusou a discutir sobre isso. Ele só queria que eu lembrasse as histórias de Sukey e contasse mais uma vez como foi o primeiro encontro deles.

— E então ela disse: "Esse é o homem com quem vou me casar." — Repeti, mal conseguindo me lembrar, sentindo o jornal amassado que cobria a mesa debaixo da minha mão, observando a cerveja girar. — "Eu sei. Ele é o homem certo para mim."

Quando Frank me levou em casa naquela noite, me entregou um pedaço de presunto para mamãe e ficou de pé na esquina para me ver entrar. Vi a Sra. Winners bisbilhotando da janela. Estava falando ao telefone quando passei por ela e saiu correndo atrás de mim.

— Aquela mulher louca esteve rondando por aqui novamente — avisou, olhando para a rua. — Chamei a polícia, mas se eu fosse você entraria rápido em casa, Maud.

Ela notou Frank, mas não era possível ver o rosto dele de onde ela estava, embaixo do poste de luz, o chapéu puxado para baixo.

— Você já está namorando? — perguntou. — Por que ele não te leva em casa? Seu pai não gosta dele? — Ela riu e me empurrou na direção de casa. — Vá. Entre. Só Deus sabe do que aquela mulher é capaz.

Frank ainda estava na esquina quando olhei para trás. Pude ver a ponta de seu cigarro acesa. Douglas também.

— Com ele de novo — disse, me dando um susto.

Ele estava à espreita no jardim, no escuro, olhando para a rua.

— O que você está fazendo aqui? — indaguei, irritada.

— Sua mãe pediu para tomar conta de você. Ah, é, a mulher louca esteve aqui.

— A Sra. Winners disse. Presumo que você esteja esperando para entregar nossa comida em mãos.

Ele balançou a cabeça, sem parecer ter ouvido, e ficou de pé no jardim, olhando para a rua, em direção ao parque.

— Você viu aquelas casas novas? — perguntou, embora não tenha se virado para mim, e pensei se aquela não era uma pergunta retórica. — O solo foi remexido durante meses, terra sobre terra. E agora é plano e liso. Você nunca poderia saber o que havia ali embaixo.

Eu me aproximei de Douglas, sentindo o cheiro de alcaçuz brotar da terra, com um medo repentino de cruzar o úmido e assombrado jardim sozinha, e olhei através da escuridão, tentando ver o que ele via. Mas eu sabia que ele falava das casas do outro lado do parque e não tinha como vê-las daqui, nem mesmo durante o dia. Tentei me lembrar de como eram essas casas novas, mas só consegui pensar nos escombros da antiga casa de Douglas, com as fotos e os enfeites arrumados na sala exposta, como se alguém pudesse voltar a qualquer momento.

— As pessoas podem viver em um lugar durante muitos anos e nunca saber o que existia debaixo de seus pés — disse ele.

Ouvi um farfalhar na sebe, e embora provavelmente fosse só um ouriço ou algo do tipo, nós nos sobressaltamos.

— É melhor você entrar — sugeriu Douglas.

Contornei a casa até a cozinha. Mamãe e papai estavam retirando os pratos da mesa.

— Seu jantar está no fogão — disse mamãe, sem olhar para mim.

Eu falei que ia ver Frank naquela noite, e ela não contou nada para o papai. Ela inclusive perguntou se poderia conseguir algum sabão ou fósforos, pois não havia mais nada nos mercados. Eu mostrei o pedaço de presunto quando papai estava de costas, e seu rosto se iluminou antes que a expressão cansada retornasse ao seu lugar de sempre.

Comi minha sopa de carneiro esperando Douglas entrar a qualquer momento, mas quando subi para o meu quarto ele ainda devia estar no jardim. Esperei na janela para vê-lo entrar pela porta da cozinha, ouvindo de vez em quando o baque das maçãs maduras caindo da árvore. Já era quase meia-noite quando finalmente o avistei, uma figura negra na noite escura. Nesse momento eu já tinha terminado de escrever uma carta para o assassino, Kenneth Lloyd Holmes.

* * *

— Você está com um cheiro estranho — digo a Helen quando ela se inclina para me servir chá.

— Estranho como? — Ela está indignada, embora eu não a tenha ofendido.

— É um cheiro doce. Vou descobrir já, já. É doce, mas não é agradável. Me dá dor de cabeça e me faz pensar na mulher louca. — Esfrego o ombro como se sentisse a pancada do guarda-chuva.

— É o chá? — pergunta Helen, colocando sua xícara debaixo do meu nariz. — É erva-doce.

— Eca, sim, é isso. Horrível. Você não me deu isso, deu?

— Não, mãe. — Ela dá um gole e sorri. — Esqueci como você odeia esse cheiro. Você nunca deixava eu e o Tom comprarmos alcaçuz quando éramos crianças. — Ela faz uma pausa como se isso fosse uma boa lembrança, embora eu me recorde dela choramingando por causa disso durante horas. — O que você está escrevendo?

Olho para o papel nas minhas mãos. Há apenas rabiscos. Rabiscos pretos no papel branco. Não consigo ler. Helen diz algo sobre Peter.

— Ele fala de reações exageradas. O que ele acha que você vai fazer? — Helen puxa uma cadeira, arranhando o chão, impedindo-me de ouvir sua última frase.

Estou olhando para o papel cheio de rabiscos, linhas sem sentido. Embora eu tenha a sensação de que alguns deles são palavras, não consigo lê-las. Queria pedir uma coisa para Helen, mas estou envergonhada, com medo. Quando olho para ela, está mordendo a parte de dentro da bochecha, olhando para mim. Fico imaginando se ela adivinhou as palavras-rabisco.

— Não se preocupe — digo. — Vou pedir para Elizabeth. — Essa parece ser a coisa certa a dizer. Sorrio para Helen, mas algo está errado. Tento lembrar o que é. Um pensamento me escapa.

— Posso pedir para ela, não posso? — Olho para os meus lembretes, mas também não consigo ler nada. Já sei. Elizabeth está desaparecida.

Largo a caneta, dobro a folha rabiscada e a guardo no bolso. Helen pega minha mão. Ela tem sido boa comigo, tem se esforçado. Eu deveria fazer o mesmo. Penso no que posso dizer.

— Você está bonita, querida.

Ela faz uma careta.

— Estou feliz de ter uma filha como você.

Ela dá tapinhas na minha mão e se levanta.

— Podemos ir ao túmulo de Patrick? — pergunto. — Queria colocar umas flores lá.

Pronto. Ela sorri, um sorriso dos grandes, e se senta novamente. Ela tem covinhas, a minha filha. Ainda tem, em suas bochechas cinquentonas. Eu tinha esquecido. Era como se elas se escondessem o tempo todo e agora finalmente aparecessem.

— Podemos ir agora mesmo — sugere ela.

Pegamos nossos casacos e vamos para o carro. Tudo fica confuso. Paramos em algum lugar e Helen sai. Ouço as portas se trancando ao meu redor, vejo sua boca se mexendo através do vidro e a vejo sumir. A rua não está cheia, mas pessoas estranhas passam por ali. Não as reconheço. Acho que não. Uma mulher de cabelos negros e longos vira a esquina e vem em minha direção. Ela olha para dentro do carro quando passa e para, dá uma batidinha na janela, olhando para mim e, em seguida, para a porta do carro. Ela sorri, acena e diz algo que mal consigo ouvir pelo vidro. Giro a maçaneta, mas a porta não abre, e balanço a cabeça. A mulher dá de ombros, acena, joga um beijo e vai embora. Eu me pergunto quem era ela. O que queria.

Helen entra de repente, junto com um cheiro quente de gasolina.

— Era a Carla? — pergunta. — Agorinha?

— Não. Eu não... Quem você disse que era?

— Carla.

— Não conheço ninguém com esse nome. — Helen me passa um ramalhete de flores e liga o carro. — Essas flores são... para aquela mulher? O que você disse?

— Não, são para o papai.

O carro volta para a rua e me endireito no banco, as flores pingando em mim. Gosto de estar no carro. É confortável e você não precisa fazer nada dentro dele. Só ficar sentada.

— Ele está no hospital?

— Quem?

— Seu pai.

Paramos no sinal, e Helen olha para mim.

— Mamãe, estamos indo visitar o túmulo do papai.

— Ah, é — digo e sorrio. Helen fecha a cara. — Ah, é.

O cemitério é enorme, mas ela não demora muito para encontrar a sepultura. Deve vir aqui mais do que imagino. Ficamos de pé em frente à lápide. Lendo-a. Silenciosamente, pois Helen não quer que eu leia em voz alta. Ficamos lá por um longo tempo, e começo a me sentir cansada. É chato ficar esperando aqui. Helen está com a cabeça abaixada, suas mãos unidas, como se estivesse rezando. Ela nem acredita em Deus. Há um monte de terra não muito longe de onde estamos: alguém vai ser coberto por ela — como se chama isso? Plantado, alguém vai ser plantado. Olho para a terra por um longo tempo.

— Helen, como se planta abobrinhas?

Ela não se move, mas murmura a resposta.

— Você sempre faz essa mesma pergunta.

Não sei se isso é verdade, mas ela não teria motivos para mentir, e me afasto em direção a um maravilhoso teixo para refletir um pouco. Há algo de assustador em seu tamanho e no modo como seus galhos escuros impedem que a luz chegue ao chão. Essa sepultura tem uma pedra lisa, e o nome se desgastou. Só a data de morte e a mensagem Descanse em paz ainda são legíveis.

— Essa era a mulher louca — digo, e Helen se aproxima. — O nome dela era Violet, mas todo mundo a chamava de mulher louca.

— Que coisa triste — lamenta Helen, de pé com a cabeça curvada novamente.

Acho que ela está exagerando em sua postura respeitosa. Afundo de leve meu calcanhar no gramado.

— Ela me perseguiu uma vez. Ela me perseguiu e roubou o pente da minha irmã. Ela o pegou do meu cabelo. — Enquanto falo, sinto os fios se quebrando, a dor ao serem arrancados do couro cabeludo, mas isso não parece real, há algo de errado com essa recordação. — Ela fica me vigiando. Ela sabe tudo sobre mim...

— Quem sabe?

— Ela. — Minhas mãos estão nos bolsos, então indico o túmulo com o cotovelo. — Está sempre por aí, sempre à espreita.

A cabeça de Helen não está mais tão curvada.

— Ela está morta, mãe. Como pode estar te vigiando?

Não sei. Não consigo pensar. Tiro as mãos dos bolsos para procurar um lembrete. Encontro um pedaço de papel dobrado escrito com tinta preta e faço uma bola com ele. Quero enfiá-lo na terra e empurrá-lo para dentro da boca da mulher louca. Mas Helen pega minha mão e levanta, amassando o papel entre sua mão e a minha. E no pequeno espaço entre os nossos polegares consigo ler apenas o nome Kenneth Lloyd Holmes.

Ele foi preso pelo assassinato no Hotel Grosvenor, o homem para quem mandei a carta perguntando se ele havia matado minha irmã. Eu ainda tinha esperanças de que Sukey tivesse fugido, mas ouvia notícias dos crimes por toda a parte, até no rádio. Eu disse na carta que não contaria a ninguém, mas que tinha que saber se ele havia matado Sukey. Descrevi minha irmã, seu cabelo, o jeito como se vestia, e mencionei a cidade onde morávamos. Pensei que, se ele não respondesse, ela ainda devia estar viva. E, se ele dissesse que sim, bem, pelo menos saberíamos o que tinha acontecido. Eu não conseguia pensar no que assinar depois de "Atenciosamente". Senti horror de colocar meu próprio nome. No final coloquei Srta. Lockwood e pedi para a quitandeira do começo da rua receber qualquer carta endereçada a esse nome. Era a mãe de Reg que estava à frente do mercadinho. Ainda me lembro dela levantando as sobrancelhas e sorrindo.

— Esperando uma cartinha de amor, né? — indagou ela. — Srta. Lockwood. Vaidade das vaidades.

Ela sorriu e fez um som de desaprovação; eu enrubesci e transpirei debaixo do casaco. Senti-me terrivelmente envergonhada, sabendo que ela contaria para a Sra. Winners, pelo menos. Mas ela concordou em aceitar a carta e guardá-la para mim, e isso bastava. Enfiei os recortes de jornal na gaveta e esperei. Nunca tive resposta, mas disse a Frank que havia escrito a carta quando o encontrei no Pleasure Gardens, certa tarde.

— Você ficou louca? — repreendeu-me, soltando sua baforada de cigarro antes mesmo de terminar sua pergunta. — Escrever para um maluco desses? O que fez você pensar que ele tem alguma coisa a ver com Sukey?

Frank ficou rondando o banco onde eu estava sentada, tragando violentamente a fumaça do cigarro, de modo que o papel queimava rápido e resplandecente. Ele havia chegado com pacotes de sopa para mamãe e chocolate para mim, Cadbury's Dairy Milk, que não tinha em nenhuma loja. Tirei um pedacinho, embora tivesse prometido a mim mesma que não o comeria até chegar em casa. Era tão irresistivelmente cremoso e doce que esqueci por alguns instantes que estávamos discutindo, e sorri para ele.

— E se ele disser que não fez nada, o que isso prova? — perguntou, ignorando meu sorriso.

Embrulhei o restante do chocolate e o guardei no bolso.

— Se ele não a matou, então isso prova que ela ainda está viva.

— Não, Maud, isso não prova nada.

Ele jogou o cigarro no rio e tirou outro do maço, o tempo todo olhando para mim. Tive que segurar minha mão para não colocá-la no bolso onde estava o chocolate.

— O que você escreveu exatamente? — perguntou, já com o novo cigarro aceso.

Contei a ele, tentando lembrar palavra por palavra, mas ele me interrompia o tempo todo, repetindo as frases e tossindo com a fumaça.

— "Ela se parece com as outras garotas que você matou"? Diabos!

Eu mordi os lábios diante das minhas próprias palavras.

— É verdade, ela se parece.

— Por quê? — gritou ele, e um casal de idosos olhou do outro banco. — Por que você fez isso? Sua idiota. Ele nem ficou por aqui o tempo necessário para conhecê-la. Você vai acabar sendo a próxima vítima dele.

Dei de ombros e me virei. O homem havia sido capturado e ia ser enforcado, então isso não me pareceu algo provável. Frank praguejou baixinho e saiu andando. Por um momento pensei que ele fosse me deixar ali, mas ele se virou antes de chegar perto do casal de idosos e ergueu a mão para tirar o cigarro da boca. O dia estava abafado, e a fumaça pairava sobre nós, embora eu conseguisse ouvir o vento batendo no topo dos pinheiros.

— Aonde você levava Sukey para dançar? — perguntei, arrependida de ter contado sobre a carta, querendo endireitar as coisas, querendo voltar para como era antes.

— No Pavilion. Por quê? Vai dizer para aquele lunático que você gosta de ir até lá?

Ignorei seu tom, e ele soltou um longo suspiro, jogou seu segundo cigarro fora e ficou de pé na minha frente. Não resisti e desembrulhei a barra de Cadbury novamente, e quando ele se abaixou para segurar minhas mãos, o chocolate começou a derreter entre elas.

— Sempre íamos ao Pavilion — disse ele. — E ela sempre me fazia dançar antes do intervalo. Eu nunca tinha feito isso antes. Uma coisa que eu lembro e você não, né? — Ele balançou levemente minhas mãos e deu um sorriso de canto de boca.

Sorri de volta, como sempre.

— Estou lembrando disso agora. Talvez eu vá ao baile, então.

Ele me soltou, e a barra de chocolate caiu no meu colo, uma pequena parte dela tocando de leve minha saia, manchando-a.

— Por que você não deixa isso pra lá? — perguntou.

Pensei que ele se referia ao chocolate, e respondi "você o trouxe para mim" antes de me dar conta de que ele estava falando sobre a minha busca por Sukey.

Mas eu não podia deixar isso pra lá, e então coloquei o vestido verde que era de minha irmã para o baile de sábado do clube Pavilion. Se Sukey ainda estivesse na cidade, mesmo que não quisesse entrar em contato ou saber notícias de nós, havia uma chance, pensei, de que ela não resistisse a uma noite de dança. Era uma aposta. E pensei que eu iria até lá só para assistir e ver quem aparecia, certa de que ela não reconheceria meus cabelos encaracolados penteados de outra forma, segurando um exemplar da revista *Britannia and Eve* de mamãe diante do rosto.

O Pavilion tem um amplo saguão com bancos em veludo vermelho e palmeiras em grandes vasos de porcelana. Havia cadeiras de vime em volta das colunas, mas elas pareciam mais chamativas do que os bancos. Quando cheguei, só havia assentos desocupados de costas para a porta, então não consegui ver quem estava entrando. Sentei em um banco no canto e segurei a revista no alto. A dança já ia começar no salão principal e, ocasionalmente, as pessoas chegavam ao saguão para sentar e esperar, conversando, rindo ou balançando as pernas de expectativa. O ar começou a ficar tomado por uma mistura de perfume, cera de sapato e naftalina de todos os vestidos guardados nos armários durante a semana. Cheguei lá cedo, assim poderia procurar por Sukey, e tinha quinze minutos até que a orquestra começasse a tocar. Minha atenção estava dividida entre um anúncio de comprimidos e a porta. Meu coração batia acelerado, e cada batida parecia enviar o sangue diretamente para os meus braços, então era difícil manter a revista estável.

Um homem chegou e parou na soleira, examinando o salão. Ele era alto e tinha um bigode loiro, e suas roupas pareciam pertencer a um homem mais gordo. Fiquei sentada por um tempo, observando uma mulher elegante de vestido violeta que entrou no salão e chamou seu nome. Sua voz parecia familiar, e seu cabelo era de um tom escuro suave. Não ousei olhar para ela, o ar preso em meus pulmões. O homem esperou até que ela se aproximasse e em seguida passou o braço pelos seus ombros, e a mulher o ajudou a atravessar o salão em direção a uma cadeira de vime. Ele mancava, e eu pensei que sua perna poderia ter sido ferida na guerra. Quando se aproximaram, pude ver que a mulher era rechonchuda e mais corpulenta que Sukey, e embora fosse ágil, não era tão elegante. Eu já estava entorpecida de decepção há quase um minuto quando senti o beliscão, como uma pontada perto da costela.

Fingi para mim mesma que era fome e procurei o restante do chocolate que Frank tinha me dado, mas eu devia tê-lo deixado perto da cama ou no casaco no uniforme da escola, pois não o encontrei. Já eram quase seis horas, e a luz do lado de fora era muito amarelada. A cor se refletia nas roupas e nos cabelos das pessoas através de espelhos nas paredes. Nos cantos ainda havia os pedaços de papel pardo que eles deviam ter colado para proteger o lugar de ataques aéreos. Eu estava sentada próxima ao canto inferior esquerdo de um desses espelhos e, me sentindo desolada, me virei e levantei a mão para tocar o papel pardo. Foi agradável arrancá-lo do vidro liso, e eu já havia removido uma pequena parte dele quando alguém chegou atrás de mim.

— Sukey? — perguntou a voz, e me virei.

Era Douglas. Ele fechou os olhos quando viu que era eu. Ficou boquiaberto.

— Maud — falou. — Eu já deveria saber.

Ele deixou-se cair no banco ao meu lado e esticou as pernas, e o homem manco na cadeira de vime olhou para ele. Esperei Douglas dizer alguma coisa, mas ele só olhava para o chão.

— Por que você está aqui? — indaguei finalmente. — A mulher louca disse para você vir?

— Eu venho toda noite que tem baile — respondeu ele. — Na esperança de...

— Sim — afirmei, sem querer que ele terminasse a frase. — Você vem aqui em vez de ir ao cinema. Na esperança de...

— E é por isso que você está aqui também.

Assenti.

— Usando as roupas dela. Tem certeza de que não veio encontrar Frank?

— Ah, pelo amor de Deus, Doug — exaltei-me. — Isso não é pelo Frank. E mesmo se fosse, o que você tem a ver com isso?

Doug me dirigiu um olhar breve, repleto de amargura, e eu bufei e resmunguei, repetindo a frase que tinha acabado de falar para mim mesma, tentando ficar com raiva dele.

— Até quando você vai continuar vindo aqui? — perguntei.

— Até eu não conseguir mais.

Desviamos o olhar um do outro para observar a súbita agitação no saguão. A música começava, e as pessoas estavam indo dançar.

— Não sei mais onde procurar — disse ele. — Não sei mais o que procurar.

Assenti, observando seu perfil. Eu o amei naquele momento. Eu o amei por sua insistência, por se preocupar em continuar a busca quando Frank já tinha desistido.

— Doug — disse, precisando saber mais uma coisa. — Você e Sukey.

— Ela era boa para mim, era só isso — contou, olhando atentamente para os dançarinos a postos. — Me deu um lugar para ir, pessoas com quem conversar.

Eu queria perguntar sobre o que eles conversavam, mas não sabia como fazer isso sem parecer impertinente. Eu sempre parecia má com Douglas, insultos e picuinhas, embora nunca fosse minha intenção, e eu não queria correr o risco de dizer a coisa errada agora. Também não podia deixar de me sentir excluída, ressentida, embora já fosse tarde demais. Douglas olhou pálido para as costas dos casacos e vestidos de noite, e eu notei o modo como a cor ia e vinha de seu rosto, e seu cabelo macio se despenteando na corrente de ar que vinha da porta. Sorri para ele, embora ele não tenha visto.

    Eu queria voltar com ele ao baile no próximo sábado, mas, quando fiz a sugestão, Douglas não pareceu interessado. Não o vi sair; ou eu mesma já tinha saído, ou estava ocupada. Tentei na semana seguinte, depois que tomei chá com minha amiga Audrey — mamãe e papai tinham ido a Londres novamente para tentar falar com alguém sobre o caso de Sukey —, mas ela havia surrupiado uma garrafa de gim de seu pai e insistiu que bebêssemos, embora não gostássemos do sabor. Quando cheguei ao clube, o baile já tinha acabado, e Douglas já havia ido embora há muito tempo.

    O céu escureceu enquanto eu caminhava para casa. Tinha chovido; as calçadas das casas novas estavam lustrosas, e caracóis faziam incursões suicidas, vindos de vários pontos do jardim. Havia cheiro de creosote no ar, vindo das cercas recém-construídas. Não conseguia ver o chão à minha frente, e tinha medo de esmagar um caracol. Já podia sentir o modo como ele se quebraria debaixo de meus sapatos, ouvir o som.

    Se eu fosse mais nova, teria me desviado deles tranquilamente, pegando cada caracol e levando para a área segura do jardim, ou ao menos para outro arbusto. Mas cresci e parei de fazer isso; passei apenas a observar o reluzir da carne pastosa e a acompanhar seu rastro prateado, tentando assim não arriscar meus pés em qualquer outra área do terreno. Fiz isso até metade da rua, quando ouvi o primeiro triturar oco na calçada. Mal houve tempo para praguejar, tive apenas aquela sensação doentia, uma mistura de tristeza e repugnância. Porque, no mesmo instante, avistei a mulher louca.

        Ela estava do outro lado de um carro, o único estacionado na rua, de pé na pista molhada e espiando pelas janelas. Ela passa os dedos inutilmente pelo vidro, arranhando-o. Foi a luz de uma casa, acesa de repente, que a denunciou, e sua sombra esgueirou-

-se na minha direção. Um homem saiu de seu jardim gritando, e as pessoas começaram a se aglomerar em torno dele. Ele parou junto ao muro do jardim, passando a mão pelo topo, onde ele, ou outra pessoa, havia cimentado um monte de seixos coloridos. Os vizinhos se aproximaram para ouvi-lo, e ele gritou mais alto ainda, mas mal consegui me concentrar em suas palavras por causa da mulher louca, que estava batendo na janela do carro.

Ela pareceu estremecer embaixo da luz, seu cabelo branco tremulando como uma mariposa. Nós nos olhamos através do vidro, e tentei imaginar há quanto tempo ela estava ali, se tinha me seguido ou se estava me esperando naquele lugar, escondida. Eu me perguntei qual seria seu plano, se ela tinha um plano. Fiquei paralisada, meu pé fixo na calçada diante da carcaça do caracol, e pensei por um instante que o homem estava gritando com ela, mas eu estava errada.

Alguém havia tentado desenterrar suas abobrinhas, disse ele, e quase saíra impune. Ele era um premiado plantador de abobrinhas, e sua safra já estava chegando ao tamanho perfeito. Tinha certeza de que havia sido sabotagem. Até viu as costas do ladrão quando ele correu, e podia jurar que era o Sr. Murphy, seu maior rival.

— Eu vi o cabelo branco dele. Brilhava com a lua — bradou, como se ter um cabelo brilhoso fosse um crime. — Eu poderia reconhecê-lo em qualquer lugar, como não? Desgraçado.

Algumas senhoras murmuraram algo, e ele se desculpou pela linguagem ofensiva. Um homem sugeriu que batessem à porta do Sr. Murphy e fizessem ele mostrar o cabelo. Houve risadinhas, e os murmúrios logo se dissiparam. No momento seguinte já estava tudo quieto e escuro como breu novamente, embora eu ainda não conseguisse me mover. Os olhos da mulher louca estavam fixos em mim, seus dedos tateando uma espécie lunática de código Morse, mas foi a visão de seu cabelo reluzente que me fez estremecer. Tinha sido ela quem havia escavado o jardim do homem, pensei, foi seu cabelo branco que ele confundiu com o do Sr. Murphy, e a imaginei na escuridão, as pontas dos dedos cheias de terra, puxando as abobrinhas com os dentes.

Muitas vozes desejaram boa-noite, e a maioria das mulheres entrou em suas casas para dar atenção às suas crianças, seus rádios e seus modeladores de cabelo, e seus maridos a acompanharam. Mas um vagabundo com uma voz entrecortada sugeriu que o culpado tinha sido um maníaco por abobrinhas, e uma gargalhada estrondosa fez a mulher louca se virar, só por um instante. E eu corri. Pela rua toda, passando pelo plantador de abobrinhas, esmagando caracóis sem sequer lamentar, ciente de que encontraria fragmentos de concha e carne pegajosa na sola dos meus sapatos na manhã seguinte.

17

Minha casa está escura quando chego. Mamãe e papai saíram para procurar Sukey. Permaneço na frente do pórtico, tentando encontrar minhas chaves, conferindo a bolsa e os bolsos duas vezes. As chaves não estão neles. Sinto um aperto no estômago, e meu coração bate forte. Respiro com cuidado e viro meus bolsos do avesso, sacudindo-os até que tudo caia no chão. O chacoalhar dos objetos batendo no concreto une-se àquele antigo som familiar da porta da frente se abrindo. O estalar do trinco, o chiado pesado da dobradiça. Alguém que não é minha mãe nem meu pai está abrindo a porta. É um homem jovem, baixo e louro, que fica parado do lado de dentro, olhando para mim. Ele parece surpreso, como se não me esperasse em casa. Não parece ser um ladrão, e retribuo seu olhar, incrédula. Não sei se o reconheço, mas não confio em mim mesma.

— Douglas? — pergunto.

— Não, sou o Sean — responde ele, recuando para o interior da casa. Minha casa. — Fique aí.

Mas não tenho nenhuma intenção de esperar do lado de fora enquanto ele faz sabe-se lá o que do lado de dentro, então sigo-o pelo corredor escuro. Algo estranho está acontecendo: tudo está diferente. A prateleira acima do aquecedor não existe mais, e há uma bicicleta encostada à parede. Não sei onde estou. Sinto cheiro de vinagre e o homem está ao telefone. Ele sorri para mim, se exibindo, como faz a Sra. Winners.

— Você quer se sentar? — diz, cobrindo o bocal do telefone com a mão.

— Eles não vão conseguir ouvir você desse jeito.

Ele concorda e tira a mão, fala algo ao telefone e desliga.

— Gostaria de ir até a cozinha? Acabamos de fazer *fish and chips*. E ainda tem muita batata.

Uma criancinha aparece sorrateiramente nos degraus e se encosta à parede, analisando-me de trás de seu pai.

— Poppy, essa é a senhora que morava aqui.

— Você não mora mais aqui, então? — pergunto.

A menina se contorce de tanto rir.

— Bem, vamos até a cozinha? — Ele desce os degraus, e a menina se vira e corre à sua frente.

Não sei ao certo o que fazer. Vejo a luz da cozinha acesa, mas não sei chegar até ela. Tudo parece muito familiar, tudo parece evocar memórias, mas não sei exatamente quais. Estão encobertas pela vida de outras pessoas. Olho para a porta da frente, ainda aberta. Ela se parece com a minha — o mesmo vidro nas janelas —, e isso me faz pensar que eu deveria ir para casa, mas pareço presa a esse carpete e não há como sair. Tateio os bolsos atrás de lembretes, mas não encontro nada, só algumas linhas rabiscadas e um vazio. Não há lembretes, de modo algum. E a ausência deles me atordoa. Estou solta no mundo. Torço o tecido do meu casaco, em pânico. E, por fim, dentro do forro rasgado, encontro um pequeno papel azul com a minha letra: *Onde está Elizabeth?*

— Elizabeth desapareceu! — grito. Grito para que a parte do meu cérebro que esquece pare de esquecer. — Elizabeth desapareceu! — grito de novo e de novo.

Quando olho por cima do ombro, uma menininha está agarrada ao corrimão, meio escondida debaixo de um monte dessas coisas de enrolar no pescoço. Lã e seda, enormes, mortíferos, eles estão pendurados no corrimão, inertes, como cobras espertas fingindo dormir. A menina arregala os olhos para mim e em seguida dispara escada acima. Grito em sua direção.

E então sinto a mão em meu ombro. O peso dela me traz um pressentimento e viro na direção da porta da frente.

— Mãe?

É Helen. Ela vem correndo me abraçar e pressiona meu rosto contra o seu ombro. Ela cheira a terra molhada. Quando recua, apoia a mão no meu ombro, agitando-o de leve. O telefone na outra.

— Com quem você está gritando? — pergunta. Seus olhos percorrem meu rosto, e a mão aperta meu ombro. — Mãe, você não mora mais aqui. Você sabe disso, não sabe?

— Elizabeth está desaparecida — sussurro, os olhos percorrendo a casa. É familiar, mas não sei de quem é. Levo a mão ao pescoço.

— Não, mãe, ela não está desaparecida. Você sabe onde ela está. E tem que aceitar isso. Ou então deixar para lá, mas, de qualquer forma, tem que parar de falar isso para as pessoas — diz ela em voz baixa e começa a me conduzir em direção à rua.

— Falar o que para as pessoas?

— Que Elizabeth está desparecida.

— Você também acha que ela está desaparecida?

Seu rosto congela em um sorriso apertado.

— Não, mãe. Esquece. Vamos para casa?

Ela abre a porta de um carro, me ajuda a entrar nele e em seguida volta à casa para pegar algumas coisas que estavam espalhadas pelo chão. Um homem se abaixa para ajudá-la.

— Muito obrigada — ouço-a dizer. — Saí por dez minutos, pensei que não haveria problema.

Ele diz algo que não consigo entender.

— Eu sei. Eu sei que não é a primeira vez. Ela ainda está se adaptando.

Tento entender o sentido disso, mas é impossível. Minha cabeça está uma confusão só. Minha casa, pessoas estranhas, Katy nos degraus, *fish and chips* para o jantar, Sukey desapareceu e Elizabeth desapareceu e Helen... Ela desapareceu? Não, Helen está aqui, entrando no carro e me levando para algum lugar. Olho para trás, de onde viemos.

— Helen, eu me mudei, não mudei? Eu me mudei para a sua casa.

— Sim, mãe. É isso mesmo. — Ela estende a mão para segurar a minha, mas tem de recolhê-la logo em seguida para mudar a marcha.

— Bem, pelo menos acertei alguma coisa hoje.

Observo as curvas da rua à minha frente com satisfação, e Helen não me repreende por ler alto as placas. Eu me concentro bastante nelas: são contínuas e organizadas, e não preciso saber o que elas significam, porque não estou dirigindo.

Um homem se move de maneira instável à nossa frente, magro, de aparência frágil. Primeiro acho que ele está flutuando com uma perna só, bem esguia, mas no instante seguinte percebo que é uma daquelas coisas que as pessoas usam para se locomover: duas rodas, guidão. Não é um carrinho de mão. Nós passamos bem perto dele, e por um momento acho que ele vai perder o equilíbrio, que vamos fazê-lo cair. Fico paralisada.

— Helen — repreendo. — Você quase o atropelou.

— Não, mãe, não fiz isso.

— Fez sim. Você quase o pegou. Tem que ser mais cuidadosa. As pessoas podem morrer dessa forma.

— Sim, eu sei, mas nem cheguei perto dele.

— Aquela pobre mulher foi atropelada na porta de casa. Quando foi isso?

— Não sei. Não sei de quem está falando.

— Sabe, sabe sim. Ela estava de pé na beira da minha cama e depois correu, e você a atropelou para que ela não voltasse mais.

— Eu nunca atropelei ninguém, mãe.

— Bem, não sei. Eu não estava no carro na hora. Eu estava no quarto do Douglas ouvindo a "Champagne Aria".

* * *

Ouvi o repentino som dos freios do carro por cima da risada do Ezio Pinza, e depois a voz da minha mãe me chamando. Não consegui distinguir as palavras enquanto saía pela porta do quarto de Douglas e seguia os gritos que vinham do lado de fora, mas logo vi a aglomeração no meio da rua. Era a mulher louca. Deitada no chão, a cabeça sangrando, braços e pernas em posições estranhas. Mamãe estava ajoelhada, inclinada sobre ela, a mão em seu rosto. A Sra. Winners também deve ter ouvido o barulho, pois chegou ao mesmo tempo. Ela voltou correndo para casa para chamar uma ambulância, e mamãe me mandou pegar mantas para cobrir os membros deformados.

Depois disso eu não soube mais o que fazer, então apenas me ajoelhei ao lado da minha mãe e segurei a mão da mulher louca. Ela revirava os olhos e sussurrava coisas. Eu não consegui entender as palavras, mas ela não parecia tão assustadora agora, o rosto enrugado, minúscula no asfalto. Ela sequer estava com o guarda-chuva. Havia fragmentos de plantas ao seu redor, coisas que ela carregava quando foi atropelada: galhos de espinheiros, flores vermelhas e folhas de agrião, becabungas, dente-de-leão, madressilvas e erva-cidreira. A maneira como estavam dispostos no asfalto faziam-na parecer uma velha Ofélia que havia confundido a estrada com um rio.

— É tudo comestível, veja — observou a Sra. Winners. — Dente-de-leão, agrião. Para fazer uma salada. Afinal, ela não é tão louca assim.

Quando comecei a juntar as flores e folhas, a mulher louca emitiu um som rouco. Mamãe se inclinou ainda mais para ouvir as palavras, e a mulher, com os olhos fixos em mim, tateou minha mão e colocou algo nela. Peguei o objeto sem qualquer resistência, sentindo sua forma, pequena, delicada e quebradiça, mas sem olhar para ele.

— *Pássaros?* — perguntou mamãe, tentando decifrar as palavras. — Que pássaros? Cabeça de quem?

Mas ela não conseguia compreender nada do que a mulher dizia, então pronunciamos sons reconfortantes em resposta, enquanto a Sra. Winners andava de um lado para o outro, perguntando em voz alta onde havia se metido a ambulância e se achávamos se ela deveria telefonar novamente.

— Quantos anos você acha que ela tem? — indagou mamãe a mim, ajeitando a manta da forma mais delicada possível sobre os membros irregulares da mulher louca.

Disse a ela que não sabia.

— Isso tem importância?

— Acho que não. Ela é mais jovem do que eu pensava. Pode até ser da minha idade.

Quando a ambulância chegou, a mulher louca já havia parado de sussurrar, sua boca estava aberta, e suas bochechas, côncavas. Houve um momento em que ela pareceu despertar, seus olhos encontraram os nossos, e ela moveu a mandíbula mais uma vez, como se tentasse dizer uma última coisa. E então um fio escuro de sangue correu do canto de sua boca, e ela apagou.

— Ela morreu nos meus braços — lamentou mamãe, e os homens levaram o corpo compacto, ainda enrolado em uma de nossas mantas.

Nós, todos nós, ficamos olhando ao longo da rua por um longo instante, até que não havia mais nada para ver, e Sra. Winners foi a primeira a sair do torpor. Esfregou as mãos e olhou para o céu, tentando prever se ia chover. Por fim, ela nos conduziu à sua casa para tomar um chá.

— Isso iria acontecer uma hora ou outra — disse ela, acomodando-nos na sala de estar. — Sempre na rua, aquela lá. Se jogando na frente dos ônibus.

— Não foi um ônibus que a atropelou — refutou mamãe. — Foi um Morris.

A Sra. Winners disse que não via diferença. Acendeu sua pequena lareira elétrica e colocou um xale sobre os ombros de mamãe antes de servir o chá, e me dei conta de que mamãe estava tremendo. Perguntei a ela qual era o problema, mas a Sra. Winners fez uma expressão de desagrado e balançou a cabeça negativamente, e eu entendi que tinha que ficar quieta.

— O que você tem aí? — perguntou ela, inclinando ligeiramente a cabeça na direção do meu punho fechado.

Botei minha xícara sobre a mesa e finalmente abri a mão que guardava o presente da mulher louca. Era uma flor de abobrinha, seca, morta e despedaçada, como uma antiga corneta de gramofone.

— Era da mulher, não era? Pela aparência, é uma flor de abobrinha. Um tesouro, não sei. Por que ela deu isso a você?

— É comestível, não é? Assim como a flor de agrião. Mas acho que foi porque ela desenterrou algumas abobrinhas do jardim de um homem — respondi. — Ele quase a pegou no flagra. Eu estava passando na hora, e ela sabia que eu a tinha visto.

Lembrei-me do homem gritando para os vizinhos na escuridão e passando as mãos sobre os seixos na mureta do jardim.

— E essa seria uma confissão? Caramba, ela *era* louca. Ah, não quero falar mal dos mortos, e ela era honesta, suponho, do jeito dela. Estou sendo parcial demais por causa de uma folha de abobrinha.

— Foi Frank quem ajudou o homem a plantar as abobrinhas — eu disse à mamãe, pensando que ela poderia esboçar qualquer reação se a informação fosse importante, mas ela só assentiu, aconchegando-se com o calor de sua xícara, mas sem beber.

— Ela disse que todos os passarinhos estavam voando em volta de sua cabeça — contou mamãe. — Como naqueles desenhos animados. E em seguida falou da filha. Disse que nós duas perdemos nossas meninas. Suponho que ela se referia a Sukey. Não imaginei que ela soubesse algo sobre mim, não esperava que apresentasse alguma lucidez. Mas ela continuou falando das nossas meninas.

— Soa como delírio para mim — comentou a Sra. Winners.

— Não — ressaltou mamãe. — Ela me conhecia.

— É só o fim de semana, mãe. Desculpe. Volto na segunda de manhã para te levar para casa. Mãe?

Não digo nada. Estamos em um pequeno quarto com cortinas claras e flores de plástico no vaso; há um cheiro forte de desinfetante e de molho de carne de qualidade duvidosa vindo de algum lugar. Helen está agachada ao lado da cama, onde estou sentada. Ela diz que vai voltar, mas sei que está mentindo. Sei que ela vai me deixar aqui para sempre. Eu já estive aqui por várias semanas.

— São só duas noites. E eles vão deixar você cuidar do jardim.

— Não gosto de jardinagem — digo, e fico irritada comigo mesma por responder.

— Gosta sim. Você sempre está perguntando sobre jardinagem e parece gostar de escavar coisas quando estamos em casa.

Lembro-me de não responder nada dessa vez. Ela está mentindo sobre isso também, nunca gostei de jardinagem. Não sou como ela, que fica ao ar livre faça chuva ou faça sol, indicando às pessoas onde elas devem escavar o solo para fazer grandes reservatórios, ou explicando que tipo de terra é melhor para o cultivo de vegetais. Não que ela já tenha *me* dito algo a respeito. Ela nunca acha que eu preciso saber o quão fundo você tem que cavar para jogar as sementes de abobrinha, ou a que altura do solo as raízes crescem. Agora resisto, não pergunto. De todo modo, não tem nada no quarto além de mim. Em algum momento Helen deve ir embora, e eu vou ficar sentada aqui. Há um aviso na parede. BEM-VINDO À CASA KEEBLE. É um asilo, e não sei por que estou aqui. Olho meus lembretes e encontro o nome do asilo anotado em um pedaço rosa de papel com o endereço. Keeble Road. Uma amiga minha morava aqui. Está morta agora, e não lembro seu nome. Não era Elizabeth, era outra pessoa, sei disso.

— Chá em cinco minutos.

Uma jovem grande e forte me conduz por um corredor com muitos quartos. Penso no Hotel Station, mas essas portas ficam abertas e, ao passar por elas, consigo ouvir uma televisão zumbindo e pessoas tentando atrair atenção em voz baixa. Consigo vislumbrar pernas estendidas nas camas, chinelos e meias cirúrgicas. Ouço um bipe constante vindo de algum lugar. Chegamos a uma sala, e sinto novamente o cheiro de molho. Sento-me em uma cadeira, com vista para muitas outras cadeiras parecidas que aos poucos são ocupadas por pessoas velhas, suas roupas e rostos amassados, como se tivessem acabado de sair da cama. Há outra TV em um canto, e o seu som torna tudo mais confuso.

— Estou esperando há horas — digo para a jovem.
— O que você está esperando? — pergunta ela.
— Há séculos estou esperando. Mais de duas horas.
— Para quê?

Não sei responder a essa pergunta, e a jovem suspira, afastando a franja da testa, jogando-a para trás com o antebraço. Ela me dá uma xícara de chá, e observo uma senhora do outro lado da sala. Ela tem um lenço colorido no cabelo e está muito encurvada. Parece sempre enfiar o nariz no chá ao bebê-lo. Gotas escorrem quando ela ergue a cabeça, encharcando seu suéter. Quando termina, ela apoia a cabeça entre as mãos, aliviando o peso que incide sobre sua coluna curvada. Alguém vem buscar sua xícara, um homem moreno, elegante e sorridente. Espanhol, talvez. Eu o observo empilhar as xícaras, formando uma coluna reluzente. O sol começa a entrar pela janela, e ele baixa a persiana com um movimento rápido, como um toureiro sacudindo a capa.

Já está ficando tarde, e eu estou aqui há muito tempo. Todas as pessoas que dançavam já estão indo para casa, mas eu ainda não posso voltar. Devo esperar para ver se Sukey aparece. Há um pedaço de fita no assento da minha cadeira e começo a mexer nela.

— *Quando os dançarinos vão deixá-la em paz?* —, digo, as palavras do poema mais claras que as da televisão. — *Ela está cansada de dançar e brincar...**

---

* *When will the dancers leave her alone?/ She is weary of dance and play.* Mais um trecho do poema "Come into the Garden, Maud". (*N. do E.*)

— Como assim? — grita uma mulher de longos cabelos grisalhos, inclinando-se sobre um andador. — Tem alguém no meu lugar? Onde diabos se meteu minha cadeira?

Sinto o repentino pavor de estar sentada no lugar dela, mas o espanhol aponta para a cadeira ao lado da minha.

— Aqui está — indica ele, dando um passo de dança para a esquerda e acenando.

Ela abaixa a cabeça e caminha até a cadeira como se fosse atacá-la, mas ao se aproximar dela, se empertiga e, por fim, senta elegantemente.

— Você não está fazendo direito — critica ela, apontando para os meus dedos cutucando a fita.

Não consigo me recordar do verso seguinte do poema, então não sei como responder. Sorrio, tentando entoar o começo para ela saber que me lembro, no mínimo, da melodia.

— Ela acha isso engraçado — fala a mulher para um homem sentado ao seu lado. — *Eu* não acho. Se você fosse para casa e contasse a seus pais que estava fazendo isso, eles não ficariam muito contentes.

— Ela não pode voltar para a casa da mãe, pode? — pergunta o homem, tirando migalhas de seu pulôver.

— Não, ainda não — respondo. — Tenho que esperar aqui até alguém chegar. Um toureiro com uma grande capa. Ele pegou minha irmã. Ela está presa debaixo de sua capa, e ele não vai libertá-la até que eu dance com ele.

Ninguém parece me ouvir, e a imagem do toureiro é muito vaga para permanecer em minha mente. Uma mulher morena sentada ao lado de um vaso de flores de tecido acena para mim.

— São falsas, você sabe — diz ela. — Mas muito bonitas, de qualquer forma.

Olho para as flores e assinto.

— Falsas — repete a mulher, esfregando as pétalas com os dedos. Ela tira uma das flores do vaso e a oferece para mim. — Muito bonitas, apesar disso.

Pego a flor e fecho minha mão em torno dela enquanto a mulher tira todos os caules de plástico do vaso e os empurra para mim. Elas ficam tristemente caídas sem o apoio do vaso, e as pétalas parecem desgastadas de tanto serem manuseadas. Há vários caules sem flor, e eles me fazem pensar em Douglas na nossa cozinha, em como suas costas arqueadas pareciam um eco de seu buquê de flores sem vida.

A lâmpada tremeluzia, e insetos de aspecto fantasmagórico começavam a se chocar contra o lado de fora da janela da cozinha quando Douglas voltou para casa. O fogo do fogão já estava quase apagado, e tomávamos o resto do chá. Era comum mamãe ter dificuldades para dormir, e às vezes eu ficava com ela, fazendo palavras-cruzadas do jornal e ouvindo papai roncar lá em cima.

— Seu jantar está na primeira prateleira do forno — disse mamãe quando Douglas entrou pela porta. — Deve estar um pouco frio. Eu teria feito alguma coisa se soubesse que você ia chegar tarde, mas não sabia.

— Sim, desculpe — pediu ele, sem se sentar, mas parecendo prestes a cair. — Desculpe, não pensei que eu... — Ele carregava flores. Um ramalhete enlameado, murcho com o calor da cozinha, as pétalas caindo ao menor movimento. — Eu não sabia o que fazer. — Ele ergueu o ramalhete para nós, cambaleando, e mamãe acenou para que eu fizesse alguma coisa.

— O que aconteceu? — perguntei, levantando-me e empurrando minha cadeira para ele, para que ele sentasse.

— Minha mãe — respondeu. — Ela morreu hoje à tarde.

Recuei. Mamãe pareceu preocupada, assustada até. Pensamos que ele tinha enlouquecido, perdido a memória, essas coisas.

— Sua mãe já estava morta, querido — explicou mamãe. — Uma bomba, lembra?

Ela acenou para mim novamente, agora me indicando a chaleira, e eu a enchi de água e botei no fogão, adicionando lenha para manter o fogo aceso.

— Não — disse Douglas. — Não, ela tinha sobrevivido. Eu não soube na época, mas ela sobreviveu. E, depois, lembra que você a viu, Maud? Ela perseguiu você.

— O quê? Você está falando da mulher... — Eu me contive e esbarrei na chaleira, para que o som encobrisse as palavras que quase tinha dito. — Mas como ela poderia ser...?

Ele abaixou a cabeça e o buquê. Supus que havia colhido essas flores para a mãe e me perguntei se devia buscar um vaso, mas não parecia valer a pena fazer isso por causa de um buquê tão triste de beira de estrada.

— Pensei que você já soubesse disso — falou Douglas. — Sukey sabia. Eu contei para ela. Ela foi muito gentil, tentou me ajudar, arranjou comida. Cheguei a pensar que as coisas dariam certo. Não sei como pude ser tão idiota, mas pensei que tudo ficaria bem.

— Mas Douglas, sua mãe... — disse a minha mãe. — Não entendo.

— Ela sempre teve a mente frágil — explicou, seus olhos se fechando com a luz enlouquecedora. — Desde que minha irmã morreu. Dora foi atropelada por um ônibus antes da guerra.

Nós assentimos, pois, obviamente, todo mundo sabia disso.

— E em seguida meu pai foi para a França, em 1940, e nunca mais voltou. Foi aí que ela piorou. Passava horas fora de casa, não dormia, não comia, não fazia nada direito. Arranjou confusão com os vizinhos quando morávamos do outro lado da cidade. A polícia apareceu. Tive que ir buscá-la várias vezes na delegacia.

— Por isso o sargento Needham reconheceu você.

— Reconheceu? Bem, sim, acho que sim. De qualquer forma, depois de tudo o que aconteceu tivemos que sair dali. Fugi sem pagar algumas dívidas e usei meu carrinho de leite para custear a mudança. Não me orgulho disso, mas pelo menos ninguém nos reconheceria, e achei que isso era uma benção. Evitei os novos vizinhos e guardei nossos livros de racionamento para que os donos dos mercados não descobrissem quem era mamãe, não relacionassem seu nome ao meu. Acho que as pessoas nem sabiam que ela morava comigo, pois tinha horários estranhos e o costume de caminhar furtivamente pelos jardins dos fundos em vez de andar pela calçada. De todo modo, nos mudamos semanas antes das bombas. Achei que ela tinha morrido no ataque, e me envergonho de dizer que quase foi um alívio, mas depois descobriram que ela estava morando nos destroços da casa. Tentei ajudá-la, mas era muito difícil. Não conseguia fazê-la mudar de ideia. Ela só queria ficar lá, com a casa do jeito que estava, por causa das bonecas da Dora, de suas sacolas da Woolworth e dos livros do *Ruppert* que estavam lá, em algum lugar.

— Pobre mulher — lamentou mamãe, seu olhar vagando perdido pela cozinha.

O conteúdo da chaleira começou a ferver, e joguei água quente sobre o pó do *beef-tea*, empurrando a xícara na direção de Douglas. O cheiro tomou conta da cozinha, e minha boca encheu d'água.

— Nós estávamos lá com ela — contou mamãe. — Na rua. Eles disseram?

Douglas respondeu dando um gole no *beef-tea*. Tirei seu prato do forno e o botei à sua frente. Ele se endireitou na cadeira, a luz vacilante dando-lhe uma falsa animação.

Mamãe pegou um garfo e uma faca e os fez deslizar sobre a mesa.

— Ela não pareceu sentir dor. Apenas se foi..

Ele assentiu com a cabeça e começou a comer rápido, sem nos olhar enquanto falava.

— Quando começaram a tirar os entulhos da nossa casa, ela saiu de lá e foi dormir em uma cabana na praia. E depois a perdi de vista novamente, durante um tempo, até descobrir que ela estava na casa de Frank, morando nos antigos estábulos. Pensei que ela queria estar perto de Sukey. Sabe, ela se parecia muito com a minha irmã. — Ele tomou outro gole do *beef-tea*. — Você também, Maud.

Eu me perguntei se era por isso que ela me perseguia.

— Você pegou o guarda-chuva dela — falei. — Eu vi no seu quarto.

Ele fez uma pausa diante de uma rodela de cebola, talvez imaginando o que eu estaria fazendo lá, e de repente lembrei que tinha deixado a "Champagne Aria" no gramofone. Perguntei-me se ele havia notado depois.

— Eu tirei o guarda-chuva dela — contou. — Ela... ela entrou no seu quarto quando você estava doente, e fiquei nervoso com o que ela poderia fazer.

— Pensei tê-la visto. Mas também pensei que tinha visto um monte de gente.

— Ela entrou aqui e pegou comida também — explicou. — Eu devia ter contado para vocês, mas fiquei envergonhado. E ela não tinha pegado mais nada, nada valioso.

— Além dos discos — lembrei. — Estilhaçados no jardim. Deve ter sido sua mãe.

— Não, fui eu, infelizmente. Eu tinha separado os discos para Sukey e, bem, uma noite ela entrou na casa do Frank, minha mãe, quero dizer. Não sei como ou por que, mas entrou. Frank não estava em casa, e Sukey levou um susto e veio correndo para cá. Eram dez da noite, mais ou menos, e eu estava voltando do cinema, e a encontrei na rua. Tivemos uma discussão. Ela estava irritada, tinha levado um susto, e eu fiquei furioso com as coisas que ela disse sobre a minha mãe. Ela não teve a intenção de me magoar, mas fiquei magoado mesmo assim. E depois Sukey voltou para casa, para Frank, e eu fui para o meu quarto e estraçalhei os discos e, sem saber o que fazer, coloquei-os nos fundos do jardim. Você achou os pedaços antes que eu os tirasse de lá.

— Vamos ser amigos de novo, por favor — citei a carta de Sukey em voz alta, sem pensar.

— O quê?

Balancei a cabeça.

— Ela contou ao Frank? Sobre a sua mãe?

— Ela queria contar, mas eu pedi que não fizesse isso. Eu não queria que aquele brutamontes soubesse. Ele ia usar isso contra mim depois.

Douglas terminou de comer a última garfada, e eu levei seu prato para a pia, observando a parte de baixo de uma mariposa, seu corpo iluminado e exposto contra o vidro da janela.

— O que Sukey disse a você que o deixou tão irritado?

— Ela me disse para mandar mamãe para algum lugar, um asilo, mas eu não podia fazer isso. Já era ruim demais ter saído da nossa velha casa, e depois as coisas da minha irmã acabaram enterradas nos escombros da casa nova. Eu não podia encarcerar minha mãe. Tudo que ela queria era ir para casa, ficar perto das coisas da minha irmã.

18

— Quero ir para casa.

Mas não há ninguém em volta, e as palavras se dissolvem no ar, abafadas por grandes arbustos, pelo gramado extenso e por árvores bem-podadas. Tenho uma espécie de pá pequena na mão, e eu a usaria para fazer algum barulho se conseguisse encontrar qualquer superfície dura para bater. Não sei onde estou. Não sei como cheguei aqui. Sinto cheiro de grama aparada, mas não há flores.

— Por favor — repito —, quero ir para casa.

Alguém está caminhando do outro lado da cerca viva, fazendo-a balançar. Testo a pequena pá no tronco de uma árvore, mas só consigo emitir uma leve batida, então não é nenhuma surpresa que, quem quer que esteja ali, não tenha me ouvido. Eu me pergunto se deveria cavar meu próprio caminho para fora desse jardim; talvez tenham me dado essa ferramenta para isso, mas como se começa um túnel? Nunca prestei muita atenção nesses filmes antigos, nunca pensei que precisaria escapar do Castelo de Colditz sozinha. Ando pelo gramado em direção à rua e paro diante da cerca viva, arranco algumas folhas e as seguro. Eu as dobro e pico em pedacinhos, que espalho pela grama. Mas não vou comê-las, não importa o que aconteça. Uma mulher atravessa a rua. Ela acena para mim, e eu me escondo atrás da cerca viva, caindo de joelhos dolorosamente.

— Oi, mãe — cumprimenta ela, inclinando-se sobre a cerca, fazendo os duros caules repletos de folhas lustrosas se curvarem. — O que você está fazendo abaixada aí?

Ela tem cachos loiros curtos, essa mulher, e sardas na pele enrugada. Levanto-me calmamente da grama, apoiando-me na cerca. Minhas calças estão cobertas de pequenos pedaços de folha e manchadas de verde.

— Vim levar você para casa. Foi tudo bem?

Eu a ignoro e olho para as casas do outro lado da rua. Não reconheço nenhuma delas. São novas demais, limpas demais, para estarem na minha rua. Há muitos pedreiros com coletes brilhantes de um lado, e uma grande montanha daquela coisa, aquela coisa granulada e áspera. Isso me faz pensar na praia e em Sukey e nos meus dedos sangrando junto às unhas. Isso me faz pensar em uma época anterior à guerra, quando eu tinha 7 ou 8 anos, e Sukey me enterrou até o pescoço. Tentei me desenterrar, mas não consegui, e os grãos entraram nas minhas unhas e meus pulsos ficaram doloridos. Fiquei tão assustada que comecei a cavar para baixo, e essa coisa granulada encobriu minha boca e me senti sufocada.

— Sei que está muito zangada comigo — diz a mulher —, mas você será recompensada.

— Muito zangada. Fiquei tão zangada que fui para casa e quebrei todos os discos e os enterrei no jardim.

Consigo sentir a raiva e ver os discos em minha mente, mas as duas coisas juntas não combinam.

— Pensei que poderíamos visitar Elizabeth.

— Elizabeth. Ela está desaparecida. — As palavras estão certas, são familiares, mas não sei o que significam.

— Não, não está, está?

A cerca viva sucumbe novamente, arqueando-se, e sua oscilação me assusta. Não confio nessa mulher e não consigo enxergar abaixo da altura de seu peito, pois essa árvore cresceu demais.

Analiso seu rosto, mas não lembro quais expressões as pessoas assumem quando estão mentindo.

— Você foi cuidar dela — digo, e arranco uma folha da árvore.

— Não, eu não. Ela estava no hospital, mãe, teve um derrame, lembra? Você se lembra do que conversamos? Várias e várias e várias vezes. — Ela diz a última parte entre os dentes. — E nós fomos visitá-la, não fomos? Quando você torceu o polegar. De qualquer forma, ela ainda se encontra na unidade de tratamento intensivo, pois está com dificuldades para deglutir, mas podemos visitá-la, se você quiser. Você quer?

Não sei do que essa mulher está falando e não consigo ver seus braços e pernas. Começo a me perguntar se ela tem braços e pernas.

— Como se chama isso? — pergunto, segurando a pequena pá.

— É uma espátula.

— Haha! Sabia que você saberia. Por essa você não esperava, né?

— Mãe, você entendeu? Peter disse que você pode visitar Elizabeth. Mas tente se lembrar como foi da última vez, pode ser um choque. Ela não está mais do jeito que você a conheceu, não é? Mas ainda é a mesma pessoa, e quer ver você.

A mulher passa a mão pelo cabelo, e consigo ver um de seus braços agora. Fico repetindo a palavra "espátula" dentro da minha cabeça. Sinto que isso vai ser importante mais tarde.

— Podemos ir hoje se você quiser. Posso ligar para Peter. Você gostaria de ir? Desculpe por ter deixado você aqui, mãe. — Ela começa a caminhar pela sebe. — Quero recompensá-la.

Posso vê-la de corpo inteiro quando ela chega ao portão do jardim. É feito de barras de ferro, e ela não pode se esconder atrás dele. Vejo suas galochas azul-marinho e seu jeans sujo. Não sei por que ela está aqui. Não sei seu nome. Ela é uma daquelas pessoas que você pode confundir facilmente com outras, uma daquelas pessoas que são quem você quer que seja. Sempre quero que seja minha filha, mas nunca parece que é ela. Antes eu queria que fosse Sukey e a via em todos os lugares: no movimento preciso de uma atendente de loja passando pó compacto no nariz, na dança impaciente de uma dona de casa na fila da mercearia. Continuei a vê-la em outras pessoas até bem depois de já estar casada, de ser mãe. Às vezes eu ainda via seu rosto dentro de um carro, passando em um borrão.

Há um carro agora, em movimento, um passarinho sobrevoa a rua, alguém está sentado no banco de uma loja e um cachorro está preso a um poste.

— Helen... — Não sei mais o que dizer. Solto o cinto de segurança e deixo-o correr de volta ao seu lugar. Há alguma coisa importante. — Espátula. — Não era isso. Não cheguei nem perto. As imagens ficam borradas, e as palavras também. O coreto no parque, a casa verde e amarela, feia.

— Ah, mãe, anime-se. Estou levando você para ver Elizabeth. — Ela olha para mim rapidamente e em seguida para o para-brisa. — Achei que você ia ficar contente.

Vejo luzes vindo dos carros, um atrás do outro, e fico tonta. E então, de alguma forma, estamos em um longo corredor branco, e um homem caminha, seus passos rangendo. Seus sapatos parecem entoar uma música muito antiga. Uma música sobre lilases. E, como se fossem parte da apresentação, duas pessoas passam por nós carregando ramos de flores.

— São para mim? — pergunto, e elas riem como se eu tivesse feito uma piada.

Andamos por corredores e mais corredores, todos iguais, e acho que talvez estejamos andando em círculos.

— Estamos perdidas? — indago.

Mas parece que não. Chegamos. É um quarto cheio de camas ocupadas.

— Todas essas pessoas deveriam se levantar — comento. — Não pode ser bom para elas ficar só deitadas aqui.

— Não seja boba — repreende-me Helen. — E fale mais baixo. Eles estão doentes.

O quarto é muito iluminado, com lençóis brancos, grandes lâmpadas e grades, como uma espécie de parque coberto. Minha mente não consegue se concentrar.

— Mãe?

Só consigo pensar em uma palavra, e não é a palavra certa, sei que não é.

— Coreto — digo. — Coreto.

Helen caminha em direção a uma cama. E lá está aquela coisinha minúscula com o rosto enrugado, é Elizabeth. Seus olhos estão fechados, e ela tem uma aparência distorcida e ressecada. Ela sempre foi assim? Fico de pé ao lado da cortina que separa o leito dos demais por alguns minutos, observando. E então me aproximo e puxo as cortinas em volta de nós, para nos encarcerar, nos esconder. Um homem está de pé à beira da cama. Está com a pele esfolada de tanto se barbear.

— Ela teve uma noite difícil — diz ele. — Mas já vai acordar. Faça silêncio.

Sento-me em silêncio. Muito silêncio. Não quero incomodá-la. Elizabeth está aqui. Sorrio para ela, mas ela não retribui meu sorriso. Ela está presa nessa cama enorme.

— Isso, descanse. — Suspiro.

Daqui a pouco vamos tomar chá. Eu deveria ter um chocolatinho na bolsa. Ou talvez pudesse fazer umas torradas com queijo. Você vai querer alguma coisa, Elizabeth? Esse filho deixa você a pão e água.

— A pão e água? — pergunta o homem.

E daqui a pouco você vai me dizer qual é o nome de cada pássaro só de olhar para as suas sombras, e eu vou desenterrar os vinis quebrados e poderemos ouvir "Champagne Aria".

— Foi cavar no jardim que a deixou nesse estado — acusa o homem. — Está me ouvindo?

Ele se inclina, o pescoço barbeado muito retesado. Elizabeth está dormindo meio sentada. Ela pende para um dos lados, e sua boca a acompanha. Isso me dá a impressão de que estamos balançando como em um navio. Seguro na lateral do leito para buscar apoio.

— Vocês estavam cavando. No jardim. Lembra?
Afasto-me dele o máximo que posso.
— Não sei. Onde eu estava?
— No jardim da minha mãe.
— Não, não sei onde fica.
— No jardim de Elizabeth — insiste Helen. — Peter, vamos trocar uma palavrinha lá fora?
— Não — respondo. — Não cavei nada lá. Você nunca sabe o que tem debaixo dessas casas novas. Douglas disse que pode ser qualquer coisa.
— Mais uma acusação?
— Não — intervém Helen. — Não é.
Ela pergunta mais uma vez a Peter se eles podem conversar lá fora e abre e fecha a cortina. O som parece o de uma serra. Eu me abano com ela, tentando criar o mesmo efeito, até que percebo que o tecido escapole das minhas mãos. O quarto parece pequeno agora que só eu estou aqui, e as paredes não são fixas. Elas se movem com a brisa, e eu tenho a sensação de estar em um navio. Um lenço de papel sai de sua caixa como a vela de um barco, e eu começo a rasgá-lo em pedacinhos, prestando atenção nas vozes lá fora. Uma mulher em alguns momentos, um homem a maior parte do tempo.
— Foi o choque da queda que causou o derrame — diz ele. — E tenho me perguntado que diabos ela pensou que estava procurando. Sei perfeitamente que ela encontrou alguma coisa e não contou à minha mãe o que era. Se é alguma coisa de valor, nós queremos de volta. É nosso por direito.
Há uma caixa de suco ao lado da caixa de lenços, além de um pequeno pente de plástico. Jogo os pedaços do lenço de papel no chão e começo a pentear os cabelos de Elizabeth. De maneira bem suave. Seu cabelo está todo branco agora, não sobrou nenhuma parte grisalha, e o pente parece sujo se comparado a ele. Fico aborrecida: Elizabeth merece mais do que isso. Vasculho minha bolsa e descubro que tenho um pente que imita um casco de tartaruga, mas é arqueado e talhado e serve para manter o cabelo preso no lugar, não para penteá-lo.

Ouço uma risada do outro lado da cortina, desagradável e aguda. O homem de novo:

— Mas a jardinagem é de família, não é? — ironiza ele. — Suponho que arruinar os jardins dos outros é um tipo de piada entre vocês. Não pense que não sei sobre sua tentativa de ver minha mãe às escondidas antes.

Eu me pergunto o que está acontecendo, mas só por um segundo, pois, finalmente, Elizabeth está acordando. Ela faz um som gutural, e eu sei que ela está tentando falar, mas não consigo entendê-la. As palavras são muito etéreas, escorregadias. Ela enfia as mãos em uma das mangas da roupa, mas eu ainda vejo seus pulsos. Parecem estranhamente tenros, desossados, inchados, e a pele é lisa, como se ela estivesse cheia de ar. Seus lábios estão cortados, mas ela os abre em um sorriso, um meio sorriso, e tenta falar novamente. Sinto como se algo precioso estivesse me escapando. As palavras caem, trôpegas, batem no chão e se perdem.

Nenhum de nós foi para a cama na noite em que a mulher louca morreu. Em vez disso, fizemos uma espécie de vigília. Mamãe, Douglas, eu e os insetos emplastrados nas janelas. O que estávamos vigiando, o que estávamos aguardando, eu não sei. Talvez esperássemos que alguma coisa nisso tudo fizesse sentido, suponho.

Quando a luz do amanhecer abriu seu caminho pelo ar lá fora, fui até o jardim respirar um pouco de sua essência. Mas meus membros estavam pesados, e meus olhos arderam assim que saí de casa. Caminhei cegamente na direção do espesso espinheiro e, quando ele balançou de leve, pulei de susto antes de me lembrar que a mulher louca nunca mais apareceria entre as folhas de nenhuma sebe, nunca mais gritaria ou apontaria ou levantaria seu vestido para o ônibus, nunca mais me perseguiria com seu guarda-chuva. E me arrependi pelo alívio que senti ao pensar nisso.

Papai saiu para trabalhar quando eu estava no jardim e parou para pegar umas amoras no cacho pendurado perto do muro. Fez isso às escondidas, pois não queria que ninguém soubesse que ele ainda via aquelas frutinhas ali, ainda gostava de seu sabor. Fiz o mesmo assim que o vi partir. Parecia a melhor coisa a se fazer, e elas mascararam o gosto rançoso na minha boca. Comi muitas, as mais azedinhas me fazendo procurar com mais cuidado as maduras e doces, e depois comecei a catá-las, enchendo uma antiga tina de água que havia sido abandonada na grama.

As frutinhas se soltavam com facilidade, e passei a embrenhar meus braços pelos galhos para alcançar as mais doces. Douglas não disse nada quando veio atrás de mim, mas ele também começou a comer as amoras, a colhê-las e a afastar os ramos cuidadosamente para chegar até elas. Eu o observei por um tempo e notei uma semelhança entre ele e a mulher louca que se tornava óbvia agora que eu sabia de tudo, mas pensei que isso talvez se devesse a uma imagem específica: seus braços embrenhados na folhagem. Logo minha mãe já estava lá fora com cestos e bacias e tomava parte na colheita.

Despimos os galhos rapidamente, com avidez, as frutinhas desabando entre nossos dedos. Também comíamos as amoras enquanto as colhíamos, em silêncio, determinados. Continuei até não conseguir mais levantar os braços, e a pele dos meus dedos estava salpicada de pequenos cortes dos espinhos. Foi então que Frank apareceu. Ouvimos seus passos na entrada e nos viramos para olhar ao mesmo tempo.

— Cristo! Vocês todos viraram canibais?

Olhei para mamãe e para Douglas e vi como seus rostos e mãos pareciam ensanguentados do néctar da amora, como se tivessem devorado um animal vivo. Eu podia sentir o suco viscoso em minha boca. Nenhum de nós riu, apenas nos entreolhamos, como se tivéssemos acordado de um sonho, nossas roupas manchadas, pálidos, os olhos lacrimejando.

Frank havia trazido açúcar, e mamãe limpou as mãos e o rosto no avental, maravilhada, tocando os pacotes como se fossem presentes de Natal.

— Podemos fazer geleia — disse ela. — Temos amoras suficientes.

— Estou vendo — retrucou Frank e riu, mas ainda assim olhou para nós de esguelha, inquieto, e acendeu um cigarro com as mãos trêmulas, o sangue batendo em seu pulso como uma gaivota voraz.

Mamãe entrou levando nossa colheita, e Douglas continuou comendo amoras, mas eu perdi o apetite. Minha pele coçava onde o suco havia secado, e fiquei irritada. Eu queria que Frank não estivesse ali. Queria que continuássemos colhendo amoras o dia todo, sem falar, só trocando olhares, fazendo algo que não precisava ter sentido.

Eu tinha adiado esse encontro há dias, pegando o caminho mais longo para casa quando o via me esperando e atravessando a rua quando estava perto do The Fiveways ou de outro pub que ele pudesse frequentar. Não sabia o que dizer a ele. Não podia contar que Douglas ia ao Pavilion todas as noites na esperança de que Sukey retornaria.

— Parece que você está com o batom borrado — observou Frank. — Como se tivesse beijado alguém.

Suas mãos pararam de tremer, e ele aproximou o polegar da minha boca, deixando-o pairar a milímetros dos meus lábios.

— Eu não uso batom — retruquei, o esforço de não me aproximar de seu toque deixando minhas palavras duras.

Ouvi o som do pé de Douglas se arrastando no chão enquanto fazia menção de chutar o muro atrás de mim. Frank não olhou para ele, mas passou o polegar levemente sobre o suco seco de amoras no meu lábio superior e o espalhou no seu.

— O que você acha? — perguntou. — Talvez *eu* deva começar a usar.

O absurdo daquela atitude, a observação, me deixou tonta.

— Agora parece que *você* esteve beijando alguém — respondi, e mamãe nos mandou entrar.

— Eu ia contar para Frank sobre o acidente — disse ela quando passamos pela porta.

Frank se assustou com essa palavra.

— Que acidente?

— O da mãe de Douglas. Ela foi atropelada por um carro.

Mamãe estava lavando as frutas e jogando-as em uma panela para amolecerem no fogo, e houve um momento de silêncio antes de Frank falar. Quando falou, sua voz era lacrimosa.

— Que coisa horrível! — exclamou. E, inacreditavelmente, quase foi de fato às lágrimas. — Quando foi isso? Você estava lá? Meu Deus, que coisa horrível.

Ele deixou escapar um soluço que nos assustou, como se tivesse quebrado um prato.

— Talvez você ache menos terrível quando souber quem ela era — disse Douglas. Sua voz estava irritada, mas seu rosto manchado estava sereno.

— Isso não importa — garantiu mamãe, secando o suco de seu queixo, tentando calá-lo.

— Lembro da primeira vez que a vi... — contou Frank e fez uma pausa, durante a qual todos nós nos perguntamos o que ele diria em seguida.

Mas ele não completou a frase. Com um sobressalto, foi para perto da minha mãe e a ajudou a espremer as quentes e amolecidas amoras com panos de musselina, a polpa escura grudando em seus dedos e escorrendo pelos pulsos. Fervi as frutas com o açúcar que Frank tinha conseguido no mercado negro, e mamãe as deixou esfriar, colocou-as nos potes e os fechou com cera. A geleia ficou límpida, rosada e deliciosa. E todo tempo lá estava Frank, várias vezes à beira das lágrimas, porque a mãe de Douglas tinha morrido em um acidente.

— Meu Deus, aquele maldito homem — pragueja Helen, socando o volante. — Culpando você por tudo. Me culpando! Como se meu trabalho tivesse alguma coisa a ver com isso. Bem, só lamento por Elizabeth, com um filho desses.

— Elizabeth está desaparecida.

— Mãe, acabamos de vê-la.

— Ela está desaparecida e a culpa é minha.

— Não, não dê ouvidos àquele idiota. Ele não devia ter deixado a mãe sozinha no jardim se não ela não tinha firmeza nos pés. Não é nossa culpa.

— A culpa é minha porque eu olhei nos lugares errados, colecionei quinquilharias de todos os tipos, e todo o tempo as coisas que realmente importavam estavam escondidas ali, esperando por mim.

— Do que você está falando?

— Ela estava enterrada no jardim.

— Quem?

Não consigo pensar no nome.

— Essa aí de quem você estava falando.

— Elizabeth está no hospital, mãe. Acabamos de vê-la.

— Não, está no jardim. Enterrada há anos.

Helen se mexe no banco, desacelera o carro.

— No jardim de quem? No nosso?

— No das casas novas. Ela desapareceu, e eles construíram aquelas casas. E Frank trouxe toneladas de areia e plantou coisas ali. E as abobrinhas quase morreram depois que alguém esteve lá. Cavando.

— Casas novas. Você diz o jardim de Elizabeth?

— Elizabeth está desaparecida.

— Não, mãe, acabamos de vê-la.

— Ela está enterrada...

— Você já disse isso. Mas não é Elizabeth, é?

— Elizabeth está desaparecida.

Estou falando o nome errado. Sei que o nome não é esse, mas não consigo pensar no certo.

Helen para o carro.

— Quem você acha que está enterrada no jardim de Elizabeth? Sukey?

Sukey. É esse o nome. Sukey. Sukey. Meus músculos relaxam um pouco.

— Mãe?

Helen puxa o freio de mão, fazendo um ruído terrível.

— A culpa é minha. Eu estava lá. Eu conhecia o lugar por causa do muro com seixos, e se eu tivesse ido até lá cavar também, teria descoberto tudo, e mamãe não teria morrido sem saber. Pensei que não era nada, só a mulher louca fazendo alguma coisa para me assustar. Mas as coisas de Sukey estavam no jardim, esperando por mim, marcando o território. Seu pó compacto estava lá. Eu o encontrei tarde demais. Agora nunca mais vou encontrá-la, vou? Ela vai estar para sempre desaparecida, e eu sempre procurando por ela. Não posso suportar isso.

— Nem eu — diz Helen baixinho. — Certo, é isso. Pode sair do carro. Espere! Vou ajudar você.

Ela desce e abre a porta para mim, e vejo que estamos do outro lado do parque, depois da casa verde e amarela, do hotel e da acácia, e enquanto passo meus dedos pelos seixos pretos e brancos do muro, Helen tira alguma coisa da mala do carro. O portão lateral está fechado, mas ela o força com a ponta de uma pá, e uma parte da madeira se rompe.

— Venha para o jardim, mãe — diz ela, pisando na tapeçaria de musgos e linárias, segurando o portão para mim. — Venha, vou cavar esse maldito jardim inteiro se for preciso.

O gramado é marrom e tem falhas por toda parte, e há muita terra virgem onde deveria haver grama ou flores. Helen caminha de um lado para o outro, carregando suas ferramentas. Ela se inclina para tocar a relva como se estivesse tateando alguma coisa debaixo de um tapete, e em seguida faz uma marca em vários pontos, sua orelha esquerda voltada para o solo. Por fim, ela larga a pá, levanta a forquilha e a deixa cair com toda força, penetrando a terra. Os dentes afundam profunda e silenciosamente, e ela os ergue de novo junto com terra e grama.

— Estou de saco cheio de pessoas desaparecidas, de pessoas doentes, de pessoas mortas. Estou de saco cheio dos filhos das pessoas desaparecidas também — desabafa ela, enquanto apunhala o solo. — Então vamos cavar até a Austrália se for preciso.

Não entendo o que ela está fazendo.

— É para plantar feijões? — pergunto, apontando para a ferida que ela está abrindo no gramado.

Parece um lugar estranho para plantá-los. Ela não me responde, mas fala sozinha, pragueja. Observo uma estufa, vazia, de aspecto desleixado. De alguma forma, ela me é familiar, entro e fico um tempo tentando identificar o cheiro de mofo, de vasos de plástico apodrecidos e verniz. Um melro pousa no monte de terra ao lado do buraco que Helen está cavando.

— Sai! — grita ela, ameaçando-o com a pá.

O pássaro voa para longe e se empoleira no galho de uma macieira.

— Helen? Qual seria o melhor lugar para plantar abobrinhas?

— Pelo amor de Deus! — Ela balança a cabeça, como se com esse gesto pudesse fazer as palavras me atingirem. — O que isso tem a ver com...? — Mas qualquer coisa que diz em seguida se perde no som de metal e pedra raspada quando ela começa a cavar em outro lugar. — Aqui bate muita luz do sol. É uma boa barreira para se proteger do vento.

Ela está fazendo uma bagunça terrível, e me pergunto o porquê de tudo isso. Talvez um jardim seja projetado dessa forma, mas parece improvável. Até agora só há enormes e medonhos buracos no chão. A não ser que sejam para um lago, não vejo motivo para estarem aqui. Uma cadeira branca de plástico repousa sobre um monte de solo arenoso, e uma de suas pernas afunda quando me sento nela. Percebo que estou inclinada para a frente, analisando a infinita quantidade de vida existente nesse pedaço de chão, espiando os buracos em algumas folhas e soprando os pedaços de pena que caem do céu.

Passo meus dedos por um dente-de-leão, o toque das finas pétalas semelhante ao veludo. Não resisto a arrancá-las, é tão prazeroso sentir a resistência antes de se partirem, uma a uma, no intervalo de um milésimo de segundo. Um caracol se arrasta na vegetação rasteira.

— Vou fazer uma geleia de você — digo a ele. — Vou amassar você, espremer você com um pano de musselina e ferver você com açúcar.

Ele levanta as antenas por um momento, mas não para.

E então ouço um grito.

— Quase entrou um pedaço de metal no meu olho. Merda. — prageja Helen, saindo do buraco que cavou. Seu linguajar é lamentável. — Um pedaço de fivela de sapato. Espere um minuto. — Ela se ajoelha e se inclina para dentro do buraco. — Tem alguma coisa aqui. Mãe!

Levanto-me e vou na direção dela, e ela me estende um pedaço de madeira clara, exceto nos lugares onde a terra a deixou imunda. As bordas estão se desintegrando com a umidade. Helen tira mais fragmentos, e a remoção dos pedaços de madeira ampliam o buraco no solo. A terra começa a escorrer para dentro dele. Há uma coisa amarelada ali, uma coisa quase intacta, espantosa, redonda, com dentes que mordem o solo como se pudessem cavar um caminho para a superfície. Mas como se chama isso, essa coisa sem carne ou cabelo, esse rosto que nos olha sem ter olhos? Helen não vai me dizer quando eu perguntar, e quanto mais a terra é retirada, vejo que há uma parte faltando, uma rachadura, uma marca de violência, vazia e escura em sua palidez.

— Mãe, vai para perto da casa, por favor? — Ela se abaixa de novo quando me afasto e vejo que encontrou mais madeira quando se levanta. Mais madeira e algo circular, um potinho raso. Sei, mesmo à distância, que é azul-marinho e prateado. E sei que um dia conteve pó cor de pêssego em vez de terra escura. Ao sair dali, Helen acaba espalhando os objetos. — Vamos para o carro — diz ela, baixinho, suas mãos nos meus braços. — Vamos sentar um pouco lá dentro.

A porta do passageiro se abre e sou colocada no banco do carona. Helen se abaixa na calçada, aos meus pés. Há algo na palma de sua mão, e ela o pressiona contra o rosto quando fala, olhando para o portão lateral a cada cinco segundos, como se achasse que algo fosse fugir. Portão lateral, penso. O portão lateral está aberto. Parece importante, mas não sei por quê. Lentamente, Helen coloca os pedaços de madeira e a metade de um pó compacto nas pedras da calçada. Tateio minha bolsa em busca da outra metade e me inclino até o chão para reunir os dois círculos, prateado e azul, fechando meus olhos com força para me lembrar da imagem de Sukey na nossa mesa da cozinha, passando o pó no nariz. Quando me inclino, sinto o cós da calça beliscar minha cintura, e o sangue parece correr para a cabeça.

Os pedaços de madeira em decomposição são como peças de um quebra-cabeça, como os fragmentos de um disco de gramofone. Tento juntá-los, mas estão muito úmidos e podres, esfarelam como carne cozida. Não importa: eu já sei que são partes de uma caixa de madeira, daquelas que Frank sempre tinha em casa, como as que usou para guardar as roupas de Sukey depois que ela desapareceu.

— Frank — digo, e meu estômago se revira. Sinto como se estivesse novamente com Audrey, bebendo o gim do pai dela.

Quando termina de falar, Helen afasta um objeto retangular de seu rosto e coloca mais coisas em cima da calçada. Um punhado de cacos de vidro, as extremidades mais arredondadas, como os seixos, uma fivela enferrujada de sapato e os pequenos esqueletos de dois pássaros, os ossos entrelaçados com arame. Há olhos de vidro colados no crânio, e seus bicos têm vestígios de algum esmalte colorido. Sei que a última vez que vi esses bicos de passarinho foi na casa de Frank. Eles voaram sobre a cabeça dela, disse a mulher louca. O vidro quebrou, e os pássaros voaram sobre sua cabeça.

Um carro com pintura quadriculada para em frente à casa, e um homem e uma mulher saem dele. Ambos vestem camisas brancas com coletes pretos volumosos por cima e têm etiquetas de identificação, como a tomada da minha CHALEIRA e meu pote de CHÁ. A etiqueta diz POLÍCIA. Helen se sobressalta, quase como se fosse pular para cumprimentá-los, mas suas pernas tremem, e ela chuta sem querer as partes do pó compacto, separando-as novamente. Eu as reúno para combinar suas dobradiças e tiro mais a poeira para as listras prateadas brilharem. Fiquei curvada para a frente durante tanto tempo que minhas mãos estão arroxeadas e posso sentir minha pulsação nelas. Estou com sangue até a cabeça, e ele lateja em meus ouvidos, parecendo sussurrar "Sukey Sukey Sukey".

A policial entra pelo portão lateral aberto e sai.

— Certo. Confirmo que você encontrou restos humanos.

— Sim — assente Helen.

— E você tirou essas coisas do corpo enterrado? — pergunta a policial.

— Sim — responde Helen.

Ela é repreendida pela policial, que diz que não devemos tocar em nada. A mulher lista as coisas que não estamos autorizados a tocar, todas as que estão enfileiradas aos meus pés: cacos de vidro, um recipiente de maquiagem, pedaços de madeira, esqueletos de pássaros. Eu me endireito no banco, desviando os pés dos objetos no meu caminho, mas tenho que tocá-los. Preciso tocá-los.

— E esse não é o seu jardim? — pergunta o policial.

— Não, é de uma amiga da minha mãe — responde Helen.

O policial olha para mim. Ergue a sobrancelha e se inclina ligeiramente para trás.

— É você! — exclama ele. — Não acredito. É você, não é?

— Sim, sou eu — respondo.

— Não me reconhece? — Ele se abaixa para que eu possa ver melhor seu rosto. Seu sorriso de menino me lembra alguém. — Sou aquele policial para quem você sempre relata que sua amiga Elizabeth está desaparecida.

Eu não reajo com rapidez suficiente, e uma pontada de desapontamento atravessa seu rosto.

— Ah, sim. Olá.

— Sempre fui eu — explica ele, virando-se para a policial. — Eu deveria ter levado a denúncia a sério: ela descobriu um assassinato de séculos atrás.

— Não é de séculos atrás e não sabemos se é um assassinato — retruca a policial. Ela puxa seu colete preto para baixo e encara Helen. — Por que vocês estavam cavando nesse jardim?

— Eu estava procurando o corpo — responde Helen.

— Você sabia que estava aqui?

— Não, não necessariamente.

A policial pede que seu parceiro pegue alguma coisa no carro, e os dois começam a amarrar uma fita azul e branca em volta de uma árvore. Ela ondula na brisa como se tivesse bandeirinhas, mas em vez delas há apenas as palavras NÃO ULTRAPASSE. Enquanto estão ocupados, movo meu pé de modo que a ponta do meu sapato encoste no pequeno esqueleto de um pássaro. O toque me permite respirar novamente. O sangue flui da minha cabeça pesada e parece cantar pelas minhas veias. Há um jeito de fazer isso parar?

— Você trouxe as ferramentas? — pergunta a policial. Ela não percebe meu pé tocando o pássaro.

— Sou jardineira — explica Helen. — Tenho uma empresa de jardinagem. Normalmente tenho pás, forquilhas e espátulas no porta-malas do carro.

A policial diz que terá que levar as ferramentas para a investigação, e Helen concorda. Minha filha ergue uma das mãos da calçada, e há manchas vermelhas na palma. Estendo a minha, querendo que as marcas se suavizem, mas ela não nota. Em vez disso, tenta novamente se levantar, e o policial se aproxima para ajudá-la. O sangue parou de cantar na minha cabeça, e agora que sua voz se foi, quero que volte. Eu me inclino novamente para a frente para senti-la vibrar de novo, sussurrar para mim, e toco a madeira em decomposição.

— Por favor, não adultere as provas — pede a policial, enrolando o resto da fita. Ela olha para Helen. — Por que vocês não chamaram a polícia se suspeitavam que havia um corpo aqui?

Helen apoia seu braço no policial.

— Eu não suspeitava de fato.

— Receio dizer que você vai ter que nos acompanhar até a delegacia — anuncia o policial.

Ele acompanha Helen, e minha mão é rápida. Em um instante tenho cacos de vidro dentro dela. Seguro firme, as extremidades arredondadas pela terra, e consigo vislumbrar a abóbada de vidro lustrosa à luz do fogo, os olhos dos pássaros brilhando. Vejo Sukey costurando no sofá, seus cabelos presos para trás. É muito perto e muito longe, e desejo por um momento que o vidro estivesse mais afiado, para eu senti-lo como ele é.

— Tem certeza de que não quer que ninguém a acompanhe? — Esse homem tem cabelos ruivos e sardas, tantas sardas que é difícil distinguir seus traços, difícil dizer quando sorri. — Como a senhora está? Já que não quer chá, gostaria de água? Está confortável?

Não, não estou confortável nesse banco, minha cintura parece ter levado uma surra do cós da minha calça. Baixo o olhar para desabotoá-la, mas não há botão, só elástico.

— Queria tirar isso. E passar um tempo numa daquelas coisas, tipo uma caçarola para cozinhar humanos. Sabe. Para ferver humanos.

Ele diz que não sabe do que estou falando, e não posso ler seu rosto por causa das sardas. Seu rosto é tão marcado que chega a ser vazio. Como as paredes desta sala. Elas são tão inexpressivas que não preciso vê-las, e se meu olhar for além do homem sentado à minha frente, tenho espaço suficiente para imaginar cada detalhe da sala de estar de Sukey.

— Onde está minha irmã? — pergunto.

— A senhora quer dizer "filha"? Um policial a está interrogando na outra sala. Como expliquei antes, sua filha também é testemunha, então temos que interrogar vocês separadamente. Decidimos não intimar a senhora, mas vamos ter que colher seu depoimento. Entende?

É um homem muito elegante, apesar das sardas em sua pele. Ele se senta com cuidado, me olhando de frente, sorrindo, acho. Aperto um pedaço de vidro na mão.

— Não sou uma testemunha — digo.

Se ao menos eu pudesse tirar minha roupa e entrar em uma imensa poça d'água...

— Banheira.

— Como?

— Essa é a palavra que eu estava procurando.

— Certo. Bom. A senhora pode nos contar alguma coisa sobre o corpo achado no jardim da propriedade de Elizabeth Markham?

— Elizabeth está desaparecida — digo, mas as palavras são como poeira no ar.

— Sim, um colega de trabalho disse que a senhora esteve aqui inúmeras vezes para dar queixa de seu desparecimento. Era a Sra. Markham que a senhora estava procurando?

Olho para as paredes nuas, e através delas para a sala de estar de Sukey.

— Essa casa está cheia de coisas — digo.

Há um capacho perto do sofá e um vaso de porcelana lascado sob a janela. Está cheia de bengalas talhadas, guarda-chuvas com babados e uma bainha de espada que cai sempre que bate uma brisa. Uma antiga escrivaninha portátil se equilibra em um banquinho de música, e dois leões de mármore estão aos pés de um lavatório. Quase não há espaço para transitar, e preciso ter cuidado.

— Sra. Horsham? A senhora sabe o que foi encontrado no jardim?

Tento imaginar, mas não consigo, não tenho energia para pensar em dois lugares ao mesmo tempo. Observo com atenção todas as bolhas na tinta cinza da parede, tentando voltar àquela sala, com Sukey. Se ao menos eu pudesse voltar lá, se ao menos pudesse estar com ela novamente. O cheiro de café atrapalha minhas memórias; ela nunca bebia café. Olho com raiva para o copo de plástico sobre a mesa.

— Você faz alguma ideia de quanto tempo o corpo pode ter estado lá? Temos a informação, na verdade uma sugestão de sua filha, de que ele pode estar lá desde 1946. A senhora teria algo a acrescentar sobre isso?

— Esse foi o ano em que minha irmã desapareceu.

— Susan Gerrard, anteriormente Susan Palmer. Certo?

— Sukey — digo, e penso no sangue cantando, mas o que o sangue tem a ver com isso?

— Sukey? Era assim que a senhora a chamava? E ela desapareceu no outono de 1946, certo?

— Sim. Quanto tempo se passou?

— Aproximadamente setenta anos.

Penso na terra fria em torno dos ossos e sinto o mesmo frio se esgueirar para dentro de mim. Se eu soubesse onde ela estava, teria prontamente me agarrado àquela caixa de madeira e ficado ao seu lado nesses setenta anos. Nunca a teria deixado sozinha esse tempo todo. Teria feito de tudo para estar tão perto dela quanto esse caco de vidro. Eu o aperto entre os dedos, sentindo como ele se aqueceu ao meu toque, como se uma vida se encerrasse dentro dele.

— A senhora viu o corpo — diz o homem. — Ou talvez eu deva dizer o esqueleto. Há uma lesão evidente no crânio. A senhora pode me contar algo sobre isso?

— O vidro se quebrou e os pássaros voaram ao redor da cabeça dela.

— Pássaros? Parece que havia vidro ou restos de ave junto ao corpo. É a isso que está se referindo?

— Foi o que a mulher louca disse.

— A mulher louca? A quem a senhora se refere?

— Sukey odiava esses pássaros. Ela realmente os odiava, eles tinham as asas tingidas e olhos de vidro. Um dia eles escapariam e bicariam ela. Era o que ela achava. Eu tinha mais medo das outras coisas. A casa era cheia de coisas, podia-se tropeçar nelas a qualquer momento. Pensei que ela tinha caído e quebrado a cabeça. Pensei que tivesse sido uma armadilha mortal.

— Que casa é essa?

— A casa do Frank.

— Frank? Frank Gerrard? É um possível suspeito. Pode nos contar mais sobre ele?

— Ele era ciumento, era mesmo.

— Era?

— Não sei. Alguém disse que sim.

— Quem disse?

— Não lembro.

— Ok, depois voltaremos a isso. — Ele dá um gole no café e depois na água. — A senhora tem alguma informação sobre o paradeiro de Frank Gerrard?

— Não.

— A senhora sabia que ele tinha passagem pela polícia? Por perturbar a ordem, por interceptar mercadorias roubadas, por agressão?

— Não sabia.

Vejo as linhas da minha mão ampliadas pelo caco de vidro e penso em Sukey costurando, desejando que seu trabalho não fosse interrompido, e no fogo me aquecendo. Se ao menos eu pudesse voltar àquela sala, tudo estaria bem de novo. Não vou olhar para os pássaros em cima da lareira, vou cobri-los com seu xale e ajudá-la a fazer uma cortina para a cozinha, e quando Frank chegar em casa...

— Quando Frank chegar em casa? O quê? O que aconteceria?

— Nada.

— Ok, pergunto sobre isso de novo depois. Outra coisa que temos que fazer é determinar quando o corpo veio parar no jardim da propriedade da Sra. Markham. Sua irmã tinha alguma ligação com isso?

— Não.

— Mas a senhora acredita que o corpo encontrado pode ser da sua irmã? O que fez a senhora pensar que poderia ser ela? Frank Gerrard tinha alguma ligação com isso, talvez?

— Ele ajudou a plantar abobrinhas.

— Então ele tinha acesso ao jardim?

— Não sei.

— Sabemos que administrava uma empresa de mudanças de 1938 a 1946. Será que provavelmente entregou móveis lá?
— Não sei.
Os dentes são brancos em meio às sardas.
— A senhora gostava de Frank, não gostava?
— Ele amava Sukey.
O homem dá mais um gole no café. Olho novamente para as paredes e penso em Sukey brincando com o ajudante bochechudo de Frank, e na mulher louca comendo o espinheiro, e em seguida em Frank. Em algum momento ele vai entrar na sala.
— E depois? — pergunta o homem.
Depois Sukey vai sair correndo e gritando por causa da mulher louca, e Frank vai dizer a ela para ir para o Hotel Station, mas ela não vai porque Frank faz alguma coisa. Tenta empurrá-la na lareira? Bate nela e ela cai? Quebra sua cabeça com a redoma de vidro cheia de pássaros? Alguma coisa racha seu crânio e faz com que os pássaros caiam em sua cabeça. Sou cautelosa a ponto de pensar e não falar, e o homem de sardas continua me fazendo perguntas, mas não posso respondê-las porque, se eu falar, vou dizer coisas demais. Vou dizer que a mulher louca viu tudo isso, que Frank colocou Sukey dentro de uma caixa de madeira e a enterrou no jardim de uma casa onde sabia que ninguém morava. Vou dizer que ele se ofereceu para plantar abobrinhas com o intuito de controlar onde o solo seria escavado e o tamanho da escavação. Vou dizer essas coisas se eu resolver falar, mas podem não ser verdadeiras, talvez não sejam verdadeiras.

— O que vai acontecer agora? Você sabe? — pergunta Helen, pegando as chaves e abrindo o carro.
— Eles vão analisar seus depoimentos — responde o policial.
— Apurar a idade dos restos encontrados, tentar rastrear outras testemunhas, assim como possíveis suspeitos.
— Vão tentar encontrar Frank?
— Se parecer uma linha sensata de investigação...

As palavras parecem corretas, mas ele as estraga com um sorriso irônico.

Apoio a mão no carro, pressionando os dedos contra a janela, e tento imaginar uma jovem correndo em ziguezague para evitar os caracóis. Mas é difícil imaginar-se em uma memória, e tudo que consigo pensar é em Frank me dizendo como as casas novas eram bacanas, como foi ajudar na mudança das pessoas e na construção de seus jardins. Olho para o vidro esperando as sombras passarem rapidamente pela sua superfície, como em uma tela de cinema, mas o reflexo do céu obscurece qualquer história que possa aparecer ali, e tudo continua da mesma forma até o policial abrir a porta do carro e me ajudar a entrar. Ele põe a mão no meu ombro para evitar que eu esbarre em algo e se inclina sobre mim para colocar o cinto de segurança. E quando se levanta, dá uma piscadela para mim.

— Acho que a senhora encontrou o que estava procurando, mas espero que apareça de vez quando, hein? Não suma.

Ele fecha a porta do carro, e fico me perguntando do que ele estava falando. O carro é sufocante, embora já seja fim do dia e o sol não esteja tão forte. Não consigo abrir as janelas para o ar circular, e fico aliviada quando Helen abre sua porta e deixa a brisa entrar.

— E o... humm... corpo, digo, se for de Sukey? — pergunta ela ao policial. — Quando poderá ser liberado?

— Vamos ter que verificar se o corpo é realmente dela, e muitos exames precisam ser feitos para apurar a data exata do crime, ferimentos e causas da morte, se possível. Pode levar seis meses, pode demorar mais. Eles vão manter vocês informadas.

Helen agradece, entra, se senta ao meu lado e liga o ar-condicionado no máximo. O carro parte, o policial acenando para nós como se fosse um velho amigo, mas paramos logo depois de virar a esquina. Pela respiração de Helen, parece que ela estava empurrando o carro, não dirigindo-o.

— Você não começou a fumar, não é? — Essa era uma coisa que eu sempre temia quando eles eram crianças.

— Mãe, tenho 56 anos, claro que não comecei a fumar. Você sabe o que aconteceu, não sabe?

Dou um tapinha amigável em sua mão, mas sinto tudo dentro de mim desmoronar, como se algum órgão importante estivesse se soltando do meu corpo e eu tivesse que agarrá-lo antes que caísse no chão.

— Frank não deixou que eu despencasse da escada do Hotel Station. Já te contei isso?

Ainda me lembro de ter pensado nisso na época: se eu tivesse morrido, ele seria o culpado, mesmo que nunca tenha tido a intenção de me machucar.

— Sim, mãe, contou. Mas sempre tive a impressão de que foi por causa dele que você quase caiu, antes de qualquer coisa.

Helen liga o carro novamente e começa a dirigir devagar, mantendo-se na beira da estrada, e parece não notar quando leio em voz alta as placas de LOMBADA À FRENTE e NÃO ULTRAPASSE. Sua mão treme quando muda a marcha, e ela não fica irritada quando pergunto aonde estamos indo.

— O que aconteceu com Douglas? — pergunta.

— Foi para os Estados Unidos. — Observo o arbusto escuro e o mar mais escuro ainda do outro lado da janela. — Foi para onde sempre quis ir, e era por isso que ele gostava de treinar as frases e o sotaque. Pensei que ele fosse enviar alguma carta, mas nunca o mandou notícias, queria começar de novo, suponho. Ele vendeu tudo que tinha para comprar a passagem. Exceto a "Champagne Aria".

— Hahaha — canta Helen, parando o carro na beira da praia.

Ela me ajuda a caminhar sobre a areia em direção à água. Nós duas temos terra debaixo das unhas e as lavamos nas ondas. Um caquinho de vidro semelhante a um seixo está aninhado no vinco da minha mão, e o jogo na arrebentação para que descanse entre os seixos de verdade. O sol está se pondo atrás do píer, e nós o vemos afundar no mar. Eu me pergunto que horas são e o que fizemos durante o dia. E também como estamos com as mãos sujas de areia e por que Helen está tão trêmula. Ela me dá um beijo na testa, e meu estômago ronca. Olho os bolsos do meu cardigã e minha bolsa atrás de um chocolate, mas não tenho nenhum. Meu estômago ronca novamente.

— E Frank? — Helen olha para o mar. Parece bravo hoje, as ondas distorcendo as cores, e eu não gostaria de nadar aqui. — O que aconteceu com ele? — Ela contorce os pés, e eles afundam mais um pouquinho na areia úmida.

— Ele me pediu em casamento.

— O quê? — Ela se vira rapidamente, e um pé afunda ainda mais na areia.

— Ah, muito tempo depois. Eu já tinha 22 anos. Ele passou um tempo fora. Na prisão, papai disse, mas mamãe e eu nunca soubemos direito. De todo modo, um belo dia ele apareceu e me pediu em casamento. Simples assim. Eu disse não, claro. Já estava noiva de Patrick.

— Como ele reagiu?

Pensei por um instante, embora fosse doloroso lembrar.

— Acho que ficou aliviado.

Mas a expressão sombria e doentia de seu rosto quando eu disse não vem à tona, e me pergunto novamente se eu teria dito sim se não estivesse noiva, e se eu me ressentia por Patrick, de certa maneira. E me pergunto ainda se teria considerado um casamento que me faria lembrar de minha irmã todos os dias.

— E, claro, é provável que ele a tenha matado — ressalta Helen, uma acidez em sua voz. — Isso poderia ter complicado as coisas. — Ela olha para o borrão entre o céu e o mar. — Mas você acha que ele tinha a intenção de matá-la?

Olho para a areia atrás de nós.

— Eu enterrei Sukey ali...

— Não, mãe, foi...

— E ela me enterrou. E fiquei zangada.

Sempre me culpei depois por ter ficado zangada, e senti vergonha por ser tão infantil. Ela só estava tentando me distrair. Mas a areia em torno do meu corpo, prendendo meus membros, me deixou com medo, e era muito fácil imaginar as dunas me encobrindo. Depois desse episódio, ela sempre tinha a cautela de ser a única a ser enterrada, e eu amontoava punhados de areia sobre seu corpo, compactando-a de modo que ela não pudesse se mover e aplainando-a, dando-lhe formas, os tentáculos de um polvo ou a calda de uma sereia. Uma vez fiz um vestido para ela. De unhas que catei na costa. Tenho certeza de que foi assim. Posso vê-las agora, espalhadas ao seu redor. Centenas de unhas pintadas de cor-de-rosa enfiadas na areia.

Epílogo

— Acho que ele esperava que alguma coisa valesse uma fortuna, mas não teve muita sorte. — A voz é baixa, seguida de um riso contido, o interlocutor escondido atrás de um amontoado de pessoas vestidas de preto. — Não posso deixar de pensar que ela juntou todo aquele lixo só para que ele passasse por isso. Ela devia saber que ele não deixaria de levar a porcelana para uma avaliação.

— Cerâmica maiólica, né? A última piada da tia Elizabeth. Pobre Peter.

Com o calor, a poeira espessa rodopia pelo ar e se instala nos ombros, quadris e coxas. O lugar cheira a roupa nova barata. Sinto-me presa, sufocada. Parece não haver para onde ir nem lugar para descansar. Apoio um ombro em uma divisória coberta com um pano, mas uma mulher gorda choraminga e se afasta, virando-se para fazer cara feia para mim. Eu me inclino para a frente, e meu rosto roça a lapela de um paletó, e por um instante vejo uma brecha na multidão. Há uma parede cor de creme e uma luz parca, e uma tábua, uma tábua com pernas, cheia de coisas de comer. Avanço na sua direção, enquanto as pessoas, em suas roupas pretas sufocantes, dão sorrisos tristes e engolem suas bebidas. Só Deus sabe o que eles estão fazendo amontoados assim, como pêssegos em calda.

Quando chego na parede cor de creme, percebo que a poeira também faz um redemoinho aqui, mas sobe em direção à luz, e o ar é mais gélido. Puxo uma coisa de sentar, para me sentar. Daqui a pouco vou ter que ir. Há algo que devo fazer. Não consigo lembrar o que é agora, mas sei que é importante. Alguém vai me dizer se eu perguntar. Os pães recheados, amanteigados, estão cortados em pedaços, e meu estômago ronca, mas não sei o que fazer com eles. Observo um homem pegar um pedaço e morder, seus dedos pressionando o pão, os lábios ávidos. Fico enjoada, mas faço o mesmo que ele, e enfio a coisa na boca. Ela desliza pela minha língua, fria, cortante e fétida ao mesmo tempo. Alguém vem na minha direção, sorrindo, mas vou rapidamente para o outro lado, para a cozinha, onde o forno está ligado, zumbindo sua própria tristeza, soltando seus comentários engraçados e usando a própria roupa preta e quente.

— Querida, passe a faca, por favor? — diz uma pessoa com cara de dona de casa, o rosto vermelho.

Olho ao redor, mas não consigo saber o que ela quer, e então vagueio em direção a uma porta de vidro que dá para um pátio. A maior parte do espaço está ocupada com aquelas coisas que não são tábuas, estão cheias de flores, grandes flores cor-de-rosa balançando com a brisa. Mas há um banco, e posso me sentar. Uma mulher alta me traz uma fatia de bolo de frutas. Ela diz o que é quando me entrega, e eu vejo passas cor de âmbar na superfície quebradiça.

— Como está se sentindo? — pergunta ela, sentando-se.
Estive doente?

— Pelo menos você conseguiu se despedir — continua ela.

— Ah! Eles já foram? Eu não estava lá para pegar o buquê.

— Mãe, é um funeral. As pessoas não jogam buquês em funerais.

Ela sorri e cobre a boca com as mãos, olhando para dentro da casa. Olho atrás dela, as flores estão balançando. O jardim é muito bonito, mas não é meu.

— Onde estou? — pergunto.

— Na casa do Peter.

Faço um gesto com a cabeça como se reconhecesse o nome e pego as passas do bolo, apertando-as. Quando uma garota de cachos loiros entra no pátio, jogo as passas nos seus pés. Ela para e pisca, não desvia, não bica as frutas. Talvez porque não tenha um bico. Acho que conheço ela.

— Essa é a minha filha? — indago à mulher ao meu lado, apontando para a garota.

— Sua neta — responde a mulher.

A garota ri.

— Você é muito velha para ser minha mãe, vó.

— Sou?

— Você tem 82 anos.

Eu me pergunto por que ela está mentindo. Ela acha isso engraçado?

— Essa garota é maluca. Daqui a pouco vai dizer que tenho 100 anos.

Um homem sai do pátio e se abaixa rapidamente para catar as passas, espalhando-as pelo gramado. Dois melros pousam para pegá-las com seus bicos, e a imagem prende minha atenção.

— Elizabeth está desaparecida. — Sinto um turbilhão dentro de mim, a lembrança de um sorriso. — Eu te contei? — Seguro a manga da camisa da mulher antes que ela vá embora. — Continuo indo à casa dela, mas ninguém atende.

— Desculpe — diz a mulher, levantando-se para pôr a mão no ombro do homem. — Eu já contei a ela.

— Pobre Elizabeth — lamento.

Não a vejo desde que ela esteve em nossa cozinha catando as passas do bolo de minha mãe. Qualquer coisa pode ter acontecido desde então. Ela precisava das passas para alimentar a mulher louca. A mulher louca, que era na verdade um pássaro e ficou voando sobre a cabeça de minha irmã. Minha irmã ficou com medo, e ela e Douglas cavaram um túnel para os Estados Unidos. Tentei acompanhá-los, mas não podia fazer um buraco tão grande. Será que Elizabeth foi com eles?

A mulher acha que essa não é a melhor coisa a dizer, e o homem começa a me explicar alguma coisa. Mas não consigo me concentrar. Sei que eles não vão me ouvir, que não vão me levar a sério. Então preciso fazer alguma coisa. Devo fazer alguma coisa, porque Elizabeth está desaparecida.

Agradecimentos

Gostaria de agradecer aos meus pais, Kathryn Healey e Jack McDavid, e ao meu companheiro, Andrew McKechnie, por todo encorajamento e apoio.

E também a Karolina Sutton e ao amável pessoal da Curtis Brown, a Venetia Butterfield e todo mundo da Viking, e a Andrew Cowan e meus professores, colegas de classe e de profissão na UEA.

Obrigada àqueles que leram e comentaram o manuscrito, incluindo Anne Aylor, Oonagh Barronwell, Paula Brooke, Nick Caistor, Claudia Devlin, Hannah Harper, Tom Hill, Narelle Hill, Debra Isaac, Campaspe Lloyd-Jacob, Gerard Macdonald, Fravon Massow, Tray Morgan, Andy Morwood, Teresa Mulligan, Hekate Papadaki, Sara Sha'ath, Alice Slater, Charlotte Stretch, Beatrice Sudsbury, Catriona Ward e Anna Wood.

E, também, Annabel Elton, Billy Gray, Vicky Grut, Christopher Healey, Eoin Lafferty, Anna McKechnie e Mabel Morris.

E sou grata a muitas outras pessoas, pela ajuda e pelo incentivo.

Este livro foi composto na tipologia Palatino LT Std,
em corpo 11,5/15,1, e impresso em papel off-white,
no Sistema Cameron da Divisão Gráfica
da Distribuidora Record.